Niklas Sonnenschein wurde 1981 in Bremen geboren. Im Jahr 2005 zog der studierte Jurist nach Norwegen und arbeitet dort in der Offshore Energiebranche. Inspiriert durch einen Besuch in Kirkenes, wo Norwegen an Russland grenzt, erschuf er seinen Kommissar Sortland. Sonnenschein lebt mit seiner Tochter und seiner norwegischen Partnerin in Mosjøen. Er ist Mitglied im Syndikat, dem Verein deutschsprachiger Kriminalliteratur.

NIKLAS
SONNENSCHEIN

BLUTIGER
FJORD

EIN NORWEGEN-KRIMI

Erstausgabe Oktober 2024

Copyright © 2024 dp Verlag, ein Imprint der
dp DIGITAL PUBLISHERS GmbH
Made in Stuttgart with ♥
Alle Rechte vorbehalten

BLUTIGER FJORD

ISBN 978-3-98998-104-1
E-Book-ISBN 978-3-98998-103-4

Covergestaltung: Dream Design – Cover and Art
Umschlaggestaltung: ArtC.ore Design
Unter Verwendung von Abbildungen von
shutterstock.com: © Evannovostro, © chekart,
© Photographer Lili, © hecke61, © t_korop
Lektorat: Mona Dertinger
Satz: dp DIGITAL PUBLISHERS GmbH
Druck und Bindung: Books on Demand GmbH, Norderstedt

KAPITEL 1

Jäh fiel etwas Licht in den Raum.

Die Morgensonne musste hinter den Hügeln hervorgekommen sein. Sie schickte diffuse, kalte Schimmer durch die Glasscheibe über der Tür.

Das Licht traf auf das Gesicht eines bewusstlosen Mannes. Er riss urplötzlich die Augen auf, gab einen erstickten Laut von sich und rang hektisch nach Luft, wie ein Ertrinkender, der endlich an die Wasseroberfläche zurückkehrte. Seine Augenlider klebten zusammen. Blinzelnd richtete er sich langsam auf, das Hecheln ließ nach. Er schloss den Mund und wischte sich etwas getrockneten Speichel von der Wange, sah an sich hinab. Erschrocken sog er Luft ein; sein linker Arm war mit einer Handschelle an das Bettgestell gefesselt. Auch ein kraftloses Rütteln änderte nichts an der Situation.

Sein Blick schweifte verwundert durch den Raum. Nur eine sporadische Verkleidung der Rohbetonwände. Unbearbeitete, morsche Holzdielen auf dem Boden. An der Decke hatten sich weiße, feuchte Flecken gebildet. Keine Fenster. Nur die eine Tür. Befand er sich in einem Kellerraum?

5

Er sog erneut etwas Luft durch die Zähne, fuhr sich mit der Zunge über die spröden Lippen. Er hatte furchtbaren Durst.

Erneut zerrte er an der Handschelle, fluchte leise, kniff wieder die Augen zusammen. Dann sah er sich abermals in dem Raum um.

In der Mitte stand ein Campingtisch. Darauf eine Flasche, die vielleicht etwas Wasser enthielt? Er versuchte sich aufzusetzen, streckte den Arm aus, doch der Tisch befand sich außerhalb seiner Reichweite.

Der Mann grunzte schwach, rüttelte noch einmal träge an der Schelle an seinem Handgelenk, betastete mit der rechten Hand das kalte Metall, das bereits rote Kerben in seiner Haut hinterlassen hatte.

Ein stechender Schmerz in seinem Kopf ließ ihn zusammenzucken.

Was zum Teufel?

Mit der rechten Hand fuhr er sich über die Schläfe. Es war ein Pulsieren unter der Haut wahrzunehmen, schreckliche Kopfschmerzen. Zudem fühlte er sich benebelt, konnte keinen klaren Gedanken fassen. Hatte er vielleicht getrunken? Nein, er trank doch niemals so viel, dass er das Gedächtnis verlor, hatte er nie getan. Es gab andere Laster, wer hatte die nicht? Aber dieser Kelch, die Trinksucht, war an ihm vorbeigegangen.

An seinem Hinterkopf ertastete er eine verkrustete Beule unter den Haaren. Er kratzte vorsichtig daran, stieß wieder einen leisen Fluch aus. Die Wunde war frisch, möglich, dass er am Abend in eine Rauferei geraten war. Aber das hier war keine Ausnüchterungszelle.

Er sah zu der winzigen Glasscheibe oben an der Tür, durch die fadenscheiniges Licht auf seine Schulter fiel, empor.

Seine Augen wurden wieder groß. War es vielleicht um das Geld gegangen?

Dann musterte er erneut das Bett, an das er gekettet war. Es war eine Art Feldbett, die dünne Matratze war nur auf das Rahmengestell aufgelegt. Vorsichtig schob er die Auflage zur Seite. Ein dünnes Metallgestell zog sich um das gesamte Bett herum. Der Mann bewegte den Arm und lächelte. Ja, er konnte die Schelle am Rahmen entlang verschieben. Doch wie sollte ihm das helfen?

Langsam atmete er aus und sah an sich hinab; da waren einige Blutflecken auf dem ehemals weißen Hemd, außerdem eine feuchte Stelle in seinem Schritt. Er hatte sich vollgepisst.

Ein Seufzen entfuhr seiner trockenen Kehle, während er die Augen schloss. Als er sie wieder öffnete, blickte er auf seine nackten, schmutzigen Füße.

Kristian setzte sich wieder auf die Kante des Feldbettes. Seine Augen hatten sich langsam an die Lichtverhältnisse gewöhnt und er erkannte nun immer mehr Details seines Gefängnisses. Er befand sich ganz sicher in einer Art Kellerraum. Die Decke war niedrig und von den Wänden fiel der Putz ab. Eine dicke Kellerassel bewegte sich langsam über den schmutzigen Boden. Es war kalt. Feucht und kalt. Und trotzdem schien sich hier gelegentlich jemand aufzuhalten. Essensreste, ein paar leere Bierdosen. Ringnes aus Oslo.

Wer trinkt denn noch mal dieses Zeug?

An der gegenüberliegenden Wand, auf einer klapprigen Kommode, stand ein alter Fernseher. Ein Röhrengerät. Sicher aus den 1980er-Jahren. Darüber hing ein Bild einer Naturszene, ein Elch vor einer abgeholzten skandinavischen Waldlandschaft. An der hinteren Wand war ebenfalls eine kitschige Malerei aufgehängt: ein farbenfroher Papagei, der ihn mit durchtriebenen Augen anblickte.

In der Ecke, neben der ehemals grünen Eingangstür, standen drei Plastikkanister aufeinandergestapelt, alle mit Warnhinweisen bedruckt. Kristian kniff die Augen zusammen: Flüssigkeit, die aus einem Reagenzglas auf eine Hand tropfte und diese zu verätzen schien.

Säure.

Daneben waren in einem Regal einige chemische Apparaturen aufgestellt. Laborgläser und Kolben, ein Bunsenbrenner. Da war noch mehr Kram, den er aus dem Chemieunterricht wiedererkannte und der in einer aufgeweichten Umzugskiste aufbewahrt wurde.

Sein Blick fiel wieder auf den Campingtisch. Das, was er zuvor für eine Trinkflasche gehalten hatte, war tatsächlich eine leere PET-Flasche. Dahinter erkannte er nun eine Autobatterie und davor lagen eine Federzange, ein Hammer und zwei Messer.

Kristian blickte auf seinen linken Arm in der Metallschelle, dann wieder auf die Werkzeuge auf dem Campingtisch. Erneut schnappte er nach Luft.

Wollen die mich foltern?

Er stieß einen Schwall Atem aus, versuchte sich zu beruhigen und wischte sich über das Gesicht. Ruhig, er musste ruhig bleiben. Nur dann hatte er eine Chance.

Wieder schloss er kurz die Augen, versuchte sich zu konzentrieren.

Das schien zu helfen, der Nebel in seinem Kopf hatte sich etwas gelichtet. Plötzlich kam ihm ein Gedanke und Kristian war sich nun sicher, dass er schon einmal hier gewesen war, in eben diesem Raum. Eine Kindheitserinnerung vielleicht? Doch so sehr er auch versuchte sich zu konzentrieren, sein Gehirn schaffte es nicht, die letzte Hürde des Erinnerns zu überwinden und eine plausible Erklärung für seine Lage zu liefern.

Wieder sog er etwas Luft durch die Nase ein und verzog den Mund. Es roch modrig und feucht, doch da war noch ein anderer Geruch, der ihm bisher nicht aufgefallen war. Es stank nach chemischen Reinigungsmitteln. Kristian blickte wieder auf die Apparaturen in dem Regal, dann zu den Kanistern mit den Warnhinweisen.

Er fuhr zusammen, als plötzlich ein Geräusch von draußen die perfekte Stille durchbrach.

Eine Stimme!

Jemand schien sich draußen zu unterhalten. Lauschend verharrte er. Da war es wieder, gedämpft, kaum zu verstehen. Wahrscheinlich sprach die Person in ein Mobiltelefon, denn er konnte nur kurze Sätze, aber keine Antworten hören. Nur die eine Stimme, tief und monoton, männlich.

Sollte er um Hilfe rufen?

Ein Augenblick vollkommener Stille, auch die Kellerassel war aus dem Lichtkegel verschwunden.

Da war sie wieder, die Stimme. Es war kein Norwegisch, irgendetwas Slawisches, Russisch vielleicht.

Nein, er kannte Russisch, hatte einige russische Angestellte, das klang anders, viel rauer. Kroatisch womöglich?

Kristian schluckte, sah wieder auf seinen gefesselten Arm, dann auf die Tür, schließlich auf die Folterwerkzeuge auf dem Tisch. Er konnte das Rauschen seines Blutes in seinen Ohren hören, sein Kopf pochte wie verrückt. Ruckartig stand er auf, riss an dem Campingbett. Es war leichter als er gedacht hatte und fiel mit einem Scheppern auf die Seite.

Kristian sah sich angstgelähmt um, lauschte. Doch der Kerl draußen schien ihn nicht gehört zu haben. Geschwind kniete er sich vor das Bett und rüttelte nun etwas vorsichtiger an der Handschelle. Die Streben des Gestells waren leicht, aber dennoch solide. Er hing am Bett fest, daran war nichts zu ändern. Vielleicht könnte er das Ding einfach hinter sich herziehen? Ein Blick zu der schmalen Tür. Nein, da würde er nicht durchkommen, das Bett war zu breit.

Er musterte nachdenklich die Stangenkonstruktion, an die er gefesselt war. Plötzlich neigte er verwundert den Kopf. Er kannte dieses Bett! Es hatte seinem Großvater gehört, er hatte damals zwei davon gehabt. Kristian und sein Bruder hatten als Kinder darauf geschlafen, im Pavillon im Garten des Sommerhauses.

Nun brach die Erinnerung durch die Nebelwand in seinem Kopf. Er musste beim Haus auf der Insel sein. Dem Ferienhaus, das sein Großvater gebaut hatte.

Ihm kam eine Idee. Als er herumfuhr fiel eine leere Bierdose um und stieß scheppernd gegen eine Weitere.

Wie erstarrt blieb er stehen, lauschte erneut. Doch zu seiner Erleichterung hörte er alsbald wieder die Stimme – den Kroaten? – in sein Handy sprechen.

Es musste nun schnell gehen. Kristian drehte das Campingbett herum und tatsächlich waren unter der Liegefläche die Stellschrauben. Wenn man sie löste, konnte man das Bett auseinanderbauen und zum Transport in einem Rucksack verstauen.

Fieberhaft legte er Zeigefinger und Daumen um eine der kleinen Schrauben, verzog das Gesicht zu einer angestrengten Maske und drehte. Doch der Bolzen saß hundsmäßig fest. Großvater hatte sie damals mit dem dazugehörigen Werkzeug gelöst, niemals mit den bloßen Fingern. Aber dieses Hilfsmittel hatte er nun mal nicht zur Hand, es musste halt so gehen.

Immer wieder rutschen seine verschwitzten Fingerkuppen ab, ohne dass sich die Schraube überhaupt bewegt hatte. Sie schien angerostet, sicher von der feuchten Kellerluft. Wieso hatte sein Großvater das Scheißding nicht eingeölt, er war doch sonst so ein ordentlicher Typ gewesen.

Kristian wischte sich die Finger am Hemd ab, machte sich wieder an sein Werk. Dabei warf er einen beiläufigen Blick auf die Tür, denn er hatte schon länger nichts mehr von dem Kroaten gehört. Würde er zu ihm herunterkommen wenn das Gespräch beendet war?

Ein Schmerz durchfuhr ihn. Der Nagel an seinem Zeigefinger war zur Hälfte abgebrochen. Er biss die Zähne aufeinander, unterdrückte einen Aufschrei. Dann kniff er die Finger erneut zusammen und sammelte all seine Kraft, drehte weiter.

Sie gab nach! Sie hatte tatsächlich nachgegeben!

Eilig schraubte er ein paar weitere Umdrehungen, dann hatte er die erste Schraube gelöst und sie fiel mit einem leisen Scheppern auf den Boden.

Kristian stieß einen erleichterten Seufzer aus. Hoffnung stieg in ihm auf und sofort machte er sich an den zweiten Bolzen, der am Kopfende der Liege die Stangen zusammen hielt. Natürlich saß auch diese Stellschraube bombenfest. Er biss sich auf die Unterlippe, kalter Schweiß stand ihm auf der Stirn. Doch es half nichts, er durfte nicht aufgeben. Ein leises, angestrengtes Stöhnen, als er seine gesamte Kraft in den Fingern konzentrierte, dann hatte er auch diese Schraube gelöst.

Mit einem nervösen Grinsen auf dem Gesicht fing er an die Stangen auseinanderzuziehen, die sich mit einem mechanischen Schaben aus den Gelenken lösten. Bebend vor Aufregung führte Kristian die Schelle am Gestell entlang zu dem Scharnier, zog seine Fessel über die Stange und war frei.

Langsam ließ er die aufgestaute Luft aus der Lunge entweichen und rieb sich das schmerzende Handgelenk. Dann drehte er sich um und war mit einem Schritt bei dem Tisch und musterte die beiden Messer. Er entschied sich für die Klinge mit einer Säge auf dem Rücken, genau die Art Feldmesser, die er als Junge im Militärshop in Alta gekauft hatte. Er und sein Bruder.

Er blickte auf das Messer, dann auf eine leere Bierdose auf dem Boden und stockte einen Augenblick.

Jakob! Sein Bruder Jakob trank Ringnes.

Natürlich, er war hier hergekommen, um Jakob zu suchen. Wie hatte er das vergessen können? Er fuhr sich mit der Hand durch die Haare und betastete vorsichtig seine Beule.

Hatte Jakob ihn niedergeschlagen, oder vielleicht sein kroatischer Freund? Hatte Jakob überhaupt kroatische Freunde?

Wenn er das war, dann bringe ich den Mistkerl um.

Kristian hielt die Klinge vor sich, ging langsam auf die Tür zu. Er stellte sich neben den Eingang, zog vorsichtig an der Klinke, die sich mit einem leisen Knarzen nach unten bewegte. Die Tür sprang einen Spalt auf.

Mattes Sonnenlicht fiel durch den Spalt auf den Tisch und das Campingbett bildete eine scharfe Schattengrenze, die den Rest seines Gefängnisses umfasste. Er hatte keine Zweifel mehr, er befand sich im Erdkeller bei dem Ferienhaus auf der Insel. Der Keller, in den er Jakob, als sie noch kleine Jungs gewesen waren, so oft eingesperrt hatte. Jetzt schien die Konstellation geändert, sein Bruder hatte möglicherweise ihn dort festgesetzt. Doch er war entwischt.

Kristian sah flüchtig durch die Türöffnung auf eine Steintreppe, die zu beiden Seiten von einem grasbewachsenen Erdwall eingerahmt war. Ihm kam kühle, feuchte Morgenluft entgegen.

Zitternd lauschte er einen Augenblick, konnte jedoch nur seinen eigenen unregelmäßigen Atem und das gelegentliche Klappern seiner Zähne hören.

Vorsichtig wagte er einen Schritt auf die Treppe, reckte den Hals, versuchte auf den Vorplatz, der über dem Eingang lag, zu blicken. Der grasbewachsene Platz war von einigen gedrungenen Birken umringt, die Blätter waren der Jahreszeit angemessen blutrot gefärbt. In der Mitte der Lichtung befand sich noch immer die Feuerstelle, daneben der niedrige Holzverschlag, in dem etwas Feuerholz aufgestapelt lag. Da war auch der alte Holzklotz, in dem die langstielige Axt steckte.

Er horchte erneut, konnte jedoch außer dem Schrei eines Vogels – einer Amsel – keinerlei Geräusche wahrnehmen.

Davon ermutigt stieg er zwei weitere Stufen nach oben. Von hier konnte er durch den Birkenhain und den Frühnebel, der faserig über den Baumkronen aufstieg, den Fjord sehen. Er glaubte zumindest das Blitzen der Sonne auf dem Wasser zu erahnen. Hier auf der Insel war es fast immer nebelig gewesen, besonders jetzt im Spätsommer.

Zu seiner Linken, zwischen den Bäumen, war das Dach des Haupthauses zu erkennen. Zu seiner Rechten, nur vielleicht fünfzehn Meter durch das Gehölz, befand sich der Anleger. Da musste sein Boot liegen.

Ja, er war mit dem *Finnmaster* gekommen, natürlich.

Aber was war dann passiert?

Er musste die ganze Nacht über ohnmächtig gewesen sein, konnte sich beim besten Willen noch immer nicht erinnern. Und wo war Jakob dieser Taugenichts? Sie mussten sich doch getroffen haben bevor er niedergeschlagen wurde.

Auch das spielte keine Rolle, die Erinnerungen würden wiederkommen. Wenn er es bis zum Anleger schaffte, könnte er nach Kirkenes fahren und die Sache der Polizei überlassen. Oder er würde das Ganze gegen Jakob verwenden, ihn zwingen zu unterschreiben. Dann musste der Kerl, der bestimmt wieder Ärger mit den Behörden hatte, zustimmen und er könnte mit der Insel und dem Rest des Erbes machen was er wollte.

Kristian lächelte und stieg von der letzten Stufe der Steintreppe auf das feuchte Gras vor der Feuerstelle und sah sich um. Die Luft war rein und er sprintete los in Richtung des Anlegers.

Urplötzlich durchfuhr ihn ein stechender Schmerz im Fuß. Er stieß einen gedämpften Schrei aus, sah an sich hinab und bemerkte eine lange Glasscherbe, die sich durch die feine Haut zwischen seinen Zehen gebohrt hatte. Sie musste im Gras gelegen haben. Er schniefte und kniff die Augen zusammen, bückte sich. Schließlich zog er den Splitter heraus. Als er wieder aufsah erblickte er ihn.

Kristian stand wie angewurzelt, beobachtete den Kerl. Der erwiderte seinen Blick jedoch völlig ausdruckslos. Um das schmale Gesicht lag schulterlanges graues Haar, das er nach hinten gekämmt trug. Der Typ trat näher. Er war nicht übermäßig groß, hatte ein merkwürdiges weißes Tuch um seinen Hals gelegt.

Kristian lief ein kalter Schauer den Rücken hinab. Er trat einen Schritt zurück. „Wer bist du?", fragte er mit belegter Stimme. „Hast du mich da unten eingesperrt?"

Der Neuankömmling legte seine ausdruckslose Maske ab und ein bizarres Funkeln trat in seine Augen als er grinste. „Vesterbekkmo, zähl doch mal eins und eins zusammen." Sein Englisch klang gebrochen. „Du weißt doch, was wir von dir wollen. Du weißt, wer ich bin, Vesterbekkmo." Er sprach es *Weester-Beck-Muh* aus. Dann trat er noch einen weiteren Schritt auf Kristian zu, die beiden Männer trennte nun nur noch die Feuerstelle. „Meine Leute haben dir doch gesagt, was ihr zu tun habt. Wir hätten Freunde werden können, du und ich." Das Grinsen gefror wieder zu der ausdruckslosen Maske. „Aber dafür ist es jetzt zu spät, wir werden keine Freunde mehr, Vesterbekkmo."

Kristian wich zitternd zurück. „Wovon redest du?", stotterte er. „Ich kenn dich nicht."

Der Mann antwortete nicht, blieb aber stehen.

Kristian Vesterbekkmo hob das Messer, fuchtelte mit der Klinge vor seiner eigenen Brust herum. „Ich habe ein Messer!"

Der Mann in der Militärjacke zog eine Augenbraue hoch. Dann trat er zur Seite an den Holzklotz, legte seine Hand um den Stiel der Axt und hatte sie mit einem Ruck gelöst. „Aber ihr wolltet ja nicht hören, Vesterbekkmo", wiederholte er. „Die Leute wollen nie hören, bis es dann zu spät ist", fügte er im Plauderton an. Nun legte er sich das Werkzeug auf die Schultern und hielt es mit seinen Händen hinter dem Kopf. So schlenderte er einen weiteren Schritt um die Feuerstelle herum auf Kristian zu, nahm dann die Axt von den Schultern und ließ den Stiel spielerisch von der einen in die andere Hand gleiten.

Kristian bemerkte eine Reflektion. Unter der Jacke trug der Kerl ein Pistolenhalfter, schwarzes, kaltes Metall, das kurz in der Sonne aufgeblitzt hatte. Gedanken rasten durch Kristians benebeltes Gehirn. Warum hatte er die Waffe nicht gezogen? Vielleicht wollte der Typ ihm nur Angst machen. Ging es doch um das Geld, was er dem Dänen schuldete, oder wollte Jakob ihm vielleicht eine Lektion erteilen?

„Willst du Geld? Geht es darum?", fragte er.

Der Kerl antwortete nicht. Was sollte er ihm denn noch anbieten? Panik stieg in Kristian auf, er musste weg, das war seine einzige Chance. Er ließ das Messer sinken, fasste es an der Klinge an. Herrgott, seine Hand zitterte wie Espenlaub. Zu guter Letzt nahm er allen Mut und alle Kraft zusammen und warf das Messer auf den Kerl mit der Axt. Im selben Augenblick fuhr er herum und sprintete los.

Er hörte einen ärgerlichen Aufschrei hinter sich. Er schien ihn getroffen zu haben, hatte jedoch keine Zeit, das zu überprüfen. Kristian rannte weiter, den Blick auf das Gras vor sich gerichtet, denn er musste den Scherben ausweichen, durfte keine weiteren Verletzungen riskieren. Dann hatte er die ersten Birken erreicht. Er sprang durch einen vertrockneten Farn und war alsbald auf dem schmalen Trampelpfad, der zum Anleger führte.

War er entkommen? Er musste es wissen, blickte sich hastig über die Schulter um. Wo war der Typ? Da, zwischen den Bäumen trottete er langsam hinter ihm her, schien es nicht sonderlich eilig zu haben. Er hielt die Axt in seiner rechten Hand, sein Gesicht wieder die emotionslose Maske.

Oh Gott, dachte Kristian, was für ein Wahnsinniger!

Humpelnd bewegte er sich weiter, spürte wieder seinen Fuß. Bei jedem Tritt ein Pochen. War da noch eine Scherbe, hatte er es durch das Adrenalin nur nicht bemerkt?

Das Boot, er musste es nur bis zum Boot schaffen. So schnell es eben ging humpelte er weiter auf den Fjord zu. Inzwischen war das Wasser zu sehen, dunkelblau lag es dort zwischen den Bäumen in der Morgensonne. Wunderschön an jedem anderen Tag.

Erneut drehte er sich um. Der Mann war nirgendwo erkennbar, er hatte anscheinend etwas Vorsprung gewonnen. Kristian lief nun auf die Uferböschung zu. Dort, er sah den Steg. Und da lag auch sein Boot schaukelnd auf dem Wasser.

Fast hatte er es geschafft.

Kristian eilte über die breiten Holzbretter, ein verbissenes Grinsen auf dem Gesicht. Er hörte das leise Plätschern des Wassers, das sanft gegen den Rumpf des Bootes schlug. Dann hüpfte er vom Steg hinunter. Doch er war viel zu schnell, rutschte auf seinen blutigen Füßen aus und stürzte. Kristian rappelte sich auf und trat hektisch an das Pult, an dem das Steuer und die Bedienungselemente angebracht waren.

Irgendetwas hatte er vergessen.

Das Seil!

Natürlich. Hektisch fuhr er herum und sprang wieder an die Reling, riss an dem Tau, mit dem das Boot am Steg festgemacht war. Er zog die Schlinge von dem Poller, ließ sie ins Wasser fallen. Wie in einem Traum sah er auf die blutroten Fußabdrücke auf dem weißen Plastikboden hinab.

Dann war er erneut am Pult. Seine Hand suchte nach dem Anlasser; er musste nur den Zündschlüssel umdrehen, den Knopf drücken, dann würde der Motor anspringen. Und er würde wegfahren, weg von hier, weg von dem irrsinnigen Kroaten.

Doch wo war der Schlüssel? Sein Blick war auf seine zitternde Hand gerichtet, unter der der Schlüssel stecken sollte. Aber dort war keiner.

Kristian stieß einen erstickten Seufzer aus, drehte sich um. Der Kerl stand am Ufer und beobachtete ihn. Dann trat er auf den Steg und die schwarzen Militärstiefel verursachten ein lautes Knarzen, als der Mann auf eine lose Planke trat. Die Axt hatte er sich wieder über die Schulter gelegt.

Kristian hob beschwichtigend seine Hände. „In Ordnung. Lass uns reden. Wie viel willst du haben, hunderttausend Kronen? Kein Problem. Ich kann es gleich in Kirkenes abheben, du hast es heute Abend!"

Der Mann machte einen Schritt auf ihn zu, schüttelte dabei monoton den Kopf. „Dazu ist es zu spät, Vesterbekkmo. Zu spät. *Mnogo prekasno.*" Er war auf dem Steg direkt über dem Boot angekommen, verweilte dort einen Augenblick. „Viel zu spät", wiederholte er. Auf einmal hüpfte er leichtfüßig auf die Rückbank im Heck des Bootes.

Kristian legte eine Hand auf das hüfthohe Pult. Der Mann stand immer noch auf der Bank, überragte Kristian dadurch fast um einen Meter.

„Warte, nein", schrie Kristian.

Mit einer fließenden Bewegung hob der Kroate die Axt über seinen Kopf. Dann schlug er zu.

KAPITEL 2

Karl löste den Sicherheitsgurt. Er sah einen Augenblick aus dem Fenster über die laubbedeckte Auffahrt, hinauf zu dem gelben Holzhaus. Tief darüber hingen aschgraue Wolken. Es würde wohl Regen geben. Er drehte sich zum Fahrer, blickte in das fragende Gesicht seines Partners. Mats wartete noch immer auf eine Antwort. Karl lächelte.

„Mach dir keine Sorgen", sagte er und öffnete die Tür einen Spaltbreit. „Wir haben einfach noch nicht darüber gesprochen. Das bedeutet aber nicht, dass ich sie nicht mag."

„Ja, das ist mir klar", antwortete Mats. „Silja fragt nur immer wieder. Sie denkt, dass du mit mir über Sofia sprichst. Dass ich etwas weiß." Er lachte. „Sie denkt, dass Männer so was machen. Wenn sie wüsste, was für ein unzugänglicher Typ du bist."

Karl runzelte die Stirn, antwortete aber nicht. Letztlich seufzte er, stieg aus und beugte sich in den Wagen. „Sag Silja, dass ich ihre Freundin mag. Den Rest kläre ich mit Sofia selbst. Sie kommt morgen zu mir. Dann werden wir sprechen wie zwei Erwachsene." Er lächelte den Kollegen ein letztes Mal an und schlug die Tür mit Wucht ins Schloss.

Anschließend ging er mit festen Schritten die Auffahrt zu seinem Haus hinauf, drehte sich erst wieder um, als er die Treppe zur Veranda erreicht hatte. Er konnte nur noch die Rücklichter des VW Passat sehen, der am Ende des Doktor Palmstrøms Vei Richtung Kirkenes abgebogen war. Eine ganze Weile blieb er dort stehen, atmete die kühle Herbstluft tief ein und lauschte: ein Luftzug, ein Rascheln der verwelkten Blätter in der Hecke.

Wo ist er denn?

Er pfiff, wartete.

„Nossan", sagte er leise.

Zu guter Letzt pfiff er ein weiteres Mal. Wenn Nossan, der schwarze Kater seiner alten Nachbarin, in der Nähe gewesen wäre, dann wäre er nun aus der Hecke geschossen gekommen. Er wäre ihm um die Beine gestrichen, hätte sich hinter den Ohren kraulen lassen und sanft zu schnurren begonnen. Doch das tat er an diesem Nachmittag nicht. Karl wusste nicht, ob Nossan ihn mit dem Thunfisch in Verbindung brachte, den er dem Kater regelmäßig auftischte. Oder ob er seine Gesellschaft auf einer anderen Ebene genoss. Im Grunde war es egal. Karl mochte es einfach, das Tier bei sich zu haben. Trotzdem bildete er sich ein, dass sie beide so etwas wie Freunde waren, insofern Katzen Freunde hatten.

Nachdem er einen Moment still gewartet hatte und noch immer kein Anzeichen dafür erkennen konnte, dass Nossan ihm an diesem Abend Gesellschaft leisten würde, schloss er das Haus auf.

Er hatte die Essensreste des letzten Abends aufgewärmt und lustlos verzehrt, sich dann aufs Sofa gelegt.

Nun schaltete er den Fernseher ein und zappte durch die Kanäle, bis er bei NRK-Finnmark angekommen war, dem lokalen Nachrichtensender. Es liefen die Abendnachrichten. Früher hatte er sie fast jeden Abend mit seinem Vater geschaut. Wie für viele andere Norweger seiner Generation war das für Olav Pflichtprogramm gewesen und Karl hatte diese Tradition nach seinem Tod übernommen.

Der Nachrichtensprecher sprach über das nahende Unwetter: der erste richtige Herbststurm, der bereits die westlichen Teile der Finnmark erreicht hatte. Es war die Rede von Einschränkungen im Luftverkehr und Beschädigungen an Gebäuden. Besonders die Regionshauptstadt Alta schien es schwer erwischt zu haben, Menschen seien jedoch nicht zu Schaden gekommen. Dann wechselte der Sprecher das Thema und erklärte, dass in Kirkenes ein junger Mann nach dem Konsum einer neuartigen Droge zu Tode gekommen sei.

Karl stutzte. Er hatte auf dem Präsidium gehört, dass die Kollegen gestern ausgerückt waren. Ein Nachbar hatte sie alarmiert. Von irgendwelchen Drogen war da aber noch nicht die Rede gewesen. Allerdings war er den ganzen Tag mit Mats unterwegs gewesen, hatte auch nicht mit Aino, seiner Vorgesetzten und der Abteilungsleiterin der Ermittlungseinheit für Kapitalverbrechen, gesprochen. Er biss sich auf die Lippe. Es gab zwar einige Drogenabhängige in der Gegend, besonders junge Menschen, doch er konnte sich nicht erinnern wann in Kirkenes das letzte Mal einer dieser Junkies an einer Überdosis gestorben war. So etwas passierte hier oben nur selten. Er griff nach der Fernbedienung und schaltete die Lautstärke hoch.

„Den Namen des Opfers halten die Behörden noch unter Verschluss, bis die Angehörigen informiert werden konnten. Es scheint sich um eine neuartige, hochpotente Designerdroge zu handeln. Die genaue Zusammensetzung wird untersucht, die Polizei in Kirkenes bittet um etwas Geduld. Man versicherte uns, dass die Öffentlichkeit schnellstmöglich informiert werde. Zur Sorge bestünde jedoch keinerlei Anlass. Wie das Opfer genau zu Tode kam, ist ebenfalls nicht bekannt, aber es soll sich womöglich um einen Selbstmord handeln."

Karl fuhr sich mit der Hand übers Kinn. Dann schaltete er das Fernsehgerät aus und trat ans Fenster. Sein Blick wanderte nachdenklich hinunter zu der Stadt am Fjord. Wer war dieser Drogentote? Hoffentlich kannte er die Familie des Opfers nicht. Kirkenes war ein kleiner Ort und über ein paar Ecken kannte man fast jeden. Er könnte Daniel Killgren im Drogendezernat anrufen, um Details zu erfahren. Nein, Killgren und die Kollegen hatten sicher genug zu tun. Er würde seine Neugierde bis zum nächsten Tag im Zaum halten.

***

Tatsächlich wurde die Ermittlungseinheit für Kapitalverbrechen, die von Aino Petersen geleitet wurde und der Karl und Mats angehörten, am darauffolgenden Morgen zu einem Informationsmeeting des Drogendezernats gerufen. In der E-Mail, die Aino an Karl weitergeleitet hatte, stand, dass man die Kollegen über die Ereignisse aufklären wolle und eventuell Hilfe benötigen könnte. Natürlich, so ein Drogentoter versetzte das ganze Präsidium in Aufruhr. Bald würden sich auch die Presse und anschließend die lokalen Politiker auf die Sache stürzen.

Karl trat mit einem Kaffeebecher in der Hand und mit Mats im Schlepptau in den Besprechungsraum im Erdgeschoss. Er nickte Sigurd Møller, dem Leiter des Drogendezernats, flüchtig zu. Møller, ein Mann in den Fünfzigern und außerordentlich schlank für seine Körpergröße, hatte bei der Berufsbekleidung nur die Wahl zwischen zu kurz und zu groß. Heute hatte er sich für zu groß entschieden und seine Uniform – richtig in der Länge, dafür viel zu weit – hing lose an ihm herab. Irgendwie tat der Kollege ihm leid, denn Møller hatte zudem eine weitläufige Glatze und Karl hatte sich schon häufig gefragt, warum er nicht einfach seinen Polizeihut trug, um dieses offensichtliche Zeichen des Alterns zu verdecken. Ansonsten wusste er nicht viel über ihn, da Møller selten an sozialen Zusammenkünften teilnahm. Was er wusste war, dass sein Kollege Daniel Killgren seinen Chef respektierte, ihn jedoch für einen humorlosen Bürokraten hielt. Diese Meinung hatten die meisten Kollegen bedenkenlos übernommen.

Karl blickte sich um: Die meisten Polizisten des Präsidiums schienen anwesend zu sein, an die dreißig Beamte. Neben Aino waren zwei Plätze frei und die Vorgesetzte nickte ihm abwesend zu. Bereits seit ein paar Tagen hatte er das Gefühl, dass etwas mit ihr nicht stimmte, sie energielos wirkte.

Mit einem Mal wurde es still und Sigurd Møller eröffnete das Meeting: „Guten Morgen und danke, dass ihr alle so kurzfristig erschienen seid."

Karl unterdrückte ein Gähnen und trank einen Schluck Kaffee. Der Leiter des Drogendezernats begann nun damit, sie über die Ereignisse des Vortages aufzuklären: Eine Streife hatte auf einen Notruf im Soldatveien reagiert. Eine Nachbarin hatte angegeben, dass sie Tobias Lofthus – der Name sagte Karl nichts – im Flur angetroffen habe. Sie war davon ausgegangen, dass er betrunken war, da er unsinniges Zeug geredet habe, unter anderem, dass er verfolgt werde. Auf etwaige Fragen habe er nicht reagiert. Sie habe es vorerst dabei belassen, da Tobias immer schon ein seltsamer Typ gewesen sei. Später aber habe sie Schreie aus seiner Wohnung gehört und daraufhin den Notruf gewählt. Als die Kollegen den jungen Mann dann in seiner Behausung auffanden, hatte er sich die Pulsadern aufgeschnitten und der herbeigerufene Notarzt hatte nur noch seinen Tod feststellen können.

Karl biss sich auf die Lippe und sah Mats an. Es war totenstill im Raum. Møller machte eine längere Pause, zupfte an seiner Uniform. Es war offensichtlich, dass die Ereignisse auch an ihm als erfahrenem Polizisten nicht spurlos vorbeigingen.

Schließlich fuhr er fort und erklärte, dass die Beamten eine Tüte mit einem unbekannten Stoff bei dem Toten sichergestellt hatten: eine bläulich-weiße, steinige Substanz. Das Drogendezernat war daraufhin an den Tatort gerufen worden und hatte den Stoff schließlich optisch als Crystal Meth identifiziert.

„Wir haben das Zeug im Labor untersuchen lassen und die Gerichtsmedizin hat sich den Leichnam vorgenommen", sagte Møller. „Erste Erkenntnisse bestätigen, dass es sich bei dem Betäubungsmittel um ein neuartiges, hochpotentes Amphetamin handelt. Wir gehen davon aus, dass schon geringe Mengen zu Halluzinationen und Wahnvorstellungen führen können." Er stützte sich auf das Rednerpult und blickte ernst in die Gesichter der Beamten, die in den ersten Reihen saßen. „Deshalb habe ich dieses Meeting einberufen. Wir wissen noch nicht, wo das Zeug herkommt und ob der Stoff auch an andere Konsumenten verkauft wurde. Aber wir bitten euch inständig die Augen offen zu halten. Wenn das hier ausartet haben wir möglicherweise ein riesiges Problem und Tobias Lofthus wird nicht das letzte Opfer sein."

„Danke, Sigurd. Wirklich schrecklich das Ganze", sagte nun Karl und räusperte sich. „Könnte es sein, dass das Zeug von Ivar Nielsen stammt? Er verkauft doch Meth, oder?"

Ivar Nielsen war ein örtlicher Kleinkrimineller, den Karl noch aus der Schule kannte. Er hatte ihm einst auf dem Schulhof die Nase gebrochen und Karl war seitdem nicht sonderlich gut auf ihn zu sprechen. Das letzte Mal hatten Mats und er im Rahmen der Ermittlungen zum Bjørnøya-Fall mit dem Kerl zu tun gehabt. Das war Ende des letzten Jahres gewesen, über zehn Monate waren seit ihrem ersten gemeinsamen Fall vergangen.

Daniel Killgren, der neben Møller saß, meldete sich auf die Frage hin zu Wort: „Nein, Karl. Natürlich haben wir darüber nachgedacht und wir werden Nielsen im

Auge behalten. Aber das ist kein lokales Produkt. So etwas haben wir hier noch nie gesehen. Ich glaube eher, dass es importiert wurde. Wir wissen leider nicht, wo Lofthus das Meth gekauft hat, aber wir untersuchen das. Und ihr könnt alle helfen, die Verbreitung so schnell wie möglich einzudämmen."

Eine Kollegin der Grenzeinheit, die für die Grenzstation Storskog, nur wenige Kilometer östlich von Kirkenes, eingeteilt war, stand auf. „Kann es sein, dass es über die Grenze kommt?", fragte sie.

Karl sah Killgren an, der im Begriff war zu antworten, jedoch auf ein Handzeichen seines Vorgesetzten hin stumm blieb.

„Es kann natürlich sein", sagte stattdessen Møller, „dass es über die Grenze aus Russland kommt. Wir wissen alle, dass das eine Möglichkeit ist. Beweise haben wir dafür allerdings keine und in Oslo hört man solche Theorien nicht gerne. Also behalten wir diese These fürs Erste für uns. Noch Fragen?"

Gleich nachdem das Meeting beendet worden war, eilte Karl Killgren hinterher, der bereits den Empfangsbereich des Präsidiums erreicht hatte.

„Daniel, warte." Er legte ihm die Hand auf die Schulter. „Was wolltest du eben eigentlich sagen, als Møller dich abgewürgt hat?"

Der rundliche Polizist mit dem grauen Vollbart lächelte. „Na, was meinst du wohl? Natürlich, dass der Stoff aus Russland kommt. Das weiß doch jeder hier."

Karl sah ihn fragend an und Daniel blickte flüchtig den Korridor hinunter, fuhr dann mit einem wissenden Lächeln fort: „Du weißt doch, die haben im Juli einfach die Grenze aufgemacht, ohne einen Plan für so was zu haben. Was da alles rüber kommt, das können wir doch gar nicht kontrollieren. Auf jeden Fall nicht mit dem wenigen Personal, das uns zur Verfügung steht."

„Du meinst, die Kontrollen sind nicht ausreichend?"

Killgren sah ihn einen Moment ausdruckslos an und Karl zuckte mit den Schultern, um zu signalisieren, dass er ihn nicht veräppeln wollte.

„Nein, natürlich nicht", antwortete Killgren dann. „Wie sollten sie auch? Der Grenzverkehr hat schlagartig um mehrere hundert Prozent zugenommen und die Jungs waren vorher schon unterbemannt. Nur weil der Grenzkonflikt gelöst ist, heißt das doch nicht, dass Kontrollen nicht mehr nötig sind. Aber das ist Politik. In Oslo hat man Angst, dass gründliche Grenzkontrollen das Abkommen torpedieren könnten. Wenn Leute und Waren mehrere Stunden an der Grenze warten müssen, sorgt das nicht gerade für gute Stimmung." Der ältere Beamte nahm eine Packung Camel aus seiner Hosentasche und setzte sich wieder in Bewegung. „Ich bin mir sicher, dass da einiges rüberkommt. Sicher auch dieser neue Stoff. Aber das können wir nur sicher herausfinden, wenn wir endlich unsere verdammte Grenze kontrollieren. Wozu sind wir denn eigentlich da, wenn wir nicht mal das dürfen?"

Karl nickte, folgte dem Kollegen. „Und dass Nielsen doch etwas damit zu tun hat schließt du aus?"

Wieder blieb Killgren stehen. „Ivar Nielsen hat es dir wirklich angetan, oder?" Er schlug Karl sanft gegen die Schulter, nahm sich eine Zigarette und steckte sie sich in den Mundwinkel. „Ich mag ihn auch nicht. Trotzdem glaube ich nicht, dass er den Stoff verkauft. Ein Informant sagte mir sogar, dass er momentan auf seiner Ware sitzenbleibt, weil die neue Droge viel potenter und billiger ist. Dieses Mal hat der Mistkerl wohl echt nichts mit unserem Problem zu tun. So, und jetzt lass mich nach draußen gehen und in Ruhe eine rauchen."

KAPITEL 3

„Hast du überhaupt nichts dazu zu sagen?" Sofia fuhr sich mit dem Schneidezahn über den Lippenstift ihrer Unterlippe.

Zögerlich erwiderte Karl ihren Blick. Sie sah nicht verärgert aus, eher neugierig, als ob sie wirklich an seiner Antwort interessiert wäre. Doch was konnte er sagen, das sie zufriedenstellen würde? Und war es überhaupt eine Frage gewesen? Oder vielmehr eine Feststellung? Er stöhnte gequält, blieb aber stumm.

Sofia verdrehte die Augen, setzte sich neben ihn auf das Sofa. „Karl, ich mag dich. Wirklich. Ich werde nur das Gefühl nicht los, dass du noch immer an deiner Ex-Frau Kari hängst. Bilde ich mir das etwa nur ein? Sag du es mir, denn ich werde aus dir nicht schlau."

„Das ist doch Blödsinn", erwiderte Karl und stand auf. Er stellte sich ans Fenster und sah nach draußen.

„Karl", sagte Sofia nun leise. „Du hast immer noch das Bild von ihr ..."

Er nickte matt. Das Foto von Kari, am Bett, natürlich. Das würde er irgendwann entfernen müssen, das sah er ein. Sofia hatte ihn schon einige Male darauf angesprochen. Erst im Spaß, doch dann waren ihre Kommentare immer bissiger geworden. Irgendwie war alles seit Silvester, dem Abend ihres ersten Treffens, so schnell gegangen. Auf Mats' Hütte war das gewesen. Sie hatten getrunken und er hatte Sofia kurz nach Mitternacht geküsst. Miteinander geschlafen hatten sie in dieser Nacht nicht, dazu waren sie beide zu betrunken gewesen, aber danach hatten sie immer mehr Zeit miteinander verbracht. Inzwischen hatte Sofia schon einige persönliche Gegenstände bei ihm im Haus liegen. Eine Zahnbürste im Badezimmer, damit hatte es angefangen. Dann eine Haarbürste, Haarbänder, ein Pyjama und nun lag sogar eine ihrer Zeitschriften im Wohnzimmer neben der Couch. Im Schrank stapelten sich ein paar Kleidungsstücke. Langsam aber sicher wurde es immer mehr.

„Karl?"

Er drehte sich zu ihr und lächelte gezwungen. „Ich mag dich auch, Sofia. Aber muss man immer alles definieren? Warum können wir nicht einfach sehen, wohin es mit uns geht?"

Jetzt war es Sofia, die theatralisch stöhnte. „Das hast du auch schon im Frühling gesagt. Und im Sommer."

Er setzte sich wieder neben sie und sie strich ihm zärtlich über die Wange. „Ich weiß, dass ihr verheiratet wart. Und was dann passiert ist war schrecklich. So eine Fehlgeburt, das muss furchtbar gewesen sein."

Karl schloss die Augen. Er hatte es Sofia irgendwann erzählt, als er etwas zu viel getrunken hatte. Dass das der eigentliche Grund gewesen war, warum Kari sich getrennt hatte. Sie war danach depressiv geworden, hatte es in Kirkenes einfach nicht mehr ausgehalten. Er hatte den Ort damals nicht verlassen wollen, den Ort und seinen Vater. Danach hatte er es so oft bereut, nicht mit ihr nach Oslo gegangen zu sein.

Die junge Schwedin fuhr fort: „Deshalb habe ich dir die Zeit gegeben, die du gebraucht hast. Aber ich würde einfach gerne wissen, worauf ich mich einstellen kann. Wenn ich für dich nur ein Zeitvertreib bin, bis du deine Kari wieder hast, dann musst du mir das sagen."

Karl gähnte.

„Langweile ich dich?"

Als er ihren erbosten Blick bemerkte, hob er sofort beschwichtigend die Hände. „Nein, entschuldige, es war einfach ein langer Tag." Jetzt war es seine Hand, die über ihre Wange streichelte. „Können wir nicht ein anderes Mal darüber sprechen?"

Sie schob seine Finger fort und es lag Enttäuschung in ihren Augen.

„Ich verspreche es", fuhr er mit einem schiefen Lächeln fort.

Die junge Schwedin sah ihn daraufhin einen Augenblick lang schweigend an. Schließlich seufzte sie „In Ordnung, Karl, du hast gewonnen. Aber irgendwann wirst du dich damit auseinandersetzen müssen. Dann will ich eine Antwort von dir haben." Sie blickte auf ihre Armbanduhr. „Ich glaube, ich fahre nach Hause. Wir haben morgen Elternsprechtag im Kindergarten und ich muss noch eine Menge vorbereiten."

KAPITEL 4

Tormod Sivertsen blickte auf das AIS, das automatische Identifikationssystem für Schiffe. Bei dem momentanen Dämmerlicht war es sinnvoll, ab und zu nach entgegenkommendem Verkehr Ausschau zu halten. Doch es schien, als ob er und sein Boot, die *Astrid II*, den Fjord an diesem Freitagnachmittag für sich alleine hätten. Das Einzige, was er in der letzten Stunde gesehen hatte, war eine Familie von Minkwalen gewesen, die sein Schiff eine ganze Weile begleitet hatten, bevor sie Luft ausgepustet hatten und dann abgetaucht waren.

Tormod war spät dran, die meisten anderen Fischer hatten bereits das Wochenende eingeläutet. Er sah auf die Uhr und entschloss sich, ein Bier aufzumachen. Er war schließlich auf dem Rückweg von einem sehr erfolgreichen Fang und würde in einer halben Stunde in Kirkenes einlaufen.

Leise summte er ein Lied, das er im Radio gehört hatte und das ihm seitdem nicht mehr aus dem Kopf ging. Eines seiner Lieblingslieder: *Rett fra hjertet* von Ottar „Big Hand" Johansen. Tormod kratzte sich den ergrauten Vollbart, drosselte die Maschine, sah noch ein letztes Mal auf den düsteren Varangerfjorden, der vor ihm in den Bøkfjorden überging. Die Wasseroberfläche war fast spiegelglatt, nur hier und dort kräuselte sie sich unter dem Abendwind. Abgesehen von etwas Treibgut und dem ein oder anderen Algenteppich war der Wasserweg völlig frei. Tormod justierte den Kurs und lehnte sich dann in seinem Sessel zurück.

Der Berufsfischer sog diesen Augenblick in sich auf, lächelte. Er genoss die Aussicht, das Nachhausekommen. So ging es ihm jedes Mal. Diese Momente waren nichts, woran man sich je ganz gewöhnte. Das dunkelblaue, fast schwarze Wasser der Barentssee, das sich hier mit den wärmeren Gewässern der Fjorde mischte. Dazu die majestätischen grauen Granitfelsen, die sanft aus den Fluten ragten, mit dem kargen Bewuchs, der sich in den Farben des Herbstes über die sanft ansteigenden Hügel erstreckte. Und darüber die aschgrauen Wolken, die nun auffällig tief hingen und dieses Stillleben gebührend einrahmten.

An Tagen wie diesem war er froh, dass er hier oben leben durfte, dass er hier geblieben war. Wie so viele andere hatte auch er als junger Mann von den großen Städten des Südens geträumt.

Tormod seufzte gedankenverloren, schaltete den Autopiloten ein und nahm die schmale Treppe unter Deck. Er griff sich eine Dose *Mack*, die er wie immer für die Rückfahrt kaltgestellt hatte, und setzte sich kurz darauf wieder in den Kapitänssessel auf der Brücke. Mit einer automatisierten Handbewegung nahm er die hellblaue Verpackung mit dem *Petterøe's*-Tabak von der Anrichte und drehte sich eine Zigarette. Als er fertig war, legte er die Kippe auf die Armatur vor sich. Die Zigarette würde er erst anstecken, wenn die Lichter von Kirkenes in Sichtweite kämen. Das war sein Ritual.

Er öffnete das Bier, hielt die Büchse an seine Nase und inhalierte den malzigen Geruch, hörte dem Prickeln der Kohlensäure zu. Dann prostete er sich selbst zu und nahm einen großen Schluck. Tormod schloss die Augen. Er dachte an seine Ehefrau, Astrid, die ihm seine Leibspeise – braunes Labskaus mit selbstgebackenem Knäckebrot – versprochen hatte.

Plötzlich ließ ihn ein Schlag gegen den Rumpf des Bootes die Augen aufreißen. Er blickte in schneller Folge zuerst auf das Radar, dann auf das AIS. Da war kein anderes Boot. Vermutlich war er mit Treibgut kollidiert, vielleicht auch mit der Boje eines gerissenen Treibnetzes von einem der riesigen russischen Trawler. Der Fischer sprang auf und riss den Gashebel nach hinten. Sofort bremste der Kutter, glitt langsam und lautlos über das glatte Wasser.

Tormod verzog den Mund. Schon einmal hatte er ein Treibnetz in die Schraube bekommen. Die Taucher der Küstenwache hatten ihm zwar geholfen, dafür jedoch fast sechstausend Kronen in Rechnung gestellt. Oder war es womöglich ein Fels gewesen? Eigentlich unmöglich, der Fjord war an dieser Stelle beinahe hundert Meter tief. Er legte den Rückwärtsgang ein, sodass das Boot behäbig zurücksetzte, stellte dann in den Leerlauf.

Tormod öffnete die Tür und trat auf das Arbeitsdeck. Er schaltete die Scheinwerfer ein und beugte sich über die Reling, betrachtete das Wasser hinter der *Astrid II* in dem Kegel aus Neonlicht.

Da war doch etwas – vielleicht Algen? Er kniff die Augen zusammen. Dort trieb etwas, ragte nur wenige Zentimeter aus dem Wasser: eine undefinierbare Masse, dunkel und mit weichen Konturen.

Kein Fels. Ein Glück. Tomod drehte den Scheinwerfer und richtete ihn direkt auf das Objekt, nahm den Bootshaken zur Hand und legte wieder den Rückwärtsgang ein.

Sein Herz begann schneller zu schlagen, als er sich dem Objekt näherte. Er warf den Haken danach aus, zog es so näher an das Boot heran.

Plötzlich weiteten sich seine Augen und er stieß einen leisen Schrei aus. Beinahe wäre ihm der Haken entglitten.

In dem kalten Licht des Scheinwerfers auf dem Wasser trieb eindeutig ein lebloser Körper.

KAPITEL 5

Karl stieß einen langen Fluch aus. Das Mobiltelefon in seiner Jackentasche klingelte schon wieder und die Jacke lag auf der Rückbank. Es hatte inzwischen bereits drei Mal geklingelt und er hatte es ignoriert. Jemand schien ihn an diesem Freitagnachmittag wirklich dringend erreichen zu wollen.

Der Kommissar seufzte und lenkte den grünen Audi 80 in eine schmale Haltebucht neben der Landstraße. Er drückte auf die Eject-Taste des Radios, das daraufhin eine Kassette auswarf: die norwegische Country-Musik seines Vaters, die er zusammen mit dem Auto geerbt hatte. Anfänglich hatte er sie nicht sonderlich gemocht, doch nun konnte er sich eine längere Autofahrt kaum ohne sie vorstellen. Wenn er allein war zumindest.

Karl zog die Jacke auf den Beifahrersitz und kramte das Mobiltelefon hervor. Alle verpassten Anrufe waren von Aino, seiner Vorgesetzten. Er drückte die Rückruftaste und wartete darauf, dass sie abnahm, tippte dabei mit der linken Hand ungeduldig auf das Lenkrad.

„Was ist denn los?", fragte er, als die Abteilungsleiterin beim vierten Klingeln endlich ranging.

„Das ist sogar für dich ein unhöflicher Gruß."

„Es ist Freitagnachmittag. Ich fahre Auto, bin auf dem Weg zu Trygves Hütte am Bjørnevatn. Er hat Geburtstag, das weißt du doch. Eine freundlichere Begrüßung kannst du da nicht von mir erwarten." Er strich sich über die geschlossenen Augen und seine Stimme wurde milder. „Entschuldige bitte, aber ich bin spät dran. Was kann ich für dich tun?"

Einen Augenblick war es still am anderen Ende der Leitung. Dann fuhr sie fort: „Es gibt Arbeit. Eine Leiche im Fjord. Ich befürchte, du musst das Wiedersehen mit deinem ehemaligen Partner verschieben."

„Nein, das geht nicht", schnauzte Karl sofort. „Er hat heute Geburtstag. Kann nicht jemand anders übernehmen? Sven und Siv, hast du die angerufen?"

Nun war ein resignierendes Seufzen zu hören. „Sven und Siv sind dem Drogendezernat unterstellt worden. Dieser Drogentote, schon vergessen? Es herrscht Ausnahmezustand. Es tut mir leid, dass sogar Karl Sortland seine Befindlichkeiten hintanstellen muss wie alle anderen auch!"

Karl sah aus dem Fenster. Dabei fiel sein Blick auf den Beifahrersitz. Er bemerkte einen dunklen Fleck auf dem beigen Sitzbezug. Mit dem Zeigefinger strich er darüber: eingetrocknetes Eis. Oder Schokolade.

Mats!

Seine Vorgesetzte atmete langsam aus, fuhr dann ruhiger fort: „Karl, das war so nicht gemeint. Ich bin etwas gestresst. Diese Drogensache und ..."

„Und was?", fragte er.

„Ach, du weißt, wie das bei solchen Sachen ist. Der Polizeipräsident sitzt mir im Nacken. Kannst du mir den

Gefallen tun und den Fall mit Mats übernehmen? Vielleicht war es ja nur ein Unfall, dann bist du in einer Stunde wieder auf dem Weg zu Trygve."

Karl blickte auf die Uhr in der Mittelkonsole. Wenn es schnell gehen würde, könnte er es wirklich schaffen.

Aino fuhr fort: „Frag in der Gerichtsmedizin nach. Ich habe schon mit Northug, der zuständigen Staatsanwältin gesprochen. Du kennst sie noch von dem Bjørnøya-Fall. Sie hat eine Obduktion angeordnet und du sollst sie anrufen, wenn du bei dem Rechtsmediziner warst."

Karl atmete langsam aus. Unter normalen Umständen hätte er sich weiter gesträubt, dann irgendwann eingelenkt; ein eingeübter Tanz, den er mit seiner Chefin regelmäßig aufführte. Doch an diesem Nachmittag war ihm nicht entgangen, dass Aino unter Stress stand, nicht zu Diskussionen aufgelegt war.

„Karl?"

„Ja, in Ordnung, ich drehe um. Wo und wer ist die Leiche, wer hat sie gefunden?"

„Danke, Karl. Ein Fischer, Tormod Sivertsen. Er hat die Leiche auf seinem Boot mit nach Kirkenes gebracht. Eine Streife wurde alarmiert, hat ihn unten am Fischereihafen getroffen und mit ihm gesprochen. Der Notarzt hat den Totenschein ausgestellt. Es war allem Anschein nach kein natürlicher Tod. Es gibt Schnittwunden an Hals und Brust. Kann natürlich trotzdem ein Unfall gewesen sein, vielleicht sind die Verletzungen im Wasser entstanden. Durch eine Schiffsschraube oder so was. Der Tote wurde bereits zur Rechtsmedizin ins Krankenhaus gebracht und ich schlage vor, dass du da ebenfalls hinfährst. Mats ist schon unterwegs. Danach könnt ihr mit dem Fischer sprechen, wenn ihr wollt, und dann fährst du zu Trygve auf die Hütte. Deal?"

Karl hatte das Gespräch beendet und das Telefon in die Mittelkonsole gelegt. Nun musterte er wieder den Fleck auf dem Beifahrersitz. Das war eindeutig eingetrocknete Schokolade. Er hatte Mats gesagt, dass er das Eis nicht im Auto essen sollte, doch sein Partner hatte nur gelacht, ihm versichert, dass er vorsichtig sein würde. Mats war ein toller Polizist, aber was Eisessen in seinem Auto anging, konnte er ihm offensichtlich nicht trauen.

Karl verzog den Mund und startete den Motor, wendete den Wagen und brauste in dieselbe Richtung zurück, aus der er gekommen war.

***

Mats stand bereits neben seinem Toyota Corolla auf dem Parkplatz des Hospitals, in dem die Rechtsmedizin untergebracht war. Es handelte sich dabei nur um eine kleine Abteilung, der zwei Mediziner unterstellt waren, die ansonsten im Klinikum arbeiteten. Der Großteil der gerichtsmedizinischen Arbeit wurde in Hammerfest und Alta erledigt, bei wichtigeren Fällen wurde das Universitätsklinikum in Tromsø hinzugezogen.

Karl stieg aus und nickte seinem Partner müde zu. „So schnell sieht man sich wieder."

Mats lachte, ihm schien das Ganze nichts auszumachen. Doch Karl hatte sich darauf gefreut, Trygve wiederzusehen. Der Ex-Kollege war ein Mentor für ihn gewesen, bevor er im letzten Frühjahr in Rente gegangen war.

Sie klingelten an der unscheinbaren Tür im Kellergeschoss. Karl kannte den Leiter der hiesigen Pathologie, Doktor Simen Listhaug. Sie hatten schon in einigen Fällen zusammengearbeitet. Listhaug war als junger Arzt durch den vorgeschriebenen Turnus in Kirkenes gelandet und dann einfach geblieben. Hatte seiner Heimat Oslo den Rücken gekehrt und schließlich eine Einheimische geheiratet. Der junge Mediziner beteuerte zwar, dass seine Entscheidung den netten Leuten und der Natur geschuldet gewesen sei; Karl war sich jedoch sicher, dass die Steuererleichterungen für Ärzte in der Finnmark eine ebenso große Rolle gespielt hatten.

Listhaug begrüßte sie mit seinem ausgeprägten Oslo-Dialekt, die blauen Augen strahlten durch die runde Brille: „Karl, Mats, wie gehts? Schön, euch zu sehen, ist lange her."

„Ja", antwortete Karl und schüttelte die ihm entgegengestreckte Hand. „Die Leute sterben hier oben einfach zu selten."

Listhaug nickte. „Ja, die Leute sind einfach zu stur, sogar zum Sterben. Tut mir leid, dass euer Wochenende gestört wurde."

Der schlaksige Mann setzte sich in Bewegung und seine Birkenstock-Schuhe erzeugten ein Quietschen auf dem Linoleumboden. Karl fragte sich, warum Angestellte in Krankenhäusern alle diese Schlappen trugen; war es Vorschrift, eine Art geheimer Kodex oder waren die Schuhe einfach bequem?

Listhaug blieb vor einer Metalltür, die mit *Obduktionsraum* beschriftet war, stehen. „Hier liegt die Leiche. Wir haben schon angefangen, ihn eben geöffnet. Wollt ihr ihn euch gleich ansehen?"

Karl sah Mats an, nickte dann grimmig. „Kommt denn die Staatsanwältin nicht?"

Der Gerichtsmediziner schüttelte den Kopf und drückte die Tür auf, woraufhin ein mechanisches Knarren erklang. Dann bedeutete er den Polizisten einzutreten. Es war wie immer recht kühl im Obduktionsraum. Doch sofort fiel auf, dass etwas anders war. Normalerweise lag der Geruch von Chemie, Formaldehyd und ähnlichen Lösungen, in der Luft. Es hatte nie nach den Leichen selbst gerochen. Doch an diesem Tag stank es nach vergammeltem Fisch. Dazu kam ein salziges Aroma, eine gehörige Brise von Fjord, dem Meer, in dem der Tote sicher ein paar Tage getrieben war.

Karl schob den Gedanken beiseite, atmete durch den Mund weiter und warf nur einen flüchtigen Blick auf den Leichnam. Dann sah er sich im Raum um: An den Wänden standen einige nüchterne Regale, in der Mitte waren zwei Metallbahren angeordnet, auf denen die gerichtsmedizinischen Untersuchungen durchgeführt wurden. Die eine Leichenbahre war leer und man konnte erkennen, dass die flache Metallschale am unteren Ende etwas abfiel, sodass Körperflüssigkeiten durch einen Abfluss am Fußende entweichen konnten.

Auf der zweiten Bahre lag der nackte Leichnam eines Mannes. Erneut stieg Karl der penetrante Gestank in die Nase, ein sanfter Würgereiz kratze an seinem Gaumen und er musste schlucken. Der Brustkorb war mit einem Y-Schnitt geöffnet und durch zwei Metallklammern justiert worden. Auf einem Beistelltisch lag ein Organ, das mit einer Art gehärtetem Schaum bedeckt war. Die Lunge?

Karl trat näher. Die Haut des Toten war schrumpelig, als ob er zu lange in der Badewanne gelegen hätte. Sein braunes lockiges Haar wirkte seidig weich, wie frisch gewaschen, und zeigte erste Ansätze von Algenbesatz. Der Tote war vielleicht fünfzig Jahre alt. Viel mehr als vermuten konnte Karl dahingehend aber nicht, denn der Leichnam war entstellt und eindeutig aufgedunsen, besonders der Magen. Die linke Augenbraue war geschwollen. Auf seiner Brust und am Hals waren zwei tiefe Fleischwunden zu sehen, dazu einige Schnitte an den Unterarmen.

Listhaug trat neben den Kopf des Mannes, musterte ihn ebenfalls. „Er kann noch nicht sehr lange im Fjord gelegen haben, sonst wäre er wohl von Fischen angefressen worden." Der Mediziner lächelte. „Die Gase in seinem Magen haben ihn über Wasser gehalten. Ich habe die Entwicklungsstufe der Kieselalgen in seiner Lunge untersucht." Er deutete auf das Organ auf dem Beistelltisch. Es war aufgeblasen wie eine volle Wärmflasche. „Würde sagen, dass er vielleicht vier Tage in dem Gewässer lag, maximal fünf. Dass er also am 4. oder 5. September gestorben ist. Das deckt sich auch gut mit dem Verwesungszustand der Organe. Das ist aber nur meine vorläufige Meinung. Ich werde das noch einmal genau durchgehen, gebe dann der Staatsanwältin Bescheid, mit euch in Kopie."

Karl nickte, die Hand dezent über seine Nase gelegt. Mit der anderen deutete er auf die Schnitte in der Wachshaut. „Was sind das für Fleischwunden?"

„Er hat mehrere Verletzungen. Treibverletzungen im Gesicht, dazu Traumata am Hinterkopf und am linken Auge, die zu Hämatomen geführt haben, ihm also vor

seinem Tod zugefügt wurden. Wahrscheinlich Faust-
schläge. Dann zwei Schnittverletzungen an Hals und
Brust, ich würde sagen, verursacht durch eine schwere,
scharfe Waffe. Sowas kann man sich kaum selbst zufü-
gen."

Karl räusperte sich. „Vielleicht eine Schiffsschraube?"

Simen schüttelte den Kopf. „Nein, die sind ihm zugefügt worden, als er noch lebte, denke ich. Schau doch,
die Muster: gerade Schnitte. Ich werde auf dem Totenschein vermerken, dass er mit großer Sicherheit keines
natürlichen Todes gestorben ist." Der Mediziner zog einen Latexhandschuh an und hob einen Arm des Toten.
„Schaut, hier, Verletzungen an beiden Unterarmen."

Mats trat näher. „Das sind Deckungsverletzungen,
oder? Er hat versucht die Schläge abzuwehren."

Karl nickte, ließ den Blick wieder über den leblosen
Körper schweifen. „Und was war nun die genaue To-
desursache?"

„Ich denke, er ist ertrunken." Der Mediziner deutete
wieder auf die Lunge neben dem Toten. „Ein Lungen-
ödem. In dem Organ vermischen sich Wasser und Kör-
persekrete, es bildet sich dann dieser Schaum." Er
nahm eine Pinzette und schabte über die Oberfläche.
Eine kristalline Substanz löste sich, die Karl an Meer-
salz erinnerte. „Dann ist er erstickt, eine sogenannte
Hypoxie", schloss Listhaug.

Karl beugte sich über den Tisch und deutete auf die
Wunden an Hals und Brust. „Die Verletzungen hier,
waren die nicht tödlich?"

Listhaug legte den Kopf schief und sah auf die etwa
zehn Zentimeter tiefe Wunde an der Brust und den etwas kleineren Schnitt an der Schulter. „Oh, doch, er

wäre daran gestorben. Die Klinge hat die Haut sauber durchtrennt, dann eine Rippe zerschmettert und eine Arterie verletzt. Er wäre wohl nach außen hin verblutet. Allerdings ist er zuvor ertrunken."

„Und du bist sicher, dass es kein Unfall gewesen sein kann?", fragte Mats.

Listhaug schüttelte den Kopf, nahm seine Brille ab. „Ich habe auch zuerst an den Propeller eines Schiffes gedacht, genau wie Karl. Aber dann wären eher mehrere kleinere Schnitte zu erwarten. Ich habe nach Fotos bei uns im Archiv gesucht. Wir hatten so einen Unfall im letzten Sommer und das sah wirklich ganz anders aus. Ich schicke euch ein Bild. In Kombination mit den Abwehrverletzungen gehe ich von einem Angriff mit Todesfolge aus. Wahrscheinlich mit einem Schneidewerkzeug, relativ schwer. Ein Beil, eine Machete, so was in der Art."

Mats stand noch immer neben der Bahre und musterte den aufgequollenen Körper. „Und wer ist der Tote? Hast du irgendetwas gefunden, das uns hilft ihn zu identifizieren?"

Der Mediziner verzog den Mund, schüttelte wieder den Kopf. „Nein, er hatte nichts am Körper. Kein Portemonnaie, kein Handy. Aber ich habe seinen Kopf geröntgt und werde das an die Zahnärzte hier in der Region senden. Mit etwas Glück erkennt jemand den Kiefer eines seiner Patienten wieder. Ich gebe euch Bescheid." Dann schien ihm noch etwas einzufallen: „Oh und guckt euch die Füße an. Er scheint sich geschnitten zu haben, hier zwischen den Zehen." Er drückte die zwei weißen, harten Körperteile auseinander und Karl konnte einen feinen Schnitt in der milchigen Haut erkennen. „Im anderen Fuß steckte sogar noch ein Glassplitter. Ich weiß nicht, ob das etwas mit dem Mord zu tun hat, aber zur Sicherheit erwähne ich das in meinem Bericht." Dann zog Listhaug den Latexhandschuh aus und warf ihn in einen Mülleimer. „Ich werde noch etwas hierbleiben. Aber warum macht ihr nicht einfach Wochenende? Der gute Mann ist tot, so viel ist klar. Ich melde mich nächste Woche bei euch."

Auf dem Parkplatz blieb Karl an Mats' Auto stehen. „Was meinst du, lohnt es sich, mit dem Fischer zu sprechen, der die Leiche aus dem Fjord gefischt hat?"

Mats gähnte, sah dann auf seine Uhr. „Ich glaub nicht, hatte aber vor, noch eben auf dem Präsidium vorbeizuschauen. Wollte mit den Streifenpolizisten reden, die mit dem Fischer gesprochen haben."

Karl nickte, sah in den dunklen Himmel über dem Abhang hinter der Klinik.

Mats legte ihm die Hand auf die Schulter. „Wolltest du nicht zu deinem Ex-Partner, zu Trygve auf die Hütte? Ich schaffe das allein, wir hatten eh nichts vor heute Abend. Ich schicke dir dann alles in einer E-Mail, oder wir sprechen einfach am Montag. Wie Simen sagte: Der Typ ist tot."

Karl kratzte sich am Kopf, sah schließlich ebenfalls auf seine Uhr und stieß einen Seufzer aus.

„Ach, was solls. Ich komme mit. Heute ist es eh zu spät, ich werde morgen zu Trygve fahren müssen."

KAPITEL 6

Karl verstaute seine Reisetasche zum zweiten Mal an diesem Wochenende im Kofferraum des Wagens. Er hatte seinen ehemaligen Partner seit dem Frühsommer nicht mehr gesehen, als er ihn und seine Frau Grethe auf ihrer Hütte besucht hatte. Ihn verband ein beinahe elterliches Verhältnis mit den beiden und das Wiedersehen hatte ihm gutgetan, ihn an die friedvollen ersten Jahre in Kirkenes erinnert.

Karl gähnte. Er hatte in der letzten Nacht nicht gut geschlafen; immer wieder war die Wasserleiche auf dem Obduktionstisch vor seinem geistigen Auge aufgetaucht.

Das Gespräch mit den beiden Streifenpolizisten, das er und Mats nach dem Besuch in der Rechtsmedizin geführt hatten, hatte auch nichts Neues ergeben, außer dass der Fischer den Kollegen den genauen Ort auf dem Fjord genannt hatte, an dem er den Toten entdeckt hatte. Es musste doch irgendwie möglich sein, zu berechnen, wo der Körper ins Wasser geschmissen worden war. Karl wollte dieser Spur gleich am Montag nachgehen.

Vorsichtig schlug er jetzt die Klappe zu, wischte sich die Hände an der Jeans ab und ging leise pfeifend zur Fahrertür. Als er aus dem Augenwinkel eine Bewegung wahrnahm, blickte er die Auffahrt hinunter und bemerkte Flora, seine Nachbarin. Die alte Samin hatte schon seit jeher neben ihnen gewohnt. Sie kam langsam und mit gekrümmtem Rücken auf ihn zu. Vielleicht suchte sie ihren Kater? Das Tier hatte sich eben noch auf seinem Sofa breitgemacht. Doch wenn er sich recht erinnerte, war er mit ihm aus dem Haus gegangen.

„Flora", rief er. „Suchst du Nossan? Den habe ich eben rausgelassen."

Flora sah kurz auf, schüttelte dann den Kopf und kam unter schwerem Atem langsam näher. Karl musterte die ältere Frau. Sie war einundneunzig Jahre alt, das wusste er, obwohl sie selbst ihr Alter nie verraten hatte – Karl hatte irgendwann einmal im Melderegister nachgesehen. Bei Flora war im vorletzten Jahr Alzheimer diagnostiziert worden und es war nicht immer einfach, schlau aus ihr zu werden. Sie war noch recht selbstständig, wohnte allein, kam inzwischen aber immer öfter zu Karl, um ihn um Hilfe zu bitten. Mitunter funktionierte ihr Fernseher nicht, ein anderes Mal hatte sie einen Schlüssel verlegt.

Karl atmete tief ein und setzte auch dieses Mal ein geduldiges Lächeln auf. „Was ist denn los? Ist alles in Ordnung?"

Flora blieb neben dem Wagen stehen und hielt sich an der Motorhaube fest, wirkte ernst und verwirrter als gewöhnlich. Karl trat einen Schritt auf sie zu und legte ihr die Hand auf die magere Schulter, jetzt ebenfalls etwas beunruhigt.

„Ist alles in Ordnung", wiederholte er.

„Karl, es ist schrecklich", stammelte sie schließlich, nachdem sich ihre Atmung beruhigt hatte. „Es gab einen Einbruch, bei mir zu Hause." Sie wischte sich mit ihrer ledrigen Hand über die Wange. „Mein Sohn, Harri. Ich glaube, er ist in Schwierigkeiten."

Karl verzog den Mund. „Jetzt mal der Reihe nach, Flora. Bei dir wurde eingebrochen? Und was hat das mit Harri zu tun?"

Er kannte ihren Sohn, hatte ihn aber seit Längerem nicht mehr gesehen. Harri war ein ganzes Stück älter als er selbst, vielleicht Mitte fünfzig, und war früher fast jeden Sonntag zum Essen bei Flora gewesen. Aus ihm hätte ein guter Fußballer werden können. Soweit er wusste, war er recht talentiert gewesen, hatte in der zweiten Liga, beim Alta IF gespielt.

„Harri hat bei mir eingebrochen. Er hat einen Schlüssel, aber ... Ich glaube, er braucht Geld." Sie sah ihn mit einem verschwörerischen Gesichtsausdruck an. „Für Rauschgift."

Karl unterdrückte ein Schmunzeln. *Rauschgift*, das Wort hatte er seit einer Ewigkeit nicht mehr gehört. Dann legte er den Kopf schief, blickte die Nachbarin mitfühlend an. „Und wieso meinst du, dass Harri bei dir eingebrochen hat, wenn er doch einen Schlüssel hat. Fehlt denn etwas?"

Flora wischte sich ihr noch immer schwarzes Haar aus dem Gesicht und schluchzte. „Nein, der Schuppen. Ich weiß nicht, ob etwas fehlt. Du weißt doch, wie vergesslich ich geworden bin. Es tut mir leid. Aber ich habe geträumt, dass Harri etwas genommen hat, dass er meine Hilfe braucht."

49

Karl strich ihr über die Schulter. „Du hast es geträumt?" Er sah beiläufig auf seine Uhr. „Pass auf, Flora, kannst du nicht erst einmal nachgucken, ob etwas fehlt? Wenn ja, dann rufst du mich an und ich schicke eine Streife. Die können dann alles aufnehmen. Und ab Montag kümmere ich mich selbst darum. Wäre das in Ordnung?"

Flora sah ihn flehend an. „Kannst du nicht nach ihm suchen? Ich weiß es, er braucht Hilfe. Irgendetwas stimmt nicht mit ihm, ich weiß es einfach."

Karl legte ein schiefes Lächeln auf. „Ich bin mir sicher, dass alles in Ordnung ist. Und außerdem kann ich heute wirklich nicht, Flora, ich wollte gestern schon bei Trygve in den Bergen sein. Kannst du dich an Trygve erinnern, meinen alten Partner? Er hatte Geburtstag."

Flora sah auf den Kies vor ihren Füßen, schüttelte den Kopf. Karl biss sich auf die Unterlippe und atmete dann langsam aus. „Es war doch vielleicht nur ein Traum, oder? Ich kümmere mich am Montag darum, versprochen."

Flora sah auf und nickte sanft.

„Ich bin auf dem Weg, meinen alten Partner zu treffen. Wollte gestern schon los", wiederholte Karl.

„In Ordnung", sagte sie. „Ich werde nachsehen, ob etwas fehlt. Dann ruf ich dich an."

Karl blieb einen Moment neben seinem Auto stehen und blickte ihr nach. Flora hatte die Straße erreicht und bog nun in ihre eigene Einfahrt ab. Er wollte ihr ja helfen, er mochte sie und außerdem wusste er, dass Harris Name auf dem Präsidium tatsächlich ein paarmal in Verbindung mit Betäubungsmitteln gefallen war, auch wenn es dabei nur um Marihuana gegangen war. Aber das hatte er ihr lieber nicht gesagt, weder damals noch heute. Er wollte die alte Dame nicht unnötig beunruhigen.

Harri hatte früher in der Fischfabrik am Hafen gearbeitet. Doch da war er wohl irgendwann rausgeflogen, nachdem sein Atem am Morgen immer öfter nach Spirituosen und immer seltener nach Zahnpasta gerochen hatte. Danach hatte er sich, soweit Karl wusste, mit der Sozialhilfe und Gelegenheitsjobs durchgeschlagen. Vor ein paar Jahren hatte er wegen des Alkohols eine Therapie gemacht, Flora hatte ihm damals ganz beschwingt davon erzählt. Sie war sicher gewesen, dass er es dieses Mal schaffen würde. Ihr Sohn war dann aber wieder rückfällig geworden, zumindest hatte Karl das von einem Kollegen gehört, der mit ihm zur Schule gegangen war. Er hatte seine Nachbarin nie darauf angesprochen, hatte Angst gehabt, dass sie sich schämen würde.

Karl schüttelte den Kopf und öffnete langsam die Fahrertür. Sie hatte geträumt und wegen eines Traumes wollte er sein Wochenende nicht noch weiter verschieben. Langsam steuerte er den Doktor Palmstrøms Vei hinab, Richtung Kirkenes, fuhr sich abwesend mit der Zunge über die Lippe. Seine gute Laune war deutlich abgeklungen.

Vielleicht hatte Harri auch diese neue Designerdroge in die Finger bekommen, lag jetzt irgendwo hilflos in der Gosse? Aber wie konnte es sein, dass die Mutter davon geträumt hatte? Mütterliche Intuition?

Flora ist dement. Es würde doch sicher gutgehen mit Floras Sohn, es war nur ein Traum gewesen, Herrgott.

Oder?

KAPITEL 7

Mats riss die Tür auf, schloss sie augenblicklich hinter sich und sah Karl erwartungsvoll an, ohne etwas zu sagen.

Die Augenwinkel des Kommissars zuckten irritiert. „Was ist denn los?", fragte er. „Du musst dir unbedingt abgewöhnen, zu ..."

„Er heißt Kristian Vesterbekkmo", fiel Mats ihm ins Wort, setzte sich in seinen Bürostuhl. „Der Tote im Fjord. Er ist, oder besser war 48 Jahre alt und kommt aus Kirkenes. Geschäftsführer von *Vesterbekkmo Sement*. Kennst du das?"

Karl pfiff leise etwas Luft aus, nickte dann. Er stand auf und trat ans Fenster, deutete mit dem Finger zu der Kai-Anlage am Fjord unter ihnen. „Jeder hier kennt die alte Zementfabrik. Sie lag früher da hinten am Kai. Siehst du den Betonklotz dort? Da, wo der rote Frachter liegt?"

Mats trat neben ihn, kniff die Augen zusammen. „Ja. Ist da nicht das Kühllager der Fischereigesellschaft untergebracht?"

„Das stimmt. Aber früher, als ich ein Kind war, befand sich dort noch die Zementfabrik. Ich glaube, der alte Herr, der Gründer, ist vor ein paar Jahren gestorben.

Der Sohn, unser Toter, hat übernommen und die Fabrik an das Ufer weiter unten im Fjord, gleich hinter den Handelspark verlegt. Ich glaube, er hat einen guten Preis für die Immobilie hier am Kai im Zentrum bekommen, deshalb hat er das sicher gemacht." Er dachte einen Moment nach. „Ich kann mich an die Diskussionen erinnern. In der Zeitung stand damals, dass der neue Standort nicht optimal sei. Was rückblickend richtig war, denn die Kai-Anlage im Industriegebiet wurde nie so ausgebaut wie von der Stadt versprochen. Deshalb können die großen Schiffe dort nicht laden. Das hat den Zementhersteller viel Geld und Marktanteile gekostet."

Mats zuckte mit den Schultern. „Wie auch immer. Das Opfer ist eben dieser Kristian Vesterbekkmo, das hat uns sein Zahnarzt bestätigt. Kanntest du ihn vielleicht?"

Karl schüttelte den Kopf. „Nein. Er war ja ein ganzes Stück älter als ich. Ich glaube aber, dass ich seinen Bruder kenne, wenn auch nur flüchtig. Wenn ich mich nicht täusche, hat der ein paar Einträge bei uns im Gästebuch."

Mats blickte ihn verdutzt an.

„Im Strafregister meine ich", konkretisierte Karl. „Was genau, weiß ich nicht mehr."

„Was ich komisch finde, ist, dass Kristian nicht als vermisst gemeldet wurde. Er scheint keine ihm nahestehende Familie zu haben. Sonst hätte das doch jemand gemeldet, oder? Der Zahnarzt sagte mir, dass das Opfer geschieden war, glaubte er zumindest. Gesichert habe ich das aber noch nicht."

Karl klopfte ihm auf die Schulter. „Gute Arbeit, Mats. Überprüfe das doch bitte." Dann kratzte er sich am Kinn und blickte über den Fjord zu dem kalten, dreistöckigen Betongebäude am Hafen hinab, in dem die Zementfabrik einst untergebracht gewesen war. Schließlich ließ er sich in seinen Stuhl fallen und gab den Namen *Vesterbekkmo* in das polizeiliche Melderegister ein. Wenige Augenblicke später zeigte das System drei Einträge an. Ganz oben eine Astrid Vesterbekkmo, geboren 1942. Sie war in einem Pflegeheim in Kirkenes gemeldet.

„Das ist sicher seine Mutter", sagte Karl leise. „Wir sollten sie informieren."

„Gott, ich hasse diesen Teil unserer Arbeit", antwortete Mats, der sich auch vor den PC gesetzt hatte.

Karl nickte langsam und scrollte auf den zweiten Namen: Jakob Vesterbekkmo, geboren 1964, ebenfalls wohnhaft in Kirkenes. Zu dem Namen wurden einige polizeiliche Einträge angezeigt. „Das hier, das ist sein Bruder. Siehst du, er hat ein paar Vorstrafen." Karl klickte sich durch die Einträge: Da waren eine Anzeige wegen Betrugs, zwei Verstöße gegen das Betäubungsmittelgesetz und einmal war er mit Alkohol am Steuer erwischt worden.

Dann führte Karl den Maus-Cursor auf das letzte Suchresultat. Der Name des Toten im Fjord: Kristian Vesterbekkmo, geboren 1962, ebenfalls gemeldet in Kirkenes. Karl schrieb die Adresse – das Opfer hatte im Bergstien gewohnt, einer der nobelsten Gegenden im Ort – auf einen Notizblock und riss die Seite heraus. „Ich denke, wir fahren dort mal vorbei. Aber vorher sollten wir erst mal mit Aino sprechen."

„Apropos Aino", sagte Mats, während er seine Jacke vom Stuhl nahm. „Ist dir aufgefallen, dass sie in der letzten Zeit komisch drauf war?"

„Wieso, was hat sie gemacht?" Karl grinste und deutete einen Schlag gegen die Schulter des Kollegen an. „Hat sie dich heute noch nicht für deine vorzügliche Arbeit gelobt? Du bist schließlich ihr Goldjunge." Als er die Bürotür hinter ihnen zuzog, fuhr er ernster fort: „Aber mach dir nichts draus, Aino ist manchmal so. Vielleicht geht ihr diese Sache mit den Drogen nahe, was weiß ich, da bekommt sie sicher viel Druck von oben."

„Ja, aber ist denn dafür nicht das Drogendezernat verantwortlich?"

„Doch, schon", sagte Karl. „Aber die haben heute Morgen um Hilfe bei allen anderen Einheiten gebeten, weißt du doch. Und das betrifft auch unsere Ermittlungseinheit. Vielleicht hat sie Angst, dass ihr die Ermittler ausgehen. Ohne Ermittler keine Resultate und ohne Resultate kein Lob vom Polizeipräsidenten." Ihm Gehen nahm er sein Handy aus der Tasche und wählte eine interne Nummer. „Ich rufe schnell bei der Spurensicherung an, die sollen uns begleiten, wenn wir uns Vesterbekkmos Haus ansehen. Er wurde dort zwar nicht ermordet, aber es kann doch sein, dass er von da entführt wurde. Vielleicht gab es einen Kampf, Blut, Fingerabdrücke, was weiß ich."

KAPITEL 8

„Wie bitte?", fragte Karl abwesend.

„Ob du möchtest, dass ich auf die Spurensicherung warte", wiederholte Mats.

„Nein, nein. Stell den Wagen da auf dem Seitenstreifen ab. Wir gucken uns schon mal um." Karl hatte seinem Partner auf der Autofahrt in den Bergstien kaum zugehört, hatte stattdessen über ihre Abteilungsleiterin nachgedacht. Sie war komisch gewesen, auch heute, hatte gedankenversunken gewirkt. Sie hatte ihnen keinerlei Vorschläge unterbreitet, wie sie am besten vorgehen sollten, sondern Karls Plan einfach abgesegnet. Das war sehr ungewöhnlich für die hochintelligente Frau, die eigentlich immer das letzte Wort haben musste. Und auch wenn Karl diese Tatsache häufig an den Nerven zerrte, so beunruhigte ihn ihr heutiges Desinteresse noch viel mehr. Er hatte Aino über die Jahre sehr zu schätzen gelernt. Auch, weil sie ihn das ein oder andere Mal verteidigt hatte, wenn es drauf angekommen war. Er mochte es nicht, dass es ihr nicht gut ging.

Karl schnallte sich ab und stieg aus dem Auto. Das Haus von Kristian Vesterbekkmo lag ganz oben am Hang, wo die Straße auf der anderen Seite der Hügelkuppe wieder in die Stadt hinunterführte. Alle Grundstücke hier oben boten eine entzückende Aussicht auf

Kirkenes und den dahinterliegenden Fjord und in den meisten Einfahrten standen teure, meist deutsche Autos. Hier wohnten eindeutig Menschen, die es zu etwas gebracht hatten.

Die beiden Beamten gingen die Straße hinauf und Karl musterte das Haus des Toten: ein schwarz gestrichenes, zweistöckiges Holzhaus, das hinter einer hohen Hecke lag und vom Weg aus nur schwer einzusehen war.

Der Nordwind trieb aschfahle, tiefhängende Wolken über den Hügel ins Hinterland. In den Himmel blickend atmete Karl die kühle Herbstluft ein und fröstelte. Hier oben musste es mindestens ein oder zwei Grad kälter sein als unten in der Stadt. Auch war es still, vom Brummen des Verkehrs, der sich wenige hundert Meter entfernt auf der E6 in beide Richtungen bewegte, war nichts zu hören.

Die Polizisten betraten die gepflasterte Einfahrt, die zum Eingangsbereich des Wohnhauses hinunterführte. Die Doppelgarage stand offen und Karl warf einen Blick hinein: keine Autos. Bis auf ein Surfbrett, etwas Werkzeug auf einem Tisch und eine Sammlung Golfschläger, die an der Wand aufgehängt waren, war sie vollkommen leer.

„Wo ist das Auto?"

Mats nickte auf Karls Frage hin und machte sich eine Notiz.

„Das sollten wir überprüfen, in der ganzen Finnmark. Irgendwo muss es abgestellt worden sein" sagte Karl.

Sollten sie das Fahrzeug finden, konnten sie möglicherweise den Tatort bestimmen oder zumindest auf ein bestimmtes Gebiet einschränken. Am Ort eines Verbrechens gab es meistens Spuren, die auf den Täter schließen ließen. Oft beging dieser nämlich Fehler, die zu einer Überführung führen konnten, besonders wenn die Tat im Affekt ausgeübt wurde.

Karl trat aus der Garage und musterte die hölzerne Fassade. Das Haus war größer als die meisten Nachbarhäuser, schien seine Glanztage jedoch hinter sich zu haben. Die ölige Farbe war an einigen Stellen abgeblättert und auch die Hecke, die das Grundstück einrahmte, wirkte ungepflegt.

Plötzlich fluchte Mats und Karl fuhr herum, grinste dann breit; sein Partner war auf einen matschigen Apfel getreten. Die Früchte des knorrigen Apfelbaums lagen vor der Hecke auf dem Boden, waren nicht aufgesammelt worden.

Neben der schweren Eingangstür wuchs ein vertrocknetes Rosengewächs aus einem Pott die Wand hinauf. Die Tür war verschlossen. Durch die Glasscheibe neben der Tür blickte Karl in einen schummrigen Korridor, der in ein großes Wohnzimmer mündete. Dahinter konnte er einen Wintergarten erahnen, von dem man auf den abschüssigen Garten und den Fjord unten im Tal blicken konnte.

Mats stupste ihn an. „Sollen wir klingeln?"

Karl lachte. „Und wer soll uns aufmachen? Meinst du, Kristian ist zu Hause?" Prüfend blickte er den schmalen Rasenstreifen hinunter, der zwischen dem Gebäude und der Hecke in den Garten führte. „Lass uns hinterm Haus nachsehen. Wenn dort keine Tür offen steht, dann müssen wir wohl auf die Spurensicherung warten. Die brechen die Tür auf."

Mats grinste breit und zog einen metallischen Gegenstand aus der Jackentasche. Es war derselbe Dietrich, mit dem er einst in Hammerfest Jussi Aaltos Wohnung geöffnet hatte.

Karl rollte mit den Augen. „Sag mal, warst du in Schweden wirklich bei der Polizei, oder was hast du da gemacht?"

„Voilà!", sagte Mats nur wenig später und stieß die schwere Holztür auf.

Karl trat ein. Im Flur lag ein muffiger Geruch, als ob seit Längerem nicht gelüftet worden war. Dazu ein süßlicher Gestank, vielleicht verkommene Essensreste. Je weiter man sich dem Wohnzimmer näherte, desto stärker stank es zudem nach Urin. Karl rümpfte die Nase und drehte sich zu seinem Partner um. „Riechst du das?" Er hatte nun eine Treppe erreicht, die in der Mitte des Flures ins Obergeschoss führte. Flüchtig warf er einen Blick nach oben, konnte eine offene Tür erkennen. In dem Zimmer war es dunkel, die Vorhänge waren sicher vorgezogen. Wahrscheinlich das Schlafzimmer. Er ging langsam weiter, musterte die Wände. Merkwürdigerweise hingen in dem Flur keinerlei Bilder, nicht einmal ein Spiegel. Dann trat er in das Wohnzimmer, das durch eine kurze Treppe erreichbar war und dem Niveau des Gartens angepasst lag. Es war ein großer Raum, der ebenfalls zu leer wirkte. Besonders wenn man bedachte, dass dies die teuerste Gegend in Kirkenes war; nur ein billiger Ikea-Stuhl stand in einer Ecke. Kein Fernseher, keine Musikanlage. Karl stöhnte, hielt sich die Nase zu. Der Gestank war hier noch einmal stärker geworden.

Mats zupfte ihn am Arm, deutete in den gläsernen Wintergarten. „Da kommt der Gestank her."

Karl folgte dem Fingerzeig seines Partners und sah auf dem gefliesten Boden mehrere braune Häufchen. Er trat einen Schritt darauf zu und erkannte, dass der Kot durch die Wärme der Sonneneinstrahlung unter dem Glasdach ausgetrocknet worden war. Karl schluckte und steuerte auf die offene Küche zu, die über eine weitere Treppe zu erreichen war und wieder auf einer Höhe mit dem Eingangsbereich lag. Auch hier wirkte die Möblierung karg, als ob der Eigentümer ausgezogen war. Der Gestank war jetzt kaum noch auszuhalten.

Karl hatte eine Kücheninsel erreicht, vor der ebenfalls eine angetrocknete braune Masse auf den weißen Keramikfliesen lag. Vorsichtig umrundete er das Häufchen und musterte die Oberfläche der Insel, in die eine gläserne Kochplatte eingelassen war. Darüber hing ein Luftabzug von der Decke. Auf dem Herd stand ein Kochtopf, in dem sich eine schimmelige, grün-weiße Masse befand. Er atmete langsam durch den Mund ein und wieder aus und trat schließlich hinter die Kochinsel. Erschrocken wich er einen Schritt zurück.

Zwischen der Kücheninsel und der Küchenzeile lag ein toter Hund. Karl verzog den Mund, kniete sich neben das Tier. Ein Border Collie.

„Ach, Mensch", sagte Mats leise hinter ihm.

Karl strich durch das glänzende schwarz-weiße Fell, deutete auf zwei leere Messingnäpfe, die in einer Ecke vor dem Küchenschrank lagen. „Ich denke, er ist verhungert. Oder verdurstet. Das arme Tier."

Karl und Mats hatten das gesamte Erdgeschoss abgesucht, bevor die Kollegen der Spurensicherung eingetroffen waren. Sie hatten nichts Besonderes gefunden, nichts, das auf einen Kampf hingedeutet hätte. Das Auffälligste war gewesen, dass das Gebäude so leer gewesen war. Da es keinerlei Anzeichen für einen gewaltsamen Einbruch gab, nahm Karl an, dass die Möbel das Haus entweder bei der Scheidung zusammen mit der Ex-Frau verlassen hatten oder Kristian sie verkauft hatte.

Nun hatte sich die Spurensicherung daran gemacht, persönliche Gegenstände zu untersuchen. Auch Therese Thorstensen, mit der Karl ein freundschaftliches Verhältnis pflegte. Therese war mit Kari befreundet gewesen und hatte nach ihrer Scheidung oft mit Karl gesprochen. Sie kam gerade mit einem Laptop die Treppe herunter.

„Therese, könntest du mir eine Liste aller Dokumente, Bilder und dergleichen anfertigen und mir die E-Mails weiterschicken, sobald du das Gerät ausgewertet hast?"

Therese nickte und ging durch die Haustür zu dem Lieferwagen, in den sie die möglichen Beweismittel verluden.

Karl drehte sich zu Mats um. „Was mir noch einfällt. Könntest du mal bei seiner Bank nachfragen? Ich würde mir gerne eine Übersicht über seine Vermögensverhältnisse verschaffen." Sein Blick verweilte auf den leeren Wänden im Wohnzimmer. „Ich glaube, das könnte uns mehr über ein mögliches Motiv verraten."

Mats machte sich eine weitere Notiz. „In Ordnung. Brauche ich dafür eine richterliche Verfügung?"

Karl antwortete nicht, sondern strich mit dem Finger über die Wand. Die Farbe wirkte an einer quadratischen Stelle etwas dicker, war weniger vom Sonnenlicht gebleicht. Es schien fast so, als ob dort vor Kurzem noch Bilder gehangen hatten.

„Karl?", fragte Mats.

„Nein, ich glaube nicht, dass wir dafür einen richterlichen Beschluss brauchen. Aber wenn doch, kümmere ich mich darum."

Im Augenwinkel nahm er durch das Glas des Wintergartens eine Bewegung wahr und trat an die Scheibe; neben der Hecke war das runde Gesicht eines alten Mannes zu sehen. Er reckte den Hals, versuchte offenbar in das Nachbarhaus hineinzublicken.

„Da am Zaun ist ein Nachbar. Ich werde mal mit ihm sprechen. Kommst du mit?"

Der Mann mit den grauen Haaren zuckte zusammen, als Karl nach ihm rief. Dann lächelte er verlegen und trat an eine verschlossene Gartenpforte, die die beiden Grundstücke miteinander verband. Er winkte ihnen zu.

„Ist bei Vesterbekkmo etwas passiert?", fragte er.

Karl näherte sich dem Mann, der in seinen Siebzigern sein mochte. „Kannten Sie Kristian Vesterbekkmo, Herr ..."

„Erling Bakke", sagte der Mann und lächelte, diesmal aufrichtig. „Und ja, ich kenne Kristian, ich wohne schon mein ganzes Leben hier oben, schon damals, als sein Vater das Haus gekauft hat. Was ist denn passiert?"

Einen Augenblick musterte Karl den neugierigen Nachbarn. Schließlich wurden seine Züge milder. „Kristian ist leider verstorben."

„Oh Gott, er ist tot?" Er schien aufrichtig schockiert.

„Sie kannten den Vater?", fragte Mats.

„Ja. In den 1970er-Jahren hat er das Haus erstanden, Tore hieß er", antwortete er leise. Wieder reckte er den Hals, versuchte über Karls Schulter einen Blick in den Wintergarten zu erhaschen. „Wie ist Kristian denn gestorben?"

„Das kann ich Ihnen leider nicht sagen, Herr Bakke", antwortete Karl knapp. „Aber vielleicht können Sie uns ja helfen. Wann haben Sie Kristian Vesterbekkmo das letzte Mal gesehen?"

Bakke verzog den Mund, schien nachzudenken. „Er war selten hier. Ich glaube, vor ein oder zwei Wochen. Da hatte er gerade seinen BMW verkauft, ich hatte die Anzeige bei Finn, dem Online-Auktionshaus gesehen." Der alte Mann gluckste. „Ist innerhalb weniger Tage mehrmals mit dem Preis runtergegangen. Wollte unbedingt schnell verkaufen. Ein Anfängerfehler! Das Auto war um einiges mehr wert. Ich hatte noch überlegt, das Fahrzeug zu kaufen. Aber meine Frau fand das unanständig."

Karl warf seinem Partner einen Blick zu. Mats nickte und notierte es.

„Er hat also sein Auto verkauft? Wie ist er denn dann zur Arbeit gekommen?"

„Er hatte noch eins, einen Kleinwagen, Nissan glaube ich. Mit dem ist er wohl gefahren. Aber auch den Wagen habe ich seit Tagen nicht mehr in der Einfahrt gesehen."

Karl nickte. „Wissen Sie, warum er den Wagen verkauft hat?"

Bakke sah ihn nachdenklich an, blickte dann auf seine Füße. Er trug Hausschuhe. „Tja, ich denke, er hatte Geldprobleme. Sie wissen schon. Deshalb fand meine Frau, dass es unanständig gewesen wäre, das auszunutzen." Der Nachbar sah wieder auf, wirkte betrübt. „Wissen Sie, sein Vater war ein erfolgreicher Geschäftsmann. Kristian war anders. Er ..."

Karl zog eine Augenbraue hoch. „Er?"

Bakke trat einen Schritt näher und legte seinen Ellbogen auf das Gartentor. „Er hatte Umgang mit zwielichtigen Personen. Manchmal standen große Autos vor seiner Auffahrt, schienen auf ihn zu warten. Er muss sie gesehen haben, denn er ist dann tagelang nicht hier aufgetaucht. Einmal ist er durch meinen Garten geflüchtet, hier durch das Tor."

Karl warf einen Blick in Bakkes Garten, der nach unten hin abfiel und an einem anderen Weg endete.

„Die Grundstücke – Ihr Haus und das von Vesterbekkmo –, die sind sicher einiges wert."

Bakke nickte wissend. „Ja, natürlich, eine gute Gegend. Soweit ich weiß, hat er das Haus schon kurz nach der Scheidung verkauft. Oder es wurde gepfändet, von der Bank, keine Ahnung, wie genau das vor sich gegangen ist. Aber die Bank hat es dann an ihn rückvermietet. Das hat mir ein Nachbar erzählt, der in der DNB Bank arbeitet. Vesterbekkmo hatte also mit ziemlichr Sicherheit Geldsorgen. Vielleicht hat er sich Geld geliehen und konnte es nicht zurückzahlen? Das glauben hier oben alle, dass das die Kredithaie waren, mit ihren dicken Autos." Er trat nun noch näher und Karl konnte den süßlichen Rauch von Vanille-Zigarillos in seinem Atem riechen, als er fortfuhr. „Einmal waren sogar zwei Männer bei mir und haben nach Kristian gefragt. Raue Typen. Der eine war Norweger, der andere ein Ausländer, hat kein Wort Norwegisch verstanden." Er hob seine Schultern und machte eine Geste, als ob es ihn schauderte.

„Und was wollten sie von Ihnen, Herr Bakke?"

„Nun", antwortete der Nachbar langsam. „Sie wollten wissen, wo Kristian ist. Sie sagten, sie seien Geschäftspartner, aber das habe ich nicht geglaubt."

Mats hob seinen Notizblock, kritzelte ein paar Worte darauf und sah Bakke dann an. „Wann war das?"

„Ich schätze, vor ungefähr drei Monaten. Ich habe Kristian davon erzählt. Er hat nur gelacht und gesagt, dass die Kerle sicher von seiner Ex-Frau geschickt worden wären."

„Seine Ex-Frau?", fragte Karl nach.

„Ja, die waren ja geschieden. Keine schöne Ehe, es gab ständig Streit. Auch die Scheidung ist nicht sonderlich freundschaftlich über die Bühne gegangen, wenn Sie verstehen, was ich meine. Sie war wohl unglücklich damit, was Kristian ihr gegeben hat." Er zwinkerte den beiden Polizisten zu.

Mats trat näher an den Zaun. „Sagen Sie, Herr Bach, haben Sie ...“

„Bakke", unterbrach ihn der Grauhaarige und lächelte emsig.

„Herr Bakke, haben Sie sonst in der letzten Woche irgendetwas Ungewöhnliches am Haus von Kristian Versterbekkmo bemerkt?"

„Ich habe den Hund bellen gehört. Wir haben sogar die Polizei angerufen, aber die haben gesagt, ich solle das mit Herrn Vesterbekkmo besprechen." Wieder blickte er auf seine Hausschuhe. „Wissen Sie, meine Frau hat sich schon mehrmals über den Hund beschwert, wegen des Gebells. Erst bei Kristian, dann bei der Polizei. Das arme Tier war oft allein und hat immer gebellt. Hilde hat das sehr gestört, sie konnte dann nicht schlafen. Aber als ich vor ein paar Tagen anrief, sagten Ihre Kollegen, sie könnten deshalb nicht jedes Mal hier hoch kommen. Ich bin daraufhin zu Kristian, habe geklingelt. Aber er hat nicht aufgemacht."

Karl blickte erst Mats an, nickte dann. „Danke." Er reichte dem Nachbarn seine Karte. „Bitte melden Sie sich bei uns, falls Ihnen oder Ihrer Frau noch etwas einfallen sollte."

KAPITEL 9

Karl tippte mit dem Finger gegen die Glasscheibe, hinter der das Empfangspersonal des Pflegeheims saß: ein junger Mann in einer grünen Uniform und mit einem Headset auf dem Kopf; kurz blickte er auf, hob den Zeigefinger und deutete damit auf sein Ohr. Dann konzentrierte er sich wieder auf das Telefongespräch.

Karl verzog den Mund, trat einen Schritt zurück und drehte sich um. Es war ruhig im Eingangsbereich des Klinikums. Auf einer Sofagruppe saßen zwei ältere Menschen und eine Pflegerin, die langsam und deutlich mit den Senioren sprach. Die beiden Heimbewohner lächelten, schienen sich auf etwas zu freuen, vielleicht warteten sie auf Familienbesuch.

Karl atmete tief ein und sofort stieg ihm das typische Aroma dieser Art von Einrichtungen in die Nase. Desinfektionsmittel, dem es geradeso gelang, den Geruch der Alten und Kranken zu übertünchen. Sein Unterkiefer bewegte sich in kreisförmigen Bewegungen und er warf einen Blick auf seine Armbanduhr.

Endlich öffnete sich das Schiebefenster an der Rezeption hinter ihm mit einem Quietschen. Der Pfleger blickte ihm mit schiefgelegtem Kopf entgegen.

„Abholen oder besuchen?", fragte er.

Karl sah ihn fragend an, doch im selben Moment trat Mats neben ihn und hielt seinen Dienstausweis an die Scheibe. „Nichts von beidem. Wir sind von der Polizei", erklärte er. „Wir würden gerne mit Astrid Vesterbekkmo sprechen. Sie wohnt doch hier, nicht wahr?"

Die Augen des Mannes weiteten sich kaum merklich. Dann nickte er und nahm das Headset wieder auf, vermutlich, um in der relevanten Station anzurufen.

Wenig später folgten Karl und Mats einem zweiten Pfleger durch eine Glastür in die Krankenstation des Pflegeheims. Karl wusste, dass diese Abteilung auch ein Hospiz war, also als Einrichtung zur Sterbebegleitung genutzt wurde und dass viele der altersschwachen Patienten die Station nie wieder verlassen würden. Um die Gesundheit der Mutter des Mordopfers schien es nicht sonderlich gut bestellt zu sein.

„Sie müssen wissen, dass Frau Vesterbekkmo sehr krank ist", sagte der Pfleger, als ob er Karls Gedanken gelesen hätte. „Sie hat Leukämie. Blutkrebs." Er blieb vor einer Tür stehen. „Sie sollte ansprechbar sein, obwohl sie sehr starke Schmerzmittel bekommt. Kann sein, dass sie deshalb etwas fahrig wirkt. Sie dürfen sie nicht überanstrengen." Er blickte die Beamten streng an. „Ich werde mit rein kommen. Wenn ich Ihnen sage, dass Sie aufhören sollen, dann müssen Sie meinen Anweisungen Folge leisten. Sind Sie einverstanden?"

Die Polizisten nickten.

„Natürlich" sagte Mats und folgte dem Pfleger in den kleinen Raum.

„Wie bitte? Fifi ist tot?"

Die alte Dame auf dem Krankenbett verzog den Mund zu einer traurigen Grimasse. Dann schluchzte sie und eine Träne rann ihre bleiche Wange hinab.

Mats trat näher und legte seine Hand auf ihren Unterarm. „Ja, der Hund ist tot." Er sah Karl unsicher an. „Aber deshalb sind wir nicht hier. Es geht um etwas Ernsteres. Wir müssen Ihnen leider mitteilen, dass Ihr Sohn Kristian verstorben ist."

Astrid Vesterbekkmo wischte sich mit einem Taschentuch die Tränen weg. „Er war so ein guter Junge, unser Fifi." Dann verengten sich ihre Augen. „Hat Jakob ihn verhungern lassen?"

Mats setzte zu einer Antwort an, zögerte dann aber. Er blickte erneut zu seinem Partner, zuckte schließlich mit den Schultern und trat vom Krankenbett zurück.

Karl seufzte, hatte insgeheim gehofft, dass Mats ihm diesen Teil des Gesprächs abnehmen würde. „Ja, Frau Vesterbekkmo, der Hund ist tot, verhungert. Aber das tut jetzt nichts zur Sache. Ihr Sohn, Kristian, ist gestorben. Deshalb sind wir hier." Sanft legte er seine Hand auf den bleichen Unterarm der kranken Frau. „Mein aufrichtiges Beileid, Frau Vesterbekkmo."

Die alte Dame sah die beiden Beamten ungläubig an. Dann weiteten sich ihre Augen und es wirkte so, als ob Karl endlich zu ihr durchgedrungen wäre. „Kristian?", flüsterte sie.

Karl verzog den Mund zu einem schmalen Strich und nickte. „Ja, Kristian ist tot. Es tut uns leid, dass wir Ihnen diese Nachricht überbringen müssen."

Sie schloss die Augen und legte ihren mageren Kopf auf das Kissen, atmete langsam und tief. So verharrte sie eine ganze Weile und Karl glaubte schon, dass sie vielleicht eingeschlafen oder durch den Schock in ein Koma gefallen sein könnte. Fragend blickte er den Pfleger an, der nur sanft den Kopf schüttelte.

„Frau Vesterbekkmo", sagte Karl leise.

Sie öffnete langsam ihre geränderten Augen. „Wie ist er gestorben?", fragte sie klar und deutlich und es lag eine unerwartete Kälte in ihrer Stimme.

Mats räusperte sich. „Nun, wir glauben, dass er ermordet wurde. Deshalb ist es wichtig, dass wir mit Ihnen sprechen. Vielleicht können Sie uns helfen das aufzuklären."

Sie warteten einen Augenblick, doch die Mutter des Toten antwortete nicht.

„Wissen Sie von etwas, das uns helfen könnte, den Mörder Ihres Sohnes zu fassen. Bitte denken Sie nach, hatte er irgendwelche Feinde, Geldprobleme oder dergleichen?", fragte Karl.

Die Dame richtete sich auf ihren mageren Ellbogen auf und sah die Beamten mit funkelnden Augen an. „Sie sollten mit Jakob und Emilie sprechen. Die beiden haben Kristian nie etwas gegönnt."

„Sie meinen Ihren anderen Sohn Jakob. Und wer ist Emilie?"

Sie sah ihn überrascht an. „Emilie, meine Tochter. Kristians Schwester natürlich."

„Sie wohnt aber nicht hier in Kirkenes, oder?"

„Nein. Sie ist doch schon vor langer Zeit weggezogen. Sie hat geheiratet, wohnt in Bodø." Auf einmal wirkte Astrid Vesterbekkmo wieder klar, der Morphium-Nebel in ihrem Kopf schien sich aufgelöst zu haben. Sie fuhr sich mit der Zunge über die trockenen Lippen. „Ich werde Ihnen helfen, Herr Kommissar. Wissen Sie, Emilie und Jakob waren immer eifersüchtig auf Kristian. Sie wollten das Geld, das wir ihm gegeben haben, um in das Unternehmen zu investieren, verstehen Sie?" Ihre Miene verhärtete sich erneut. "Die beiden haben ihm das nie gegönnt, sie sind niederträchtig. Und ich habe sie in diese Welt gesetzt. Sie haben Kristian auf dem Gewissen!" Wieder legte sie ihren Kopf auf das Kissen und begann nun zu weinen. "Oh Gott, Kristian, mein Goldjunge!"

Der Pfleger berührte Karl am Arm und machte eine sachte Geste Richtung Tür. "Ich glaube, Sie sollten jetzt gehen."

Nach dem Besuch bei der Mutter des Toten hatten Karl und Mats beschlossen auch mit dessen Bruder, Jakob Vesterbekkmo, zu sprechen. Sie fuhren zu der registrierten Adresse, einer Mietwohnung in einer mehrstöckigen Wohnanlage am äußeren Stadtrand. Auf dem Parkplatz standen nur wenige Autos, die meisten ältere asiatische Modelle mit Rostansatz. Im Gegensatz zu der Gegend, in der Kristian gewohnt hatte, war es kein besonders gutes Viertel.

Mit einem schmalen Fahrstuhl gelangten sie in den dritten Stock. Im Korridor war ein vergilbter gelber Teppich verlegt – sicher in den 80er- oder 90er-Jahren – und seitdem nicht mehr ausgewechselt worden.

Vor Wohnung 305 blieben sie stehen und klopften. Doch anstatt des Bruders des Toten öffnete ihnen eine abgemagerte, nervös wirkende junge Frau. Sie war sicher einmal attraktiv gewesen, doch ihr dünnes Haar wirkte ungepflegt, sie hatte einen Ausschlag im ausgemergelten Gesicht und kratzte sich unablässig am Arm.

Sie stellte sich als Lene Karlssen vor und gab an, dass sie mit Jakob zusammen wohnte. Um Miete zu sparen, sie seien nur Freunde, betonte sie. Sie erklärte, sie habe Jakob seit fast zwei Wochen nicht gesehen. Das käme häufiger vor, dass er über viele Tage nicht nach Hause kam, und sie wisse nicht, wo er sei, die beiden seien schließlich kein Paar.

Trotz ihrer offensichtlichen Anspannung wirkte sie aufrichtig und Karl glaubte ihr. Sie erlaubte den Beamten dann auch einen Blick in die Wohnung zu werfen. Alles war etwas verdreckt, wie in einer Studentenwohnung. Auf dem Balkon stand eine leere Dose Ringnes, die wohl als Aschenbecher diente. Auf dem Fernseher lief irgendeine Naturdokumentation.

Lene Karlssen folgte den beiden Polizisten durch die Wohnung. Von ihrem Mitbewohner fehlte tatsächlich jede Spur. Sie warf einen Blick auf die Handynummer, die Karl von Jakob hatte, und bestätigte, dass es seine sei. Karl stellte noch ein paar Fragen – was sie denn so mache, ob sie Familie in Kirkenes habe – und schließlich bedankte er sich und gab ihr seine Karte.

Etwas später auf dem Präsidium versuchte er zwei Mal Emilie, die Schwester des Mordopfers, anzurufen. Die Nummer hatte er leicht über die Kollegen in Bodø herausbekommen. Auch hatte er aus dem Melderegister erfahren, dass Emilie den Namen ihres Ehemannes angenommen hatte, jetzt Forsmo mit Nachnamen hieß. Erfolg hatte er jedoch auch damit keinen. Entweder telefonierte Emilie oder ihr Telefon war abgeschaltet. Karl hinterließ eine Nachricht mit der Bitte um Rückruf auf dem Anrufbeantworter und beließ es vorläufig dabei.

KAPITEL 10

Ingrid Tennfjord ließ sich in den abgesessenen Ledersessel fallen. Sie legte sich eine Wolldecke über die Beine, denn das kalte Herbstwetter der letzten Tage hatte sich negativ auf ihr Rheuma ausgewirkt. Sie atmete langsam ein, stieß einen befreiten Seufzer aus und schaltete den Fernseher an.

Das Gerät war wie immer auf den staatlichen Lokalsender, auf NRK-Finnmark eingestellt. Sie nahm ihr Strickzeug auf und sah nur beiläufig auf den Schirm; es lief irgendeine Sondersendung, ein unscharfes Handyvideo wurde gezeigt. Der Reporter redete über einen Polizeieinsatz. In Kirkenes. Zu sehen waren ein Polizeiwagen und ein Mann mit einem Messer, unten lief ein Text über den Bildschirm:

Eilmeldung – Polizei in Kirkenes erschießt jungen Mann. Eilmeldung – Polizei in Kirkenes erschießt jungen Mann.

Ingrids flinke Finger erstarrten in der Bewegung. Dann ließ sie das Strickzeug in ihren Schoss fallen, drehte sich leicht zur Seite, wobei sie ihren Blick aber nicht vom Fernseher nahm.

„Harald!"

Als Antwort hörte sie ein leises Schlurfen der Pantoffeln auf dem Parkettfußboden der Küche.

„Harald, kommst du?"

Ihr Ehemann blieb neben dem Lehnstuhl stehen, setzte seine Brille auf und starrte ebenfalls einen Augenblick auf das TV-Gerät. „Herrgott", sagte er leise. „Ist das heute passiert?"

Schweigen, das nur durch Haralds schweren Atem durchbrochen wurde. „Das ist ja hier gleich um die Ecke", sagte er dann nach einiger Zeit und trat an das Wohnzimmerfenster.

Ingrid reagierte nicht, ihr Blick fixierte weiterhin den Bildschirm: ein Polizeiauto, ein Mann mit einem Messer direkt vor der Bäckerei am Nylanderbakken gleich bei ihnen um die Ecke. Dann diese Schüsse. Die Informationen waren so fremd, so obskur, dass ihr Gehirn sich schwertat, das Gezeigte zu verarbeiten. Wieder war ein Nachrichtensprecher zu sehen, der versuchte das Video zu erklären, das zum wiederholten Male abgespielt wurde. Ingrid kniff die Augen zusammen, als die Sequenz erneut von vorne ablief: Auf dem Parkplatz vor der Bäckerei stand ein Polizeiauto. Da war außerdem ein junger Mann, der nur mit einer Unterhose bekleidet war. Das Gesicht war verpixelt. Er hatte den rechten Arm drohend erhoben, hielt ein langes Messer in der Hand. Er musste im selben Alter sein wie Emil, Ingrids Enkelkind. Seufzend drehte sie sich zu ihrem Ehemann um, der noch immer aus dem Fenster auf die Straße vor ihrem Haus blickte und sich dabei hinter der schweren Gardine versteckte.

„Siehst du etwas?"

„Nein", antwortete Harald und setzte sich auf das Sofa. „Nur den Schein der Blaulichter hinter dem Haus der Malviks. Was ist denn da bloß los?"

Sie schüttelte resignierend den Kopf, versuchte das Informationsband auf dem Schirm zu lesen. Es war nun leicht abgeändert worden:

Kirkenes – Passanten mit Messer bedroht – Polizei erschießt mutmaßlichen Täter.

Das Video wurde nun im Vollbildmodus gezeigt. Der Kerl ging mit erhobenem Messer vor dem Polizeiauto auf und ab, schien etwas zu rufen. Ingrid konnte zwar nicht hören, was er sagte, doch er schien mit sich selbst zu sprechen. Dann trat der junge Mann noch einen Schritt auf den Streifenwagen zu, stocherte dabei mit der Waffe in der Luft herum, als ob er sich gegen imaginäre Feinde verteidigen wollte. Der Filmende, sicher irgendein Passant, bewegte sein Handy ein wenig. Erst jetzt, aus dieser neuen Perspektive, konnte Ingrid erkennen, dass sich hinter dem Polizeiauto eine Frau versteckte. An der Hand hielt sie ein kleines Mädchen. Die Mutter folgte den Bewegungen des Angreifers, hastete in der entgegengesetzten Richtung um das schützende Auto.

Erschrocken sog Ingrid Luft ein. Der Kerl versuchte allem Anschein nach um das Fahrzeug herum an die beiden heranzukommen.

„Oh Gott", murmelte sie und drückte Haralds Hand, die er auf ihren Unterarm gelegt hatte. „Warum tun die Polizisten denn nichts? Wenn sie ihn nicht aufhalten, dann springt er über das Dach."

Dann endete das Video und der Nachrichtensprecher sah mit ernster Miene in die Kamera.

„Den Rest des Videos können wir Ihnen nicht zeigen. Leider haben die Beamten keine andere Möglichkeit gesehen, sich selbst und die junge Mutter zu schützen, als den Angreifer mit ihrer Dienstwaffe zu erschießen."

Er erklärte im Folgenden, dass die Umstände, die zu dieser tragischen Situation geführt hatten, nicht geklärt seien und dass die Polizei den Namen des Mannes geheim halten wolle, bis die Angehörigen informiert waren. Schließlich sagte er, dass noch nicht klar sei, ob der Angreifer psychisch krank gewesen sei. Es sei ebenfalls möglich, dass er unter dem Einfluss von Alkohol oder Drogen gestanden habe.

Dann wurde das Video erneut von Anfang an gezeigt. Ingrid sah einen Augenblick stumm auf den Bildschirm, nahm dann die Hand ihres Ehemannes und drückte sie fest. „Harald, könntest du nachsehen, ob vorne abgeschlossen ist?"

Ihr Mann stand wortlos auf und ging mit schnellen Schritten durch den Korridor in Richtung der Eingangstür. Dieses Mal war kein Schlurfen zu hören.

KAPITEL 11

„Oh Gott", sagte Silja leise und schüttelte den Kopf.
NRK hatte den ganzen Nachmittag über nichts anderes
als die Polizeiaktion berichtet. Zum Glück war Mats zu
Hause gewesen, sonst hätte sie sich riesige Sorgen gemacht.

Das Video davon, wie der Angreifers von der Polizei
erschossen wurde, lief auch Stunden später noch in
Endlosschleife. Silja schaltete den Fernseher aus und
legte die Fernbedienung auf den Wohnzimmertisch. Einen Augenblick lauschte sie, hörte aber nichts. Er
musste noch immer draußen sein. Mats waren die
Nachrichten vor einiger Zeit zu viel geworden. Er hatte
gesagt, er könne dieses Video nicht noch ein einziges
Mal ansehen, ohne dass ihm schlecht würde. Daraufhin war er in den Garten gegangen. Das hatte er in der
letzten Zeit öfter getan. Hatte in dem kleinen Grünbe-
reich ihres Grundstücks gearbeitet. Er brauchte wirklich ein Hobby in der neuen Heimat. Silja lächelte sanft;
ihr lieber, guter Mats.

Mit den Händen über dem Kopf gefaltet ließ sie ihren
Blick durch das Wohnzimmer schweifen. An der Wand
neben der Stereoanlage hing eine großformatige, ein-
gerahmte Fotografie: Mittsommer, 2005. Oder war das

Bild von 2006? Sie hatten bei Mats' Onkel Arne, auf einem alten Bauernhof in der Nähe von Piteå gefeiert. Ihre Eltern waren dabei gewesen, auch Mats' Schwester Elin. Elin war Siljas beste Freundin, schon seit der Schulzeit. Sie hatte im Sommer die Ausbildung zur Polizistin in Umeå angefangen.

Silja verzog den Mund.

Umeå lag nur 260 Kilometer von ihrem Heimatort Luleå entfernt im Süden, doch von Kirkenes aus war es eine gefühlte Ewigkeit weit weg. Elin war für sie nahezu unerreichbar geworden, als ob sich ein unüberwindbares Gebirge zwischen ihnen, zwischen Kirkenes und ihrem früheren Leben erhoben hätte. Zwischen Silja und ihrer Familie, ihren Freunden und allem, was ihr Sicherheit gegeben hatte. Sie hoffte inständig, dass auch Elin eines Tages hier in Kirkenes bei der Polizei landen würde. Aber bis dahin?

Klar, sie war nicht allein. Sie hatte Mats. Und Sofia war auch eine gute Freundin geworden. Umso besser, dass sie mit Karl zusammen war. Aber waren sie wirklich zusammen? Mats erzählte ihr kaum etwas oder wusste es selbst nicht.

Silja nahm das Haarband aus dem Pferdeschwanz und lockerte ihr Haar, beugte sich vor das Foto und musterte Mats und Elin, die beide mit dem Samuelsson-Lächeln auf dem Gesicht abgelichtet worden waren. Sie waren sich so ähnlich. Elin war genau wie ihr Bruder eine echte Frohnatur, ein durchweg positiver Mensch, der allen anderen nur das Beste wünschte. Früher hatten sie und Elin davon gesprochen, zusammen in die großen Städte des Südens zu ziehen. Stockholm, Göteborg oder Malmö. Doch da hätte Mats niemals mitgemacht. Vielleicht hätte er zugestimmt nach Karlskrona zu gehen, denn dort hatte die schwedische Marine eine große Basis und er hatte kurzfristig mit dem Gedanken gespielt, sich zu verpflichten. Das hatte er dann aber schnell verworfen, als er sich dem Polizeidienst verschrieben hatte – wie schon sein Vater vor ihm und nun seine kleine Schwester danach. Er wollte der Gesellschaft dienen. Dieser Wunsch war der ganzen Familie Samuelsson eigen. Trotzdem hatte Silja sich damals etwas mehr Abenteuerlust seinerseits gewünscht.

Silja seufzte. Alles auf dem Foto wirkte so friedlich, sicher und geborgen. Sie vermisste diese Zeit sehr. Jetzt waren sie hier in Kirkenes, diesem kalten Ort an der Grenze zu Russland, wo die Polizei Teenager auf Drogen erschießen musste. Silja wandte sich von der Fotografie ab und trat auf die kleine Veranda hinter dem Haus. Auf dem Gartentisch stand Mats' Wasserflasche, die sie abwesend in die Hand nahm, während sie nach ihm suchte.

Zwischen ein paar verwelkten Blättern neben dem Komposthaufen waren seine strohblonden Haare zu sehen. Sie waren schweißverklebt und hingen ihm strähnig im sonnengebräunten Nacken. Mats beschnitt einen Busch, hatte es unbedingt selbst machen wollen, obwohl eine Kollegin ihnen einen günstigen russischen Gärtner empfohlen hatte. Silja trat auf die Grasfläche und schlenderte langsam näher. Die Form des Busches war unregelmäßig, die Äste nicht sonderlich gleichmäßig geschnitten. Sie musste lächeln.

„*Älskling*", sagte sie.

Keine Reaktion, nur das monotone Klacken der Heckenschere.

„Mats", dieses Mal etwas lauter. Ein gerötetes, verschwitztes Gesicht kam über dem Busch zum Vorschein. „Ja, Schatz?"

Sie reichte ihm die Wasserflasche. „Hast du mit Karl gesprochen? Wusste er, wer der junge Mann im Fernsehen war?"

Mats trank einen Schluck, wischte sich mit der flachen Hand über den Mund und schüttelte den Kopf. „Nein, er wusste auch nichts."

Silja nickte abwesend. „In Ordnung. Ich hoffe wirklich, dass es niemand aus der Gegend war. Was für eine Tragödie." Einen Augenblick musterte sie ihn liebevoll. „Ich gehe jetzt zum Tanzen mit Sofia. Du bist sicher, dass du nicht mitkommen willst?"

Mats erwiderte ihren Blick mit schiefgelegtem Kopf, trat um den Kompost herum zu ihr und legte ihr die Hand auf den Arm. „Ganz sicher, Schatz. Und Karl will auch nicht, glaub mir einfach."

Silja zuckte resignierend mit den Schultern. „Ist ja gut, ich frage ja nur. Ich dachte, es wäre ein Hobby, bei dem man gut Leute kennenlernen kann. Du kannst nicht ewig an dem armen Busch herumschneiden."

Mats lachte und winkte ab, deutete dann auf die Hecke hinter ihm, die den kleinen Garten umgab. „Mach dir keine Sorgen um mich und den armen Busch. Ich habe hier im Garten genug zu tun. Die Hecke ist als nächstes dran, die muss auch im Herbst geschnitten werden." Er lehnte sich auf den Rahmen des Komposthaufens, blickte zu den sanften Hügeln hinüber, die sich hinter den letzten Häusern der kleinen Ortschaft ausbreiteten. Die Blätter der Büsche und der gedrungenen Birken hatten sich gelblich verfärbt, bewegten sich im Takt mit den seichten Windstößen. „Außerdem ist bald Jagdsaison. Ich werde mich einer Jagdgruppe anschließen."

Silja folgte seinem Blick; die tiefhängenden Wolken hatten sich in der letzten Stunde noch einmal deutlich verdunkelt, der Wind war aufgefrischt. Sie nickte. „In Ordnung, wie du willst. Ich nehme den Wagen." Sie gab ihm einen Kuss auf die Wange und ihr Blick wanderte ein letztes Mal zum Himmel. „Aber mach nicht mehr so lange. Es wird wohl bald Regen geben.

KAPITEL 12

Karl blickte seinen Fahrer mit einer hochgezogenen Augenbraue an. „Sie hat wieder versucht uns zu diesem Tanzkurs zu überreden?"

Mats stellte den Motor ab und machte eine resignierende Geste. Er hatte auf dem Parkplatz geparkt, der mit *Gäste* markiert war. „Ja. Sie meinte, es wäre wichtig, ein Hobby zu haben. Irgendetwas, um sich in die Gesellschaft zu integrieren."

„Sie gibt nicht auf, oder?"

Die Männer lachten und stiegen aus. Karl blieb noch einen Moment an die Tür gelehnt stehen, steckte sich ein Snus in den Mund. Es lag ein staubiges Aroma in der Luft, ein Duft, der an eine Baustelle erinnerte, der Geruch von Zement. Es war eine positive Assoziation, die das alles bei Karl auslöste. In den späten 1980er-Jahren hatten sein Onkel Tor und sein Vater Olav das Haus, in dem er jetzt wohnte, renoviert und Karl hatte ihnen dabei geholfen. Tor lebte noch, war allerdings vor Jahren bereits nach Alta gezogen. Weil die medizinische Versorgung dort besser sei, hatte er gesagt.

Karl atmete ein und ließ seinen Blick über die Zementfabrik schweifen, die sich hinter einem Maschendrahtzaun organisch an die Kai-Anlage schmiegte. Er zählte sechs schmale hohe Silos. Davor waren einige

Baumaschinen zu sehen, die mit dem Unternehmenslogo – einem blauen Schriftzug auf rotem Grund – bemalt waren: *Vesterbekkmo Sement*. Ein monotones Brummen der Maschinen lag über dem ganzen Gelände. Zwischen dem Hauptgebäude und den Lagerstätten waren eine Vielzahl von Förderbändern installiert, die ein weißes Pulver transportierten, wahrscheinlich eine Art Kalkstein. Im Hintergrund, hinter der Haupthalle, waren drei Schornsteine zu erkennen. Nur aus einem stieg träge weißer Dampf in den trüben Morgenhimmel, wo er sich alsbald mit dem Tiefnebel vermischte.

Neben dem Zugangstor zu der eigentlichen Produktionsanlage war ein schmuckloses zweistöckiges Gebäude errichtet worden, passenderweise vollkommen aus Zement. Über dem Eingang hing ein Leuchtschild, auf dem der Firmenname geschrieben stand, darunter *Verwaltung*.

Mats stellte sich neben Karl. „Eindrucksvolle Fabrik."

Karl nickte gedankenverloren. „Ja, aber schau dir mal die Maschinen an. Einige sehen ziemlich verrostet aus. Außerdem war hier früher viel mehr los, die hatten mal über zweihundert Angestellte, als die Fabrik noch am Hafen lag." Er deutete auf die wenigen Arbeiter, die er auf dem Gelände erblicken konnte. „Heute haben sie nur noch knapp fünfzig Leute. Das kann aber natürlich auch mit der Automatisierung zusammenhängen." Lächelnd deutete er nun mit einer Kopfbewegung auf den Betonblock, in dem die Gesellschaftsverwaltung untergebracht war, und ging voran.

Die Rezeption war verwaist. Erst nachdem Karl zweimal geklingelt hatte, kam eine Frau, um die sechzig vielleicht, durch eine Glastür, um sie zu empfangen. Sie war elegant gekleidet, fast zu elegant für das Umfeld. Nacheinander schüttelte sie den beiden Beamten die Hand.

„Tone Syvertsen, stellvertretende Geschäftsführerin. Ich übernehme die Geschäfte, bis eine Nachfolgelösung gefunden ist. Sie wissen schon, seit …"

Karl blickte sie mitfühlend an und nickte. „… seit Ihr Chef verstorben ist, natürlich. Unser herzliches Beileid."

Syvertsen machte eine abwehrende Handbewegung, legte ein eingeübtes Lächeln auf. „Was ist denn hier eigentlich los in Kirkenes? Erst der Mord an Herrn Vesterbekkmo und gestern der junge Mann, der von dem Polizisten erschossen wurde. Früher war alles besser, nicht wahr?" Sie schüttelte theatralisch den Kopf mit dem kastanienbraunen Haar, das zu einem Bob auf Kinnlänge geschnitten war. „Aber wo sind meine Manieren? Lassen Sie uns in den Konferenzsraum gehen, dort können wir uns ungestört unterhalten. Kann ich Ihnen einen Kaffee anbieten?" Sie musterte die leere Rezeption und schüttelte den Kopf. „Wo ist denn Marianne schon wieder?"

Auf dem Weg in den Besprechungsraum in der oberen Etage fiel Karl auf, dass einige der Büros nicht besetzt waren. Er zählte neben der stellvertretenden Geschäftsleiterin nur sechs Verwaltungsangestellte, die an diesem Morgen anwesend waren.

Syvertsen setzte sich an den Kopf des schmalen Tisches aus dunklem Holz, überkreuzte ihre schlanken Beine und zog den Rock zurecht. „Nun, wie kann ich Ihnen behilflich sein?"

Karl blickte auf seinen Partner, der sein Notizbuch geöffnet hatte und nun in seinen Jackentaschen nach einem Kugelschreiber suchte. Der Kommissar stöhnte leise, zog einen Stift aus der eigenen Tasche und legte ihn auf den Tisch vor Mats. Dann wandte er sich an Syvertsen: „Erzählen Sie uns etwas mehr über Kristian Vesterbekkmo. Was war er für ein Mann, privat und geschäftlich, und wann haben Sie ihn das letzte Mal gesehen?"

Syvertsen lächelte, entblößte ihre geraden, weißen Zähne. „Wo soll ich anfangen? Ich arbeite schon eine ganze Weile im Unternehmen, habe gleich nach dem Studium hier angefangen. Ich kenne Kristian daher seit seiner Jugend, habe schon unter seinem Vater, Tore, hier gearbeitet." Sie verzog ihre Mundwinkel kaum merklich. „Ich glaube, Tore würde sich im Grab umdrehen, wenn er sehen könnte, wie es hier heute aussieht. Er war ein stolzer Mann."

„Die Geschäfte laufen nicht besonders gut?"

Syvertsen zupfte an dem Seidenschal, den sie lose um ihren graziösen Hals gelegt hatte. Sie seufzte. „Nein, das sehen Sie ja. Der Umsatz geht zurück, die Kosten steigen. Wenn sich die Dinge nicht ändern, müssen wir wohl im Frühjahr ein paar Mitarbeiter entlassen."

Mats sah von dem Notizblock auf. „Wie kommt das? Wird nicht immer mehr gebaut? Brauchen die Leute keinen Zement mehr?"

„Doch, es wird viel gebaut, vor allem im Süden des Landes. Die Nachfrage ist hoch, der Marktpreis in Ordnung. Die Probleme bei uns hängen wohl eher mit der Unternehmensstrategie zusammen." Syvertsen beugte sie sich über den Tisch und ihre Stimme wurde etwas leiser. „Ich möchte nicht schlecht über einen Toten sprechen, das gehört sich nicht. Aber um ehrlich zu sein: Kristian war kein sonderlich guter Chef, kein Stratege, wie sein Vater es war."

Karl nickte. „Dann war er nicht beliebt?"

„Nein, das meine ich nicht. Er konnte sehr charmant sein, wenn er denn wollte. Die Leute mochten ihn, besonders die jungen Angestellten. Die Damen. Aber er hatte kein Gespür für das Geschäftliche, die Zahlen wurden mit jedem Jahr roter. Sie müssen wissen, dass wir mal ein sehr profitables Unternehmen waren." Sie lehnte sich in dem Stuhl zurück und es war ein Funkeln in ihren Augen zu erkennen. „Tore Vesterbekkmo war ein fabelhafter Mann. Nach seinem Tod stand das Unternehmen an einem Scheideweg und es haben sich damals viele – mich einbezogen – gewünscht, dass nicht Kristian die Leitung übernehmen würde, sondern seine Schwester."

Mats sah auf. „Sie meinen Emilie Vesterbekkmo?"

Syvertsen nickte. „Ja, Emilie. Inzwischen Emilie Forsmo, sie hat geheiratet. Ihr gehört ein beträchtlicher Anteil der Aktien im Unternehmen, vielleicht übernimmt sie jetzt die Stellung ihres Bruders. Natürlich kenne ich mich nicht mit den Details der Erbfolge aus, aber es ist möglich, dass sie Kristians Aktien erbt. Und Jakob, der Bruder, hat ja auch noch einen kleinen Posten. Ich weiß um ehrlich zu sein nicht, was die Familie vorhat." Sie lächelte. „Und bis das alles geklärt ist, bis dahin leite ich die Geschäfte."

„Vielleicht übernehmen Sie ja permanent", warf Karl beiläufig ein. „Das wäre doch auch eine Möglichkeit, oder? Sie haben doch auch Aktien im Unternehmen."

Syvertsen lachte, legte ihre Brille auf den Tisch. „Theoretisch eine Möglichkeit, ich kenne die Firma natürlich bis ins Detail. Aber nein, ich will nächstes Jahr in Pension gehen. Man sieht es mir vielleicht nicht an, aber ich bin …"

In diesem Moment kam eine junge Frau, wahrscheinlich diese Marianne, die Syvertsen nicht an der Rezeption vorgefunden hatte, in den Raum. Sie stellte eine Kanne Kaffee, drei Tassen und ein paar trockene Kekse auf den Tisch.

Mats nahm sich ein Stück Gebäck und sah die stellvertretende Geschäftsführerin an. „Kommen wir noch einmal auf Kristian zurück. Wie war sein Verhältnis zu seinen Geschwistern, zu Emilie und Jakob. Sie waren sich nicht sonderlich nahe, oder? Hatte er sonst irgendwelche Feinde?"

„Nun, von Feinden weiß ich nichts, aber das muss ja nicht viel bedeuten. Wissen Sie, wir haben Kristian hier immer seltener gesehen. Die letzten Jahre war er fast nie hier. Im Speziellen nach der Angelegenheit mit einer ehemaligen Angestellten, Sie haben sicher davon gehört, von Frau Aila Klemetsen?"

Karl kniff die Augen zusammen. „Nein. Was ist denn mit Frau Klemetsen vorgefallen?"

Frau Syvertsens Augen umspielte der Hauch eines Lächelns, als sie Karl musterte. „Hören Sie, ich war davon ausgegangen, dass Sie über Frau Klemetsen Bescheid wissen. Aber es ist kein Geheimnis: Die beiden hatten eine Affäre. Sie wurde schwanger. Von wem, ist mir nicht bekannt. Kurz darauf ist sie aus dem Unternehmen geschieden. Das Kind war nicht von Kristian, das hat er dem Vorstand zumindest versichert. Und soweit

ich weiß, hat Frau Klemetsen das ebenfalls bestätigt."
Syvertsen kreuzte die Arme vor der Brust. „Wie dem auch sei, das ist alles sauber abgelaufen von unserer Seite. Frau Klemetsen hat selbst gekündigt."

„Wann war das?", fragte Mats.

„Vor drei Jahren etwa."

Karl blickte Mats an, nickte langsam und fuhr dann fort: „War das der Grund für Kristians Scheidung von seiner Frau?"

„Ich weiß es nicht. Aber die Vermutung liegt natürlich nahe."

„Haben Sie die Adresse von Frau Klemetsen?", fragte Mats und blickte von seinem Block auf.

„Ja, ich denke schon. Sofern sie nicht umgezogen ist. Marianne kann Ihnen die Anschrift geben. Wenn ich mich recht erinnere, ist sie wieder zu ihrer Familie nach Karasjok gezogen. Sie ist Samin, falls das eine Rolle spielt."

Karl rieb sich die Augen. „Ich hätte noch ein paar generelle Fragen: Wissen Sie, ob Kristian vielleicht Geldsorgen hatte? Hat er dem Unternehmen je irgendetwas entwendet?"

Syvertsen setzte Ihre Brille wieder auf. Ihre Miene wurde ernst, als sie mit den Schultern zuckte. „Hören Sie, die privaten Finanzen der Vesterbekkmos gingen mich nichts an. Ob er Schulden hatte, weiß ich nicht. Er war kein besonders guter Geschäftsmann. Das ist eigentlich alles, was ich Ihnen sagen kann. Wie Sie sicher schon zwischen den Zeilen gelesen haben, standen wir uns nicht sonderlich nahe, wir waren privat nicht befreundet. Ich kann aber mit Sicherheit sagen, dass er nie Firmenmittel entwendet oder veruntreut hat, das hätte ich gewusst und unterbunden." Sie stand auf, schüttelte entschuldigend den Kopf. „Ich muss jetzt los, ein Meeting mit einem wichtigen Investor." Sie streckte Karl ihre langgliedrige Hand entgegen. „Wenn ich noch etwas für Sie tun kann, dann melden Sie sich bei meiner Sekretärin, bei Marianne."

Karl folgte seinem Partner zum Auto.

Mats las im Gehen etwas auf seinem Handy, fuhr dann plötzlich herum. „Hast du das gelesen, Karl? Der junge Mann, der gestern erschossen wurde – meinst du auch, er war auf dieser neuen Droge?"

Karl atmete langsam einen Schwall Luft aus, während er einen letzten Blick auf die Zementfabrik warf. „Ich weiß es nicht. Wie kommst du darauf?"

„Sigurd schreibt das in der Chat-Gruppe, die ein paar Kollegen kürzlich auf dem Präsidium eingerichtet haben."

„Woher soll Sigurd das denn wissen?"

Mats blieb stehen und lächelte geheimnisvoll. „Ich habe es auch schon von Daniel gehört. Er hat mit den beiden Kollegen gesprochen, die im Auto saßen. Der Typ war wohl völlig abgedreht."

Karl ließ sich in den Beifahrersitz fallen. „Kann sein, dass er den Kram genommen hat. Die Jungs im Drogendezernat sollten besser bald herausfinden, wo der Stoff herkommt, sonst sehen wir noch mehrere solcher Tragödien."

Mats ließ den Wagen an. „Sie wollen dafür wohl um Amtshilfe bei anderen Kommunen bitten, im ganzen Norden. Also fragen, ob jemand einen oder mehrere Kollegen abstellen kann."

„Ja, habe ich gehört", sagte Karl.

„Meinst du, Aino wird uns beide abstellen? Wir haben doch einen Mord aufzuklären."

Karl zuckte mit den Schultern, blieb aber still.

Der blonde Mann steuerte ihren Dienstwagen vom Parkplatz auf die E6 und bog Richtung Kirkenes ab. Einen Augenblick grinste er Karl mit einem schelmischen Funkeln in den Augen an. „Frau Syvertsen, was? Eine klasse Frau."

Karl sah ihn überrascht an, wollte etwas antworten, blickte dann aber still aus dem Fenster.

„Ist mir nicht entgangen, wie du ihre Beine angesehen hast, als sie nicht geguckt hat", fuhr Mats im Plauderton fort.

„Mats, bitte!"

Mats lachte. „Keine Angst, dein Geheimnis ist bei mir sicher. Solange du mir versprichst, dass euer erstes Kind Mats heißen wird."

Karl kratzte sich am Kopf, atmete langsam ein und wieder aus. Mats war die Reaktion nicht entgangen und er sah ihn plötzlich erschrocken und mit geweiteten Augen an. „Entschuldige, ich habe nicht nachgedacht. Das mit Kari ... natürlich. Es tut mir leid."

„Kein Problem, Mats. Ich bin ja nicht aus Zucker."

Einen Augenblick herrschte Stille im Auto.

„Was machen wir als Nächstes?", fragte Mats schließlich.

Karl streckte sich, sah durch das Fenster auf den Fjord. „Wir müssen mit der Schwester sprechen, dieser Emilie. Sie wird den Laden vielleicht übernehmen. Wenn sie auch heute nicht an ihr Telefon geht, dann lassen wir uns etwas anderes einfallen. Ich könnte veranlassen, dass die Kollegen in Bodø sie besuchen." Er gähnte lange. „Außerdem finde ich, dass wir mit dieser Samin reden sollten, mit der Kristian eine Affäre hatte. Möglich, dass es doch sein Kind war. Dann könnte es bei dem Mord um das Erbe gegangen sein."

Mats nickte stumm und schaltete das Radio ein.

„Dann wären da noch die Ex-Frau und natürlich sein Bruder, dieser Jakob."

KAPITEL 13

Sehr geehrte Hörerinnen und Hörer, herzlich willkommen bei Radio NRK Finnmark. Mein Name ist Birgitte Anfinsen. Es folgt eine Sondersendung zu der neuen Designerdroge, die den Norden unseres Landes überflutet. NRK-Finnmark berichtete. Den traurigen Höhepunkt haben wir wohl gestern erreicht, als die Polizei auf offener Straße einen jungen Mann erschießen musste, der allem Anschein nach eben dieses Betäubungsmittel konsumiert hatte. Das ist bereits das zweite Todesopfer, das mit dem Konsum der Droge in Verbindung gebracht wird. Wir werden Sie in der nächsten halben Stunde über den Stand der behördlichen Ermittlungen informieren und Ihnen alle bekannten Hintergründe liefern. Zugeschaltet ist uns dazu später die Polizei in Kirkenes.

Zunächst sprechen wir aber mit Professor Raymond Stensveen von der Technisch-Naturwissenschaftlichen Universität in Trondheim. Herr Professor, guten Morgen und danke, dass Sie sich Zeit für uns genommen haben. Sie haben die Ereignisse verfolgt und die NTNU hat die Behörden bei der technischen Untersuchung unterstützt. Was können Sie uns darüber erzählen?

Guten Morgen, Frau Anfinsen. Ja, das stimmt, meine Fakultät unterstützt die Dienststellen seit über einem

Monat in dieser Sache. Das ist nicht unüblich, wir werden häufig zu solchen Ermittlungen hinzugezogen. Wir untersuchen und sequenzieren dann vor allem das fragliche Betäubungsmittel.

Wie bereits erwähnt gab es vorgestern ein zweites Todesopfer: den jungen Mann, der in Kirkenes von der Polizei erschossen wurde. Welche Art von Tests haben Sie durchgeführt und was haben Sie dabei herausgefunden?

Nun, Frau Anfinsen, wir haben Blutproben auf Spuren der neuen Droge hin untersucht und bei dem jungen Mann hat sich der Verdacht bestätigt, dass er zum Tatzeitpunkt eine hohe Konzentration des Stoffes im Körper hatte.

Es ist wichtig, dass wir die Droge in Zukunft noch genauer untersuchen und ihre Wirkungsweise verstehen lernen. Wir können aber bereits jetzt sagen, dass es sich bei dem Stoff um eine besonders potente Form eines Methamphetamins handelt, das augenscheinlich mit sogenannten Isotonitazen, also künstlichen Opioiden angereichert wurde.

Ich verstehe. Was können Sie uns sonst über diese Rauschmittel sagen: Wie gefährlich sind Methamphetamine und Isotonitazen?

Fangen wir mit dem Methamphetamin an: Der Stoff wird wegen der charakteristischen Anordnung der Moleküle, also der chemischen Struktur, die der eines Kristalls ähnelt, oft auch Chrystal Meth genannt. Methamphetamine gehören zur Stoffgruppe der Phenylethylamine. Sie sind als Rauschdroge in der Partyszene sehr verbreitet. Der Stoff an sich ist lange bekannt, schon im Zweiten Weltkrieg wurde er deutschen Soldaten verabreicht, um Müdigkeit, Hungergefühl und Schmerzen zu unterdrücken. Diesen Zustand kann man jedoch nur mittelfristig aufrechterhalten. Umso langfristiger sind hingegen Nebenwirkungen wie ausgeprägte Veränderungen der Persönlichkeit, Psychosen und Paranoia.

Diese neue Droge allerdings ist noch viel gefährlicher, da sie wie bereits gesagt, zusätzlich mit künstlichen Opioiden angereichert wird. Diese Stoffe sind fünfzig- bis hundertmal so potent wie reines Morphium. Das kann starke Halluzinationen hervorrufen. Zusammen mit der aufputschenden Wirkung des Methamphetamins ist das ein unwahrscheinlich gefährlicher Cocktail.

Ist es richtig, dass die Droge Edelweiß getauft wurde? In Anspielung auf die Farbe des Stoffes und die Ähnlichkeit zu der bekannten Gebirgsblume: reines Weiß und gelbe Flecken, wenn man die Steine bricht?

Ich habe diese Bezeichnung ebenfalls schon gehört, Frau Anfinsen. Aber das ist nichts Offizielles, das hat sich ein Student der NTNU ausgedacht und die Medien haben es aufgegriffen. Es mag ja stimmen, dass die Droge der Blüte ähnelt, aber ich persönlich finde den Namen zu verharmlosend für einen Stoff, der alles andere als harmlos ist.

Sie sagten, dass der Konsum Psychosen, aber auch Halluzinationen hervorrufen kann. Könnten Sie das für die Zuhörer noch etwas ausführlicher erläutern?

Selbstverständlich. Als Psychosen bezeichnet man im Allgemeinen psychische Erkrankungen, die durch

Symptome wie Halluzinationen, Wahn, Realitätsverlust oder Ich-Störungen gekennzeichnet sind. Solche Erkrankungen können durch den Konsum von Methamphetaminen und Opioiden hervorgerufen oder verstärkt werden, besonders in dieser Stoffkombination. Normalerweise stellen sich diese und andere Nebenwirkungen aber erst nach einer gewissen Konsumzeit ein. Wie lange das dauert, kann von Konsument zu Konsument variieren, ist auch von der Dosis abhängig. Diese neue Variante der Droge zeichnet sich durch eine bemerkenswerte Reinheit aus. Der hohe Reinheitsgrad und der Zusatz der Isotonitazen machen das Betäubungsmittel so potent und damit auch für den Verbraucher sehr schwer einschätzbar und schwer zu dosieren.

Wie stellt man dieses Methamphetamin oder Crystal Meth denn her und wie diesen neuen Stoff? Ist das ein aufwendiger Prozess?

Nein, überhaupt nicht, das ist ein weiteres Problem. Es reichen bereits geringe Kenntnisse in Chemie, die man sich leicht mit etwas Hilfe aus dem Internet aneignen kann. Man benötigt sonst nur ein kleines Labor. Ausrüstung und auch die Grundstoffe sind kostengünstig zu haben und in einigen Ländern Europas noch immer frei verkäuflich. Es gibt verschiedene Herstellungsverfahren, die allerdings alle an sich hoch gefährlich sind. Bei unbedarftem Umgang mit den Stoffen können explosive Gase entstehen.

Danke, Herr Professor, das war sehr aufschlussreich.

Wir werden nun, wie angekündigt, mit der Polizei in Kirkenes reden. Dazu ist uns Polizeihauptmeister Daniel Killgren zugeschaltet. Herr Killgren, Sie arbeiten seit fünfzehn Jahren im Drogendezernat, dem Dezernat für Drogendelikte, wie es richtigerweise heißt. Was können Sie uns über die Ereignisse der vergangenen Wochen sagen, was ist neu an der Situation?

Danke für die Einladung. Ja, das stimmt, ich bin seit Mitte der 1990er-Jahre im Drogendezernat hier in Kirkenes beschäftigt. Wie der Professor bereits erklärt hat, ist Methamphetamin an sich keine neue Erscheinung. Es gab hier oben bei uns schon immer Drogenmissbrauch, besonders die Jugend scheint da anfällig zu sein. Der schlechte Arbeitsmarkt, Langeweile, die dunkle Jahreszeit. All das kann auf einen jungen Menschen einwirken und da ist der Weg von Alkohol und harmloseren Drogen wie zum Beispiel Marihuana hin zu Sachen wie Kokain und Meth nicht weit. Da gab es auch in der Vergangenheit tragische Geschichten. Momentan ist die Situation aufgrund dieses neuen Stoffes, dieses Edelweiß', aber vollkommen außer Kontrolle geraten, die Konsumenten drehen regelrecht durch.

Wissen Sie, die Polizei in Kirkenes muss normalerweise nur sehr selten zur Schusswaffe greifen. Ich kenne die Kollegen, die den jungen Mann in Notwehr erschossen haben, und ich kann Ihnen versichern, dass alle auf dem Präsidium schockiert sind. Wir arbeiten mit Hochdruck daran, die Ausbreitung von diesem Teufelszeug schnellstmöglich zu stoppen. Dazu müssen wir allerdings wissen, wer es herstellt, wie es ins Land kommt und wer es verkauft.

Sie wissen also nicht, wie die Droge ins Land kommt. Verstehe ich das richtig, dass die Droge im ganzen Norden aufgetaucht ist, in Tromsø, sogar in Trondheim? Sie haben im Vorgespräch erwähnt, dass der Stoff dort bereits beschlagnahmt wurde. Wie weit hat sich die Droge denn nun bereits verbreitet?

Das stimmt, in Trondheim wurde das Betäubungsmittel ebenfalls gefunden. Das war aber wohl eher ein Einzelfall und wir haben dort noch keine Todesopfer zu beklagen. Es scheint jedoch nur eine Frage der Zeit, bis das Zeug die großen Städte des Südens, Oslo, Bergen und so weiter, erreicht. Und wir wissen wie gesagt nicht, wo das Zeug herkommt und wie wir es aufhalten können. Aber wir arbeiten mich Hochdruck daran, darauf können Sie sich verlassen.

Das klingt ja aber nicht so, als ob wir mit schnellen Ergebnissen rechnen können, oder?

Nein, leider nicht, Frau Anfinsen.

Sie kennen den Markt doch gut. Wo kommen diese Methamphetamine normalerweise her und woher, glauben Sie, könnte dieser neue Stoff stammen?

Nun, historisch gesehen wird die Droge oft in Osteuropa hergestellt. Amphetamine waren in der Sowjetunion weit verbreitet, etwas anderes gab es dort kaum. Auch heute noch befinden sich viele der Labore in den Ex-Republiken der ehemaligen UdSSR; Polen, Weißrussland, Russland, Tschechien. Von Europol wissen wir, dass auch in den Niederlanden produziert wird. Es gibt aber auch kleinere Produzenten in Skandinavien, die in Norwegen und Schweden für den lokalen Markt produzieren. Wir glauben allerdings, dass das Edelweiß im Ausland hergestellt und dann zu uns nach Norwegen eingeführt wird. Diese hohe Reinheit haben wir bei den lokal erzeugten Stoffen noch nicht gesehen, so was bekommen die hiesigen Labore zum Glück nicht hin. Isotonitazene sind bei uns außerdem gar nicht zu bekommen. Hinzu kommt, dass wir bei einer lokalen Herstellung die Ausbreitung kaum als Erstes hier oben in Grenznähe beobachten würden, sondern sicher auch schon in Oslo. Ich persönlich gehe davon aus, dass der Stoff über die Grenze nach Norwegen eingeführt wird.

Aus Russland?

Dazu möchte ich mich zu diesem Zeitpunkt noch nicht genauer äußern, das wäre reine Spekulation.

Ich verstehe. Und haben Sie eine Idee, warum diese illegalen Einfuhren jetzt auf einmal zugenommen haben? Und was unternehmen Sie dagegen?

Wissen Sie, Frau Anfinsen, es ist kein Geheimnis, dass die Grenze seit dem 7. Juli poröser geworden ist. An diesem Tag ist ein bilaterales Abkommen zwischen Norwegen und Russland in Kraft getreten, Sie haben sicher darüber berichtet. Die Seegrenze zu Russland sollte so neu geregelt werden, damit fing es an. Über die Grenze gab es lange Streit, es geht dabei um viel Geld, um Fisch, Öl und Gas. Aber nebenbei umfasst das Abkommen auch eine Reihe anderer Bestimmungen, die es den Bürgern beider Länder einfacher machen sollen, ins Nachbarland einzureisen. Seitdem hat der Grenzverkehr um viele hundert Prozent zugenommen. Wir, die Polizei, haben immer davor gewarnt, dass internationale Verbrecherbanden sich diese neue Situation zunutze machen könnten, und nun scheint sich diese Sorge bestätigt zu haben. Es kommen exponentiell mehr Waren und Menschen über die Grenze und leider wurde das Personal bei den Grenzbeamten nicht entsprechend aufgestockt. Es können also nur stichprobenartig Kontrollen stattfinden.

Herr Killgren, das heißt, dass die Grenze kaum kontrolliert wird. Unternimmt die Politik denn nichts, werden wir uns daran gewöhnen und auf längere Sicht mit dieser neuen Droge leben müssen?

Ich kann nicht für die Politik sprechen, Frau Anfinsen. Aber ich kann Ihnen und Ihren Hörern versichern, dass wir die Kontrollen ausweiten werden, sobald uns das entsprechende Personal zur Verfügung steht. Derzeit haben wir in Kirkenes bereits bei den anderen Kommunen im Norden um Amtshilfe gebeten. Ohne Hilfe werden wir das Zeug nicht stoppen können.

KAPITEL 14

Karl erkannte die Nummer auf dem Display. Er hatte den ganzen Morgen auf den Rückruf eines Kollegen der Kriminalpolizei in Bodø gewartet. Jetzt winkte er Mats hinzu, betätigte die Lautsprecherfunktion und nahm ab. „Sindre, hast du mit Emilie Forsmo gesprochen?"

„Hei Karl, dir auch einen schönen guten Morgen. Aber ja, ich habe mit ihr geredet."

„Gut. Erzähl schon, was hast du rausgefunden, welchen Eindruck hat sie auf dich gemacht?"

Der Kollege am anderen Ende der Leitung lachte auf. „Keinen besonders guten, um ehrlich zu sein. Emilie ist eine herablassende Frau, benimmt sich wie eine aus dem Geldadel. Sie wohnt mit ihrem Mann, Architekt und ebenfalls ein Snob, unten am Wasser. Sie hat uns nicht einmal einen Kaffee angeboten."

„Ich verstehe", antwortete Karl. „Die Familie hatte seinerzeit viel Geld, glauben wir. Bist du die Liste der Fragen durchgegangen, die ich dir geschickt hatte?"

„Natürlich", antwortete Sindre und im Hintergrund war das Rascheln von Papier zu hören. „Zuerst hat sie damit gedroht, ihren Anwalt hinzuzuziehen. Wir konnten ihr aber verklickern, dass es ein völlig normaler Vorgang ist und sie nur als Zeugin gehört werden sollte. Sie hat dann erklärt, dass sie und Kristian sich nicht sonderlich nahestanden, sie ihn lange nicht gesehen habe. Sie sagte, sie könne uns nichts sagen, was uns irgendwie helfen könnte. Wollte daher am liebsten nichts mit den Ermittlungen zu tun haben. Mit dem Opfer und den Familienstreitereien habe sie vor langer Zeit abgeschlossen, deshalb sei sie auch aus Kirkenes weggezogen. Ich hatte auch nicht das Gefühl, dass Emilie trauert oder dass sie ihren Bruder sonderlich vermissen wird."

Karl blickte Mats an. „Hat sie das irgendwie erklärt, irgendwas über diese Familienstreitereien gesagt?"

„Ja", antwortete der Kollege aus Bodø. „Sie sagte, dass die Familie nie besonders harmonisch gewesen sei. Doch der eigentliche Streit fing wohl nach dem Tod ihres Vaters an, wie hieß der noch mal ..."

„Tore Vesterbekkmo", warf Mats ein.

„Genau. Nach Tores Tod ging es los. Emilie sagte, dass Kristian die Familiengeschäfte an sich gerissen und sich wie ein Patriarch aufgeführt habe. Sie selbst hatte ihrer Aussage nach kein Interesse, hat ihm im Familienunternehmen den Vortritt gelassen. Angeblich hat Kristian die Mutter regelrecht manipuliert, sie gegen Emilie und Jakob ausgespielt."

„Und wie ging der Streit dann weiter?", fragte Karl.

„Na ja, Emilie sagte, dass sie wegen dieses Erbstreits weggezogen sei. Seitdem habe sie kaum Kontakt mit Kristian und der Mutter gehabt. Nur mit dem anderen Bruder, Jakob, zu dem hat sie wohl ein gutes Verhältnis. Was dann passiert ist, dazu hat sie nicht viel gesagt. Nur, dass sie sich aus der Sache zurückgezogen und Kristian letztendlich den Betrieb an die Wand gefahren habe. Genau wie seine Ehe."

Karl nickte zögerlich. „Die Zementfabrik, hast du sie gefragt, ob sie jetzt die Leitung übernehmen wird?"

„Sie sagte, dass sie daran eigentlich noch immer keinerlei Interesse hätte. Sie ist zufrieden mit ihrem Job, ihrem Leben in Bodø. Doch wenn die Umstände es verlangen und die anderen Aktionäre das wollen, wird sie es sich überlegen, ihrem verstorbenen Vater zuliebe. Sie würde es also tun, aber nur, falls ihre Hilfe gewollt wird, da legt sie großen Wert drauf. Wisst ihr, wer die anderen Aktionäre sind?"

Karl zog ein Blatt Papier aus der Mappe. „Ja, wir haben uns die Aktionärsliste angeschaut."

„Und?", fragte Sindre nach. „Hat sie denn theoretisch die Möglichkeit, das Unternehmen zu übernehmen?"

„Na ja, das kommt darauf an, ob sie Kristians Aktien erbt. Der größte Posten gehörte nämlich ihm, fast vierzig Prozent. Die konnte er nicht verkaufen, dazu hätte es der Zustimmung der anderen Aktionäre bedurft. Wir überprüfen gerade, ob ein Testament vorliegt oder ob er gesetzliche Erben hat."

Mats schaltete sich ein. „Möglich, dass die Aktien an Emilie und Jakob gehen, spätestens wenn die Mutter stirbt. Emilie gehören wie ihrem Bruder Jakob zwanzig Prozent. Der Mutter gehören fünf, der stellvertretenden Geschäftsführerin, Frau Syvertsen ebenfalls fünf Prozent und der Bank die restlichen zehn. Die hat dem Unternehmen nämlich vor ein paar Jahren ein konvertibles Darlehen gewährt, also einen Kredit, der in Aktien umgewandelt werden kann, wenn der Schuldner nicht bezahlt. Da das Unternehmen den Kredit nicht zurückbezahlen konnte, wurden die Schulden in Aktien beglichen. Praktischerweise nicht von Kristians

Aktienposten, sondern von denen seiner Mutter. Dem hatte die wohl zugestimmt."

Sindre seufzte. „Wie dem auch sei, Emilie hat mehrmals betont, dass das Unternehmen Investitionen brauche, dass es ja mit all den Schulden kaum einen finanziellen Wert habe."

„Hatte sie eine Ahnung, ob Kristian Feinde oder private Probleme hatte?", fragte Karl.

„Ja, hatte sie. Sie wurde richtig redselig zum Schluss. Sie hatte, wie gesagt, kaum Kontakt zu Kristian, hat aber über den kleinen Bruder, Jakob, erfahren, dass seine Ehe geschieden wurde. Er soll der Ex-Frau nichts bezahlt haben. Angeblich war er bankrott, deshalb gab es großen Ärger. Außerdem hat er das Haus der Familie in Kirkenes verkauft, irgendein waghalsiger Deal mit der Bank. Er durfte dort weiterhin wohnen, musste aber Miete zahlen. Deshalb hat die Familie zuerst nichts gemerkt. Emilie sagte, dass er wohl das gesamte Erbe durchgebracht hätte, wenn er nicht vorher gestorben wäre. Eigentlich sind auch nur noch das Unternehmen, die Fabrik und zwei kleinere Ferienhäuser übrig geblieben. Sie schien auch genau im Kopf zu haben, was das alles Wert ist."

Wieder sah Karl einen Moment seinen Partner an, nickte dann. „Sie sprach über den kleinen Bruder, Jakob Vesterbekkmo. Was hat sie über ihn erzählt?"

„Über Jakob hat sie fast liebevoll gesprochen. Die beiden scheinen ein gutes Verhältnis zu haben. Sie sagte, dass Jakob eine liebe Seele sei, keiner Fliege etwas antun könne. Sie hat mehrmals vorgeschlagen, dass ihr mal mit der Ex-Frau von Kristian sprechen solltet. Wenn jemand ein Motiv gehabt habe, Kristian zu töten, dann sie –so Emilie. Eben weil er ihr nie etwas bezahlt hat. Angeblich hat sie mal einen Schläger auf ihn losgeschickt, das hat eine Freundin aus Kirkenes Emilie erzählt." Sindre räusperte sich. „Dann kam ihr Mann nach Hause und hat uns gebeten zu gehen. Das war alles, was ich herausfinden konnte. Hilft euch das?"

Mats und Karl hatten sich einen Kaffee geholt und sich an den Konferenztisch gesetzt. Sie warteten auf Aino, die erneut spät dran war. Es stand eine Besprechung an, in der die Teams sie über die verschiedenen Fälle auf dem Laufenden halten sollten. Es würde sicher wieder größtenteils um das Edelweiß gehen. Das Thema schien derzeit alle anderen Fälle zu überschatten.

Mats tippte Karl gegen den Arm. „Sag mal: Silja fragt, ob du und Sofia am Freitag zum Essen zu uns kommen wollt."

Karl blickte seinen Partner nur flüchtig an. „Danke, aber ich weiß nicht recht. Ich glaube, sie ist noch immer sauer auf mich." Er konnte in Mats' Augen ablesen, dass der überlegte, ob er nachbohren sollte.

Der schien sich dann aber eines Besseren zu besinnen und lenkte das Gespräch wieder auf ihren Mordfall. „Meinst du, wir sollten nach Bodø fahren und selbst mit der Schwester sprechen?"

Karl zuckte mit den Schultern. „Mal sehen, was Aino dazu sagt. Wenn du mich fragst, sollten wir erst mal versuchen die Ex-Frau aufzuspüren. Und den Bruder. Mit etwas Glück taucht er zu Kristians Beerdigung auf. Auch wenn man sich nicht versteht, geht man da doch wohl hin, wenn der eigene Bruder stirbt, oder? Wenn nicht, dann müssen wir weitersehen. Vielleicht stimmt Aino dann ja zu, ihn zur Fahndung auszugeben."

Mats strich sich über seinen unregelmäßigen Bart und nickte geistesabwesend. „Ja, der Typ ist wie vom Erdboden verschluckt. Hat vielleicht doch was zu verbergen."

KAPITEL 15

Ein roter Opel Corsa bog langsam von der Storgata in den Pasvikveien ein. Der Wagen steuerte auf das Altersheim an der Kreuzung mit der E6 zu und verlangsamte seine Fahrt etwas, als er sich dem Wohnblock auf der rechten Seite näherte. So behutsam, dass ein unbeteiligter Beobachter es vermutlich nicht bemerkt hätte. Der Wagen rollte behäbig an dem dreistöckigen Wohnhaus vorbei. Bei der Einfahrt zum Parkplatz, der hinter dem Gebäude lag, schien das Fahrzeug fast anzuhalten.

Der Wagen war kurz davor, auf die Parkfläche einzubiegen. Dann hielt er erneut, noch auf der Straße. Der Fahrer zögerte, sein Blick war starr auf die Parkfläche gerichtet. Er kniff die Augen zusammen; ganz hinten in der Ecke stand eine graue Limousine geparkt. Ein 5er BMW. Das Auto gehörte dort nicht hin. In dem Wagen saßen zwei Männer, das konnte er eindeutig erkennen. Jäh lenkte der Fahrer ein, beschleunigte, sodass es gerade noch natürlich wirkte, und fuhr zügig weiter auf die Kreuzung zu. Der Kleinwagen überfuhr das Stoppschild an der Mündung zur E6 und fädelte sich, unter dem Hupen eines der anderen Verkehrsteilnehmer, in den Verkehr stadtauswärts ein. Der Mann hinterm Steuer atmete unruhig. Immer wieder sah er in den Rückspiegel, wischte sich mit dem Handrücken übers

Kinn und schob seine runde Brille zurecht. Mit hochgezogenen Schultern fuhr er einige Minuten weiter. Minuten, die sich wie eine Ewigkeit anfühlten. Schließlich sah er ein letztes Mal in den Rückspiegel und ließ einen erleichterten Atemstoß entweichen. Sie waren ihm nicht gefolgt.

Er hatte sich beruhigt, nur das Augenlid seines linken Auges zitterte noch nervös.

Alles gut. Sie haben mich nicht gesehen.

Sie hatten ihn entweder wirklich übersehen oder ihn nicht erkannt. Oder einfach nicht aufgepasst. Wie auch immer, der BMW war auf dem Parkplatz stehen geblieben. Die Blödmänner hatten wohl noch immer nicht verstanden, dass er sich ein Auto von Lene geliehen hatte. Was für ein Glück, dass seine Verfolger mehr Muskel- als Hirnmasse hatten. Ein nervöses Lachen entfuhr ihm und er entspannte sich weiter. Aber er konnte sich nicht ewig darauf verlassen, dass die Idioten Fehler machten. Irgendwann würde *ER* sich selbst darum kümmern, und *ER* würde keine Fehler machen.

Jakob wischte sich das schwarze lockige Haar aus dem Gesicht. Was für ein törichter Idiot er doch war, natürlich würden sie nicht aufgeben. Er brauchte einen Plan.

Sein größtes Problem war momentan, dass er nicht mehr in seine Wohnung konnte. Ihn fröstelte und er spürte den schmerzenden Rücken. Sein leerer Magen knurrte. Eine weitere Nacht konnte er nicht in dem Corsa schlafen, dazu war der Wagen zu klein und er zu groß.

Wo kann ich mich bloß verstecken?

Gedankenverloren schaltete er das Radio ein und folgte der E6 weiter Richtung Hesseng.

Lene hatte gesagt, dass die Polizei nach ihm suchte. Das war schlimm genug, aber das machte ihn nicht annähernd so nervös wie der Gedanke, dem Serben zu begegnen. Er hatte so viele Horrorgeschichten über den Kerl gehört, ein richtiger Psychopath sollte er sein.

Vielleicht sind die Bullen tatsächlich das kleinere Übel?

Im Gefängnis war es warm und sicher und es gab dort regelmäßige Mahlzeiten. Er strich sich fahrig übers Gesicht, blickte auf die Tanknadel, die schon im roten Bereich am Ende der Anzeige angekommen war.

Weit konnte er nicht mehr fahren. Bargeld hatte er auch kaum noch welches, nach Bodø würde es ganz sicher nicht reichen. Warum war er nicht einfach dortgeblieben, warum zurückgekommen? Wegen der Beerdigung. Auch wenn es Wahnsinn wäre, dort aufzutauchen. Aber auch wenn er nicht daran teilnehmen konnte, so wollte er doch irgendwie in der Nähe sein, wenn sie seinen Bruder in die kalte Erde der Finnmark versenkten.

„Scheiße", sagte er leise.

Sollte er es wagen, zu der Hütte zu fahren? Sie mussten doch von der Hütte wissen, oder? Ein erneuter Blick auf die Tanknadel. Vielleicht konnte er durch den Wald gehen, nachsehen, ob dort jemand auf ihn wartete? Nein, das Risiko konnte er nicht eingehen.

Der Opel beschleunigte, blinkte, überholte einen Trecker. Vor Hesseng bog er schließlich von der E6 ab, steuerte auf eine weniger befahrene Straße zu, die in die Berge führte. Er würde etwas anderes finden für diese Nacht. Ein verlassenes Haus oder etwas ähnliches. Eine Sommerhütte, die gerade nicht benutzt wurde. Er war nicht anspruchsvoll.

Dann hatte er die Ortschaft verlassen. Gelbbraune Birkenblätter stoben empor und landeten mit einem leisen Rascheln hinter ihm auf dem gesprungenen Asphalt.

Schließlich verschwanden die Rücklichter hinter einer langgezogenen Kurve und eine kalte Abenddämmerung legte sich über die Landschaft.

KAPITEL 16

Das Läuten der Langkirche aus dem Jahre 1959 war verklungen. Das Nachklingen der massiven Bronzeglocken, ein tiefes, volltönendes Summen, lag aber noch in der Luft.

Karl und Mats standen etwas abseits und beobachteten die wenigen Besucher, die durch das Haupttor auf den Vorhof hinaus trotteten. Die beiden Beamten hatten aus Respekt vor der Familie nicht an dem Gottesdienst teilgenommen, hatten sich jedoch diese Gelegenheit, möglicherweise mit den Angehörigen sprechen zu können, nicht entgehen lassen wollen.

Sie wurden enttäuscht. Nur die sterbenskranke Mutter war erschienen. Karl hatte sie beim Betreten der Kirche beobachtet. Weder Kristians Geschwister noch seine Ex-Frau oder seine Geliebte waren gekommen. Insgesamt waren nicht mehr als zwanzig Trauergäste erschienen, darunter eine bescheidene Delegation der Zementfabrik, angeführt von Frau Syvertsen. Dazu ein Lokalpolitiker, den Karl aus der Zeitung kannte, und der neugierige Nachbar, Erling Bakke, mit seiner Ehefrau Hilde.

Es wirkte nicht so, als ob außer der Mutter irgendwer sonderlich betrübt war. Astrid Vesterbekkmo hatte

110

eine Sauerstoffmaske getragen, apathisch gewirkt und ein Pfleger hatte ihren Rollstuhl geschoben.

Karl verzog den Mund, beobachtete die Trauergäste, die nun auf den Parkplatz zusteuerten.

Wo zum Teufel waren die Geschwister? Egal wie sehr man sich im Leben gestritten hatte, so musste doch wenigstens der Tod für etwas Versöhnung sorgen können. Doch das galt anscheinend nicht für die Vesterbekkmos. Karl fand die Vorstellung, einsam und verstoßen von der Familie zu sterben, traurig.

Er drehte sich zu seinem Partner, um ihm diesen Gedanken mitzuteilen. Doch in dem Moment hörte er das Knirschen des Kieses hinter sich. Es war Frau Vesterbekkmo, deren Rollstuhl auf sie zusteuerte. Sie setzte die Sauerstoffmaske ab, nickte den beiden Polizisten kraftlos zu.

Karl senkte den Kopf. „Nochmals mein Beileid."

„Danke, Herr Kommissar. Danke, dass Sie Kristian diese letzte Ehre erwiesen haben, das hätte ihm viel bedeutet." Sie hustete und nahm mit zittriger Hand ein Taschentuch aus ihrem Schoß, um sich zu schnäuzen. Sie wirkte heute klarer, hatte vielleicht etwas weniger Schmerzmittel als gewöhnlich zu sich genommen. Eindringlich blickte sie ihn an. „Haben Sie schon etwas herausgefunden, haben Sie mit Jakob und Emilie gesprochen?"

Karl verzog den Mund. „Wir können leider nicht mit ihnen über die Ermittlungen sprechen, Frau Vesterbekkmo." Plötzlich spürte er Mats Ellbogen in seiner Seite, sah sich zu ihm um und erkannte einen tadelnden Blick auf dem Gesicht seines Partners. Langsam atmete er aus, konzentrierte sich wieder auf die kranke, trauernde Frau im Rollstuhl. Er kniete sich vor sie. „Hören Sie. Wir, oder besser die Kollegen in Bodø, haben mit Emilie gesprochen. Doch Ihren Sohn, Jakob, den konnten wir leider noch nicht ausfindig machen."

Frau Vesterbekkmo rümpfte die Nase. „Das ist typisch für Jakob. Er hat sich immer versteckt, wenn es drauf ankam, hat sich vor jeglicher Verantwortung gedrückt."

Mats beugte sich ebenfalls zu ihr. „Wie meinen Sie das?"

Die glasigen Augen der Mutter wurden erneut wässrig. Eine Träne löste sich von ihrem Augenlid.

„Ach, mein Kristian. Wie konnte er nur vor mir gehen?" Sie wimmerte leise. Dann gab sie dem Pfleger ein Zeichen. „Ich möchte heim, ich bin so müde. Warum lässt der liebe Gott mich nicht einfach sterben?"

Der Pfleger zuckte mit den Schultern und warf den Beamten einen entschuldigenden Blick zu. Dann schob der junge Mann den Rollstuhl vorsichtig unter dem Knirschen der Kieselsteine an.

Karl und Mats warteten noch einen Augenblick, bis alle Trauergäste die Kirche verlassen hatten. Doch nachdem der Pastor ihnen zugenickt und die Tür geschlossen hatte, gaben sie auf. Anschließend schlenderten sie die kurze Strecke durch die Innenstadt zurück zum Präsidium. Am Nachmittag war erneut eine Besprechung angesetzt, bei der die verschiedenen Dezernate über die Ermittlungsergebnisse rund um die neue Droge, die inzwischen auch unter den Beamten Edelweiß genannt wurde, berichten sollten. Sogar der Polizeipräsident würde aus Alta zugeschaltet sein.

Auch zu diesem Treffen erschien Aino als eine der Letzten. Karl fand das ungewöhnlich. Normalerweise tat sie alles dafür, um vor dem Präsidenten gut auszusehen. Doch heute schien ihr das egal zu sein: Sie tippte auf ihrem Mobiltelefon, sah nicht einmal auf. Mit einem Seufzen ließ sie sich auf den Stuhl am Kopfende des Tisches fallen, gleich neben den Leiter des Drogendezernats, Sigurd Møller. Dann erst blickte sie in die Runde und lächelte die Kollegen nur müde an. Karl stieß Mats an, der ihm mit einem Schulterzucken zu verstehen gab, dass auch er den desolaten Zustand der Abteilungsleiterin bemerkt hatte.

Auf einer Leinwand war nun das Gesicht des Polizeipräsidenten der Finnmark, Asbjørn Sanden, zu sehen. Er räusperte sich und ergriff dann das Wort: „Guten Tag, Kirkenes. Ich muss Ihnen wohl nicht erzählen, dass dieses neue Betäubungsmittel, Edelweiß, große Wellen geschlagen hat. Nicht nur hier oben bei uns, auch in Oslo. Ich habe mit dem Staatsminister, Herrn Stoltenberg, gesprochen und er hat uns weitere Hilfen zugesagt. Ja, Sie haben richtig gehört. Das heißt, dass wir zusätzliche Mittel bewilligt bekommen."

Ein Raunen ging durch den Raum. Bedeutete das, dass nun weitere Kollegen angestellt oder wenigstens technische Hilfsmittel beschafft werden würden? Der Polizeipräsident machte eine ermahnende Handbewegung. Als es wieder still im Raum geworden war, fuhr er fort: „Wann diese Gelder bei uns ankommen, ist noch nicht ganz klar. Aber wir werden Hilfe bekommen, man versteht endlich, dass wir an vorderster Front für das gesamte Königreich kämpfen. Oslo sieht uns, die Sache hat oberste Priorität. Daher werde ich die Ermittlungen bis auf Weiteres persönlich leiten, alle Abteilungsleiter rapportieren direkt an mich. Also, was gibt es Neues? Irgendwelche Fortschritte bei der Suche nach den Hintermännern?"

Daniel Killgren meldete sich zu Wort, wartete, bis Møller ihm zugenickt hatte. „Herr Polizeipräsident, wir haben die Kontrollen an der Grenze bei Storskog ausgeweitet, so weit wie wir das mit den vorhandenen Beamten hinbekommen. Wir bräuchten dringend mehr Personal. Ansonsten gibt es leider nichts Neues zu berichten. Wir wissen immer noch nicht, wo und wie genau das Edelweiß ins Land kommt. Wir könnten daher gut die neuen Drohnen gebrauchen, die wir vor langer Zeit beantragt haben. Die grüne Grenze, die Waldgrenze, ist offen wie ein Scheunentor."

Møller sah Killgren erbost an. Doch der Polizeipräsident lachte nur. „In Ordnung, das habe ich verstanden. Ich arbeite daran, darauf können Sie sich verlassen. Herr Møller, wie viele Beamte sind denn bisher aus anderen Kommunen eingetroffen?"

Sigurd Møller strich sich seine Uniform zurecht, die auch an diesem Tag zu groß wirkte. „Wir bekommen langsam immer weitere Zusagen. Aber solch ein Prozess dauert. Bisher sind erst zwei Kollegen gelandet, einer aus Spitzbergen und einer aus Mosjøen. Wenn alles wie geplant verläuft, dann werden in dieser Woche noch an die zehn Polizisten aus anderen Bezirken erwartet."

Der Polizeipräsident stellte noch ein paar Detailfragen und machte einige Vorschläge, wie die Kontrollen an der Grenze bis auf Weiteres verbessert werden könnten. Er würde unter anderem eine Hundestaffel aus Alta schicken. Daraufhin legte er auf und die Kollegen des Drogendezernats verließen den Raum. Nachdem nur die Beamten der Ermittlungseinheit zurückgeblieben waren, ergriff Aino das Wort: „Danke nochmals an alle, die dem Drogendezernat helfen. Wir sind alle müde und überarbeitet, aber ihr macht einen wichtigen Job. Hoffenlich könnt ihr bald wieder an euren Fällen arbeiten." Sie sah auf eine Liste vor sich auf dem Tisch und nickte langsam. „Zum Glück haben wir momentan nur in dem einen großen Fall zu ermitteln, dem Mord an Kristian Vesterbekkmo."

Sie sah auf und ihr Blick fiel erst auf Mats, blieb dann an Karl hängen. „Gibt es da irgendetwas Neues?"

Der Kommissar lächelte sie an. „Nichts Handfestes. Mats und ich verfolgen ein paar Spuren. Es ist noch zu früh, um einen Tatverdächtigen zu präsentieren. Wir gucken genauer auf die Geschwister, es könnte sich um einen Erbstreit handeln."

„Das ist alles?"

Mats sah sie verlegen an. „Nein, auch die Ex-Frau kommt in Frage, sie hätte möglicherweise ein Motiv. Das Opfer schuldete ihr wohl einen Haufen Geld. Dann wäre da noch eine junge Samin, mit der Kristian Vesterbekkmo eine Affäre und möglicherweise ein Kind hatte. Und zu guter Letzt die stellvertretende Geschäftsführerin der Zementfabrik. Aber wie Karl schon sagte, bisher haben wir nichts Handfestes."

Die Abteilungsleiterin nickte wieder abwesend. „In Ordnung." Sie sah auf ihre Uhr. „Wenn das alles wäre, dann machen wir hier jetzt Schluss. Ich habe gleich noch einen anderen Termin." Sie stand auf, nahm das

Blatt Papier vom Tisch vor sich, legte es in eine Mappe und verließ den Raum.

KAPITEL 17

Aino stieß mit dem Fuß die Tür zu ihrem Büro zu und ließ sich auf das schmale Ecksofa fallen. Sie schloss die Augen, atmete langsam aus. Sie war so müde, so erschöpft von der ganzen Situation. Wie sollte die Polizei denn ihre Arbeit machen, wenn sie dazu nicht die nötigen Ressourcen zur Verfügung hatte?

Edelweiß, was für ein bekloppter Name. Wenn man es genau nahm, war die Drogenflut natürlich das Problem des Drogendezernats. Doch da sie fast die Hälfte der Beamten ihrer Abteilung hatte abstellen müssen, war es zu ihrem Ärger geworden. Aber nicht alles war schlecht; ihr war nicht entgangen, dass Karl und Mats immer besser zusammenarbeiteten. Sie schienen sich gut zu verstehen, waren offensichtlich Freunde geworden, auch außerhalb des Präsidiums, obwohl sie so verschieden waren.

Aino lächelte matt und öffnete die Augen. Sie hatte das Gefühl, dass sie den beiden vertrauen konnte und dass sie eigenständig gute Arbeit leisteten. Sie stand auf und trat an das Fenster, konnte von dort einige Dienstwagen sehen, die aus der Garage unter ihr auf die E6 abbogen, darunter Liv und Svein, ihre Angestellten. Sie waren auf dem Weg zur Grenzstation Storskog, würden dort die Kollegen der Grenzeinheit unterstützen.

Aino seufzte. Weitere Polizisten konnte sie beim besten Willen nicht abstellen, schließlich hatten sie einen Mordfall zu lösen, einen äußerst rätselhaften noch dazu. Doch darüber redete natürlich niemand, vor allem nicht die Presse. Edelweiß hier, Edelweiß da, und Sigurd Møller war zu einem sehr gefragten Mann geworden. Kein Tag, an dem er nicht im Fernsehen zu sehen war.

Ihr persönlich half das wenig. Sie hatte alle Hände voll zu tun. Denn auch wenn die Journalisten sich momentan nicht für sie interessierten, der Polizeipräsident tat es, hatte Aino in den letzten Tagen mehrmals angerufen. Warum rief er nicht Møller an, warum musste sie sich um alles kümmern?

Einerseits machte es sie natürlich stolz, dass der oberste Polizist der Finnmark sich an sie wandte, wenn ein Problem eine Lösung brauchte. Auf der anderen Seite irritierte es sie. Es waren keine angenehmen Gespräche gewesen. Präsident Sanden hatte sie gedrängt. Man müsse jetzt schnell handeln und Ergebnisse präsentieren, hatte er gesagt. *Wozu haben wir denn eine Ermittlungseinheit?*, hatte er gefragt. Ob sie nicht wüsste, dass die Ermittlungseinheit nun einmal am besten dazu geeignet sei, die Hintermänner zu ermitteln. Die Politik säße ihm im Nacken.

Als ob ihr das entgangen wäre. Edelweiß war im ganzen Land ein Thema, wurde in jeder Nachrichtensendung besprochen, auch die Zeitungen berichteten ausführlich. Viele Bürger beschwerten sich über die Untätigkeit der Politik. Und da diese Anklagen von Natur aus der Schwerkraft folgten und in der Befehlskette nach unten durchgereicht wurden, waren sie letztlich auf ihrem Schreibtisch gelandet.

Aino gähnte. Ihre Situation war eigentlich nicht so schlecht. Sie hatte einen Ausweg. Vielleicht sollte sie das alles wirklich hinter sich lassen und das Angebot annehmen. Sie ging an die Pinnwand, an der ein Foto der ganzen Abteilung hing. Das war ihre Weihnachtsfeier gewesen. Sie würde Kirkenes und die meisten Kollegen ganz sicher vermissen, wenn sie ginge.

Auf jeden Fall Mats. Sie lächelte, sogar Karl würde ihr fehlen, aber der Druck und das politische Geplänkel? Nein, ganz sicher nicht dieses Theater.

Sie hatte gehört, dass Europol sehr gut ausgestattet sei. Wenn sie sich dazu entschied, könnte sie die Abteilung für Wirtschaftskriminalität leiten. Sie würde sicher schnell in Den Haag zurechtkommen, obwohl sie natürlich kein Niederländisch verstand. Aber das konnte sie lernen und die Niederländer waren dafür bekannt, außerordentlich gut Englisch zu sprechen.

Sie nahm ihre Brille ab und strich sich mit den Fingerkuppen über die geschlossenen Augen. Vor- und Nachteile abwägen, darin war sie doch eigentlich immer sehr gut gewesen. Doch zum ersten Mal in ihrem Leben war sie unsicher, zum ersten Mal fiel es ihr unsagbar schwer, sich zu einer Entscheidung durchzuringen. Ihr Vater hatte gestern am Telefon gesagt, dass ein falscher Entschluss besser sei als gar keiner. Sie stand an einem Scheideweg und musste eine Richtung wählen. Und das bald, sonst wäre es zu spät. Die Stelle, die ihr angeboten worden war, würde sonst anders besetzt werden.

KAPITEL 18

„Hey, pass doch auf, wo du hinläufst", schnauzte Karl den hageren Polizisten an, der ihm aus dem Fahrstuhl entgegenkam. Der Rempler drehte sich um und augenblicklich lichtete sich die Irritation auf Karls Gesicht. Er stieß ein überraschtes Lachen aus. „Mikkel, was machst du denn hier?"

„Hei Karlemann! Auch schön, dich wiederzusehen", sagte Mikkel Kuhmunen, der Beamte aus Spitzbergen, und grinste ihn breit an. Der Kommissar zog den Kollegen an sich und schlug ihm auf den Rücken, während sie sich umarmten. Der erstaunte Blick eines vorbeigehenden Kollegen ob der für diese Polizeistation ungewöhnlichen Herzlichkeit entging Karl nicht.

Karl hatte Kuhmunen seit ihrem letzten gemeinsamen Fall, der sie zusammen nach Bjørnøya, auf die Bäreninsel, geführt hatte, nicht mehr gesehen. Über ein Dreivierteljahr war seitdem vergangen und sie standen noch immer in halbwegs regelmäßigem Kontakt miteinander. Dass Mikkel zu ihnen aufs Festland kommen würde, hatte er Karl allerdings nicht erzählt.

„Als ich von dem Gesuch um Amtshilfe gehört habe, habe ich mich natürlich sofort freiwillig gemeldet."

„Wie kommts? Und warum hast du nichts gesagt?"
Karl klopfte ihm noch einmal auf die Schulter, musterte den Polizisten einmal von oben bis unten. Kuhmunen trug eine Winteruniform der Polizei, die nur die Beamten auf Spitzbergen als Standardausrüstung ausgeliefert bekamen und auf die die Kollegen auf dem Festland schon immer eifersüchtig gewesen waren.

„Na ja", antwortete Kuhmunen. „Ich musste mal weg von der Insel, weißt du. Meine Mutter sagt, dass es an der Zeit ist, dass ich ausziehe und mir eine Frau suche."

Karl lachte. Dann straffte er sich und sah den Kollegen verwundert an. „Wohnst du bei deiner Mutter?"

Kuhmunen verzog den Mund zu einem schiefen Lächeln. „Das war ein Witz, Karlemann. Natürlich wohne ich nicht bei meiner Mutter, ich bin 44 Jahre alt. Aber das mit der Frau hat sie tatsächlich so gesagt, ja." Der Polizist fuhr sich mit den langen, dünnen Fingern durch sein lichtes Haar, das er wie gewöhnlich zu einem akkuraten Seitenscheitel gelegt hatte. „Nein, im Ernst, Karl. Als ich das im Fernsehen gesehen habe, die Sache mit den Drogen, das Edelweiß, da musste ich einfach helfen. Ich habe selbst ein Familienmitglied an die Sucht verloren."

Karl nickte ernst. Er atmete aus, blickte den hochgewachsenen Polizisten einen Augenblick an. „Das ist ehrenhaft, Mikkel. Ich freue mich, dass du hier bist. Aber jetzt lasse ich dich mal deine Arbeit machen, wir sehen uns später."

Karl hängte seine Jacke an den Haken hinter der Tür und warf seinem Partner einen flüchtigen Blick zu, als er sich in seinen Stuhl fallen ließ. „Rate mal, wen ich am Fahrstuhl getroffen habe", forderte er mit gespielter Gelassenheit.

„Kuhmunen", antwortete Mats, ohne sich umzudrehen. „Ich habe ihn gestern schon gesehen, war bei uns zum Essen."

„Was?" Es vergingen einige Sekunden des Schweigens. „Wieso hast du mir nicht Bescheid gegeben?"

Nun blickte der blonde Polizist von seinem Bildschirm auf. „Entschuldige, Karl. Aber du warst schon nach Hause gegangen, als Kuhmunen hier ankam. Du hattest doch etwas vor, hast du gesagt."

Karl dachte an den Abend auf der Couch und murmelte einen leisen Fluch, während er den Computer anschaltete. Er hatte es sich ja weitestgehend selbst zuzuschreiben, dass er nicht so oft eingeladen wurde, hatte einfach zu viele Einladungen ausgeschlagen, besonders im letzten Jahr, als es ihm nicht gut gegangen war. Trotzdem fühlte er sich jetzt ausgeschlossen. Er schwieg einen Augenblick, während er durch seinen Posteingang scrollte. Mit einem Mal fing Karls Mobiltelefon an zu vibrieren. Eine Nummer, die er nicht gespeichert hatte, erschien auf dem Display. Irgendwie kam sie ihm trotzdem bekannt vor und er nahm ab: „Kommissar Sortland hier. Mit wem spreche ich?"

„Hier spricht Emilie Forsmo. Ich habe Ihre Nachrichten auf meinem Anrufbeantworter gehört. Sie sind beharrlich, das muss ich Ihnen lassen, Herr Kommissar."

Karl grinste. „Schön, dass Sie endlich zurückrufen, Frau Forsmo. Dann müssen wir nicht ..."

Sie unterbrach ihn: „Ich habe Ihrem Kollegen hier in Bodø schon alles gesagt. Dass er trotzdem noch mal bei mir auf der Arbeit aufgetaucht ist, nur weil ich Sie nicht sofort zurückgerufen habe, das ist eine Unverschämt-heit. Was sollen denn die Kollegen denken? Muss ich meinen Anwalt einschalten?"

Karl hatte Sincre gebeten, Emilie auf der Arbeit auf-zusuchen und darum zu bitten, seine Anrufe zu beant-worten.

„Ob Sie einen Anwalt brauchen, kann ich nicht beur-teilen, Frau Forsmo."

Sie stöhnte theatralisch auf: „Herrgott, ich habe nichts zu verbergen. Aber ich habe meinen Bruder ver-loren, können Sie das nicht respektieren und uns end-lich in Ruhe lassen? Was wollen Sie denn noch?"

Karl runzelte die Stirn. „Mit Ihnen sprechen, Frau Forsmo, aber ich werde mich kurzfassen. Wir haben noch ein paar Fragen, die ich Ihnen gerne persönlich stellen würden. Wir können Sie aber auch auf das Prä-sidium vorladen, wenn Ihnen das lieber ist. Ein Strei-fenwagen kann Sie bei Ihrer Arbeit abholen."

Es blieb still in der Leitung.

Karl fuhr ruhig fort: „Also gut, dann machen wir es am Telefon. Der Tod Ihres Bruders hat Sie nicht sonder-lich berührt, nehme ich an. Sie waren nicht einmal bei der Beerdigung."

„Was bilden Sie sich eigentlich ein?" Sie atmete lang-sam aus. „Natürlich hat es mich schockiert. Auch wenn wir nicht immer einer Meinung waren, Kristian war trotzdem mein Bruder."

„Dann helfen Sie uns den Mörder Ihres Bruders zu finden."

Wieder Stille.

„Da wären noch ein paar Sachen, die wir nicht ganz verstehen."

Erneut war ein irritiertes Stöhnen zu hören, doch dieses Mal gab sie keine Widerrede.

„Danke", fuhr Karl ruhig fort. „Warum waren Sie nicht bei der Beerdigung?"

„Ich konnte nicht aus Bodø weg, hatte viel zu tun auf der Arbeit", fauchte sie in den Hörer. „Das ist doch wohl kein Verbrechen, oder?"

„Nein, natürlich nicht. Ihr Bruder Jakob ist auch nicht gekommen. Hatte er ebenfalls viel um die Ohren? Wir würden nämlich gerne auch mit ihm sprechen. Wissen Sie, wo er sich aufhält?"

„Keine Ahnung." Sie klang aufrichtig. „Ich weiß es wirklich nicht. Ich habe ihn, seit ich von Kristians Tod erfahren habe, noch nicht gesprochen, konnte ihn auch nicht erreichen. Er war bei mir, in Bodø. Danach habe ich nichts mehr von ihm gehört. Ich weiß nicht, wo er jetzt ist."

Karl legte den Kugelschreiber auf den Notizblock.

„Wann war das denn, Frau Forsmo, wann war Jakob bei Ihnen in Bodø?"

„Er war über eine Woche hier bei mir, ist am vorletzten Sonntag wieder abgereist, glaube ich. Lassen Sie mich mal nachsehen." Das Rascheln von Papier, Forsmo schien in ihrem Kalender zu blättern. „Ja, er ist am Montag, nicht am Sonntag, gefahren. Montagmorgen, der 6. September."

Karl blickte Mats an, der bestätigend nickte. „Das heißt, er war zum Zeitpunkt, als Kristian vermutlich ermordet wurde, bei Ihnen?"

„Ich weiß nicht, wann Kristian gestorben ist."

„Wahrscheinlich am oder um den 4. September. War Jakob da bei Ihnen in Bodø?"

Forsmo schien einen Augenblick zu überlegen, dann blätterte sie wieder im Kalender. „Ja, da war er hier. Ich weiß das, weil ich am 4. eine Veranstaltung hatte und er mich dort abgesetzt hat. Den Montag darauf ist er dann nach Kirkenes zurückgefahren."

„Und kann das jemand bestätigen? Hat ihn bei der Veranstaltung jemand gesehen?"

„Nein, ich glaube nicht, dass ihn irgendwer gesehen hat. Er hat mich ja nur abgesetzt. Wir waren die ganze Woche zu zweit, meistens bei mir zu Hause. Jakob ging es nicht so gut. Ist er etwa einer Ihrer Verdächtigen?"

„Sie haben die Wohnung nicht ein einziges Mal verlassen?"

„Doch, natürlich, ich war sicher einkaufen. Aber Jakob wollte nicht unter Menschen gehen. Ihm ging es, wie gesagt, nicht besonders. Er war ausgebrannt."

„Und Ihr Mann, war der nicht da?"

„Mein Mann ist viel auf Geschäftsreisen."

„Mit welcher Fluggesellschaft ist Jakob geflogen? Widerøe?"

„Nein, er war mit dem Auto hier. Ich habe doch gesagt, dass er mich zu der Feier gefahren hat."

„In Ordnung, wir werden das überprüfen. Etwas anderes noch: Ihre Mutter sagte, dass Sie, Jakob und Kristian sich über das Erbe gestritten haben. Wissen Sie, was nun nach Kristians Tod mit seinem Vermögen, den Aktien im Unternehmen passiert?"

„Hat Astrid das gesagt? Das überrascht mich nicht, meine Mutter hat immer Partei für ihn ergriffen, das war schon immer so. Und ja, Sie haben recht, wir haben uns um das Finanzielle gestritten. Jakob und ich waren der Ansicht, dass Kristian nur seine eigenen Interessen und Probleme im Kopf hatte, das Unternehmen war ihm egal. Er wollte alles verkaufen, um an Geld zu kommen. Unser Elternhaus ist ja schon weg, die Ferienhäuser wollte er ebenfalls veräußern. Nur dass wir da nicht mitgemacht haben, Jakob und ich."

„Ihre Mutter sagte, er hätte Geld gebraucht, um in den Betrieb zu investieren."

Forsmo lachte laut auf. „Nein, Herr Sortland, er wollte das Geld nicht in die Zementfabrik stecken. Mein Bruder brauchte das Geld für sich selbst, er war spielsüchtig. Haben Sie das noch nicht herausbekommen? Pferderennen, genau wie unser Vater. Nur dass Tore dabei ein glücklicheres Händchen gehabt hat als sein Sohn."

Karl hörte, dass sie sich eine Zigarette ansteckte, den Rauch in das Mikrofon blies. Ihre Stimme war eine Nuance tiefer, als sie fortfuhr. „Hören Sie, Herr Kommissar. Ich werde Jakob sagen, dass er sich bei Ihnen melden soll. Falls ich ihn irgendwie erreiche. Er hat mit der Sache nichts zu tun, dafür würde ich meine Hand ins Feuer legen. Er war doch zum Tatzeitpunkt bei mir, haben Sie selbst gesagt." Wieder ein langer Zug an der Zigarette. „Wenn ich Sie wäre, dann würde ich mal mit Kristians Ex-Frau sprechen, Kine Johannessen. Mein Bruder hat nämlich nicht nur seine Geschwister finanziell übers Ohr gehauen."

„Inwiefern?", fragte Karl.

Sie hüstelte. „Na ja, Kine hat sicher keine guten Erinnerungen an die Ehe. Sie hat Kristian verlassen. Ich glaube, weil er ein Verhältnis hatte."

„Angeblich hat er ein Kind mit einer Samin", warf Mats ein. Einen Augenblick war es still in der Leitung.

„Nein, das glaube ich nicht. Mein Bruder war einiges, aber er war kein Idiot, da hätte er aufgepasst. Das Kind, da bin ich mir sicher, muss von einem anderen sein."

„Das hätte ja sonst auch Auswirkungen auf die Erbfolge, wenn er ein Kind hätte", warf Karl ein.

„Nein, das Kind ist nicht von ihm, glauben Sie mir. Schauen sie doch in das Melderegister, da ist Kristian zumindest nicht als Vater von irgendeinem Kind eingetragen worden."

„Mag ja sein, dass die Mutter den Vater bei der Geburt nicht angegeben hat. Trotzdem kann es von ihm sein."

Wieder unterbrach Emilie Karl: „Reden Sie einfach mit Kine, mit seiner Ex-Frau. Sie hat sich scheiden lassen und nach der Trennung nicht eine Krone von Kristian erhalten. Wenn jemand einen Grund hatte, sauer auf meinen Bruder zu sein, dann ist sie es."

KAPITEL 19

Karl setzte sich an den Konferenztisch und musterte die Abteilungsleiterin ihm gegenüber. Aino wirkte heute tatsächlich etwas lebhafter. War irgendetwas geschehen? Ihr Blick war auf drei Porträtfotos an einer Tafel am Kopfende gerichtet, die die Vesterbekkmo-Geschwister zeigten; Kristian, Emilie und Jakob. Ainos Augen bewegten sich schnell hin und her, als ob sie die Gesichtszüge scannte und sich so ein erstes Urteil über die Personen bildete. Kurz vor Dienstschluss war sie zu Karl und Mats ins Büro gekommen, hatte erklärt, dass sie etwas Zeit habe und mit ihnen über den Mordfall sprechen wolle. Vielleicht könnten sie zusammen ein paar Theorien durchgehen, hatte sie vorgeschlagen.

Karl räusperte sich, stand auf und trat an die Pinnwand. Er deutete auf das erste Bild, das das Opfer zeigte. Kristian Vesterbekkmo hatte ein schmales Gesicht, schwarzes lockiges Haar, das er zu einem welligen Seitenscheitel gelegt hatte. Sein Gesichtsausdruck war charmant aber ebenso überheblich, er wirkte wie ein ehrgeiziger, kompromissloser Unternehmer.

Karl klopfte mit dem Zeigefinger auf das Bild. „Das ist das Mordopfer. Ich habe das Foto von *Vesterbekkmo Sement* bekommen. Ist allerdings etwas älter, um die zehn Jahre." Er machte eine Pause, ließ das Gesagte sacken. „Was wissen wir also? Nun, wir wissen, dass Kristian wahrscheinlich um den oder am 4. September gestorben ist. Das hat uns die Gerichtsmedizin bestätigt. Er wurde allem Anschein nach mit einem scharfen, schweren Gegenstand verletzt, ein Unfall kann wohl ausgeschlossen werden."

„Wieso?", fragte Aino.

„Na ja, er hatte Deckungsverletzungen am Unterarm. Eine typische Verletzung, wenn das Opfer versucht die Schläge abzuwehren." Karl hob seine Arme und wehrte selbst imaginäre Schläge ab.

Aino lächelte, nickte dann. „In Ordnung. Und die Mordwaffe?"

„Die haben wir bisher nicht gefunden. Aber lass uns einfach mal davon ausgehen, dass es eine Machete war oder eine Axt, so was in der Art. Nach dem Angriff ist er dann entweder in den Fjord geschmissen worden, oder er ist gefallen. Vesterbekkmo ist ertrunken, noch bevor er verblutet ist. Wo genau das war, wissen wir aber noch nicht. Ich habe gestern mit Listhaug gesprochen. Er hat die Kieselalgen in der Lunge des Leichnams untersucht, seiner Meinung nach kommen die auch im Brackwasser vor, es könnte also irgendwo in den Fjorden rund um Kirkenes passiert sein."

Aino seufzte und Mats meldete sich zu Wort: „Aber das werden wir herausfinden. Ich stehe mit dem Meteorologischen Institut in Tromsø in Kontakt, die erstellen ein Strömungsbild für uns. Vielleicht können wir so ein Gebiet eingrenzen. Haben wir erst den Tatort, finden wir sicher mehr. Möglicherweise hat der Täter Spuren hinterlassen."

Karl nickte und fuhr fort: „Außerdem haben wir sein Auto gefunden."

Aino verzog eine Augenbraue. „Ach ja, wo denn?"

„Unten am Jachthafen, es hat schon einige Tage dort gestanden. Ich habe mal nachgefragt, Vesterbekkmo hatte da tatsächlich ein Boot liegen. Ein Finnmaster T6. Das ist aber schon länger nicht mehr dort gesehen worden. Der Hafenmeister führt keine Listen darüber, wer wann ausläuft und wann wiederkommt. Aber er sagte, dass es ungefähr hinkommt, dass er das Boot wohl das letzte Mal irgendwann vor dem 4. September gesehen hat."

„Dann wurde Vesterbekkmo auf dem Boot ermordet?", fragte Aino.

„Möglich. Oder irgendwo am Fjord, wo er festgemacht hatte. Auf jeden Fall haben wir der Küstenwache und den lokalen Fischern Bescheid gegeben. Wenn das Boot gefunden wird, erfahren wir höchstwahrscheinlich mehr."

„Kann man das Boot denn nicht orten?"

Mats schüttelte den Kopf. „Nein, leider nicht. Diese kleineren Modelle haben keinen aktiven GPS-Sender."

„In Ordnung", sagte Aino. „Das ist immerhin ein Anfang. Finden wir das Boot, dann finden wir eventuell den Tatort. Schon irgendwelche Ideen, wer ein mögliches Motiv, wer Gelegenheit zu der Tat hatte?"

„Nun", sagte Karl, „bei dem Punkt sind wir noch nicht sonderlich weit gekommen. Aber wir haben ein paar vorläufige Hypothesen, mit denen wir arbeiten."

„Lasst hören", sagte Aino und stützte sich auf die Ellbogen.

Karl deutete auf das zweite Foto. „Das ist Emilie Forsmo, geborene Vesterbekkmo. Kristians Schwester."

Er gab der Abteilungsleiterin einen Augenblick Zeit, das Foto zu studieren. Emilie sah ihrem toten Bruder ähnlich, was auch daran lag, dass sie fast denselben Gesichtsausdruck aufgelegt hatte. Charmant, zugleich etwas überheblich – Karl war sich durchaus bewusst, dass er durch das Telefonat ihr gegenüber voreingenommen sein mochte.

„Das Bild hat Mats von ihrem Arbeitgeber, einer Wirtschaftsberatung in Bodø bekommen. Er hat mit ihnen gesprochen und laut eines Kollegen ist sie dort hoch angesehen, eine aufstrebende Angestellte. Beliebt scheint sie aber nicht zu sein."

Schließlich deutete Karl auf das Antlitz von Jakob Vesterbekkmo, des kleinen Bruders. Er war zwar jünger, sah Kristian aber auf dem Bild ebenfalls sehr ähnlich. Er hatte wie seine Geschwister ein schmales Gesicht, das durch etwas helleres lockiges Haar eingerahmt war. Er trug eine abgerundete Brille und wirkte fast schüchtern, besonders wenn man ihn mit seinem Bruder verglich. Was damit zusammenhängen mochte, dass der Fotograf ein Polizist gewesen war; um an dieses Bild zu kommen, hatte Karl nicht lange suchen müssen, hatte es im Strafregister der Polizei gefunden. „Jakob ist ein paarmal wegen kleiner Delikte, meist Verstößen gegen das Betäubungsmittelgesetz, aufgefallen. Er wurde einmal, im Jahre 2007, zu einer Bewährungsstrafe verurteilt."

Aino stand auf, betrachtete die Bilder genauer. „Und dieser Jakob, er ist arbeitslos?"

„Ja", sagte Karl. „Er ist seit über einem Jahr als erwerbslos gemeldet. Davor hat er in Alta bei *Akzo Nobel*, einem Chemieunternehmen, in der Produktion gearbeitet. Er hat dort eine Ausbildung zum Laborassistenten durchgezogen, ein paar Jahre war er dann da angestellt, bis sie das Werk dicht gemacht haben."

„Und die Schwester?"

„Emilie ist Akademikerin", fügte Mats an. „Sie hat wie Kristian BWL studiert, sie in Bergen, er in Oslo."

Aino nahm wieder Platz und trank einen Schluck aus ihrem Wasserglas. „Und was hätten die beiden für ein Motiv?"

Karl zuckte mit den Schultern. „Das ist reine Spekulation, aber es könnte sich um einen Erbstreit handeln, der eskaliert ist. Das Familienunternehmen, es ist immer noch einige Millionen Wert. Vielleicht genug, um dafür zu morden. Wir haben bei allen Anwälten in der Gegend angerufen, bei keinem wurde ein Testament von Kristian hinterlegt. Es wurde auch nichts bei den Gerichten registriert. Daher gehen wir davon aus, dass die gesetzliche Erbfolge gilt. Das heißt, die todkranke Mutter erbt alles, besonders die Aktien im Unternehmen. Und wenn sie stirbt, geht alles an Emilie und Jakob."

„Außer er hat ein Kind", sagte Mats. „Angeblich soll er eine Angestellte geschwängert haben. Emilie hat das abgestritten, sie glaubt nicht, dass das Kind von Kristian ist."

Aino nickte ein paarmal langsam. „Die Schwester und der Bruder, das sind eure einzigen Anhaltspunkte?"

Karl warf seinem Partner einen flüchtigen Blick zu, bevor er sich wieder an die Abteilungsleiterin wandte.

„Nein, wir haben noch mehr, aber nur die beiden Geschwister hätten bisher ein plausibles Motiv. Aber hatten sie auch die Gelegenheit, den Bruder zu töten? Ich denke, Emilie war zum Tatzeitpunkt in Bodø. Sie hat uns Kontoauszüge gefaxt, ihre Kreditkarte wurde am 3., am 4. und am 5. in Bodø benutzt. Wir versuchen noch das über Überwachungsvideos zu bestätigen, aber ich glaube ihr in dem Punkt. Trotzdem hat sie uns möglicherweise angelogen, hat ausgesagt, dass Jakob das ganze Wochenende bei ihr war. Allerdings lässt sich das bisher nicht verifizieren. Wir haben weder Flugtickets noch Bustickets auf seinen Namen gefunden, noch hat er die Mautstationen mit seinem Auto passiert. Gesehen hat ihn in Bodø auch niemand. Angeblich fühlte er sich nicht gut, wollte nicht unter Menschen gehen."

Mats nickte.

„Außerdem könnten die beiden ja auch jemanden engagiert haben, um Kristian umzubringen. Das ist aber weit hergeholt, technische Beweise haben wir nicht."

Aino sah auf ihre Uhr und stand langsam auf. „Und was wollt ihr jetzt machen?"

„Wir wollen als Erstes mit der Ex-Frau sprechen, ihr schuldete Kristian einen Haufen Geld", sagte Karl. „Dann mit der jungen Samin, mit der er eine Affäre und möglicherweise ein Kind hatte. Außerdem scheint er Spielschulden gehabt zu haben, wer weiß, welcher Kredithai ihm deshalb ans Leder wollte. Er hat auf Pferderennen gewettet. Wir wollten ein paar Geldverleiher besuchen, uns in dem Milieu umhören."

Aino nickte und sah auf den Gang, auf dem gerade zwei Kollegen am Konferenzraum vorbeigingen.

„Dann wollt ihr sicher die Rennbahn in Lakselv besuchen?"

„Ja, genau."

„Gut, ihr scheint alles unter Kontrolle zu haben. Ihr braucht mich ja gar nicht." Sie lächelte. „Oder kann ich euch irgendwie helfen?"

Karl stand ebenfalls auf. „Wir müssen mit Jakob sprechen. Er ist womöglich untergetaucht, und wenn er mit jemandem Kontakt hat, dann vielleicht mit der Schwester. Wir würden daher gerne Emilies Handy abhören lassen. Zeitgleich würde ich ihn zur Fahndung ausschreiben. Ist das in Ordnung?"

„Ja, ich rufe die Staatsanwältin an, das sollte durchgehen. Hat er selbst denn kein Handy?"

„Doch, aber das ist ausgeschaltet. Wir erreichen ihn nicht, können das Telefon auch nicht orten."

Aino nickte erneut. „Sonst noch etwas?"

Mats und Karl blickten sich an, schüttelten den Kopf.

„Ich muss jetzt mit dem Polizeipräsidenten über das Edelweiß sprechen", sagte Aino und gähnte. „Er wird mir wohl die Schuld daran geben, dass die Hintermänner immer noch nicht gefasst sind." Ihre Augen funkelten einen kurzen Augenblick, sie schien ihren alten Kampfesgeist wiedergefunden zu haben. „Aber keine Sorge, so leicht lasse ich mich nicht unterkriegen."

KAPITEL 20

Der Passat Kombi fuhr um eine langgestreckte Kurve, überholte einen Kleinbus, fädelte sich erneut in den Verkehr ein und bremste dann abrupt ab. Karls Kopf schlug gegen die kalte Fensterscheibe und er riss die Augen auf. Er rieb sich die Stirn, blickte erst auf den Wagen vor ihnen, sah dann zu Mats hinüber. Sein Fahrer erwiderte den Blick schmallippig.

„Du fährst wie ein Verrückter", murmelte Karl.

„Woher willst du denn wissen, wie ich fahre? Du hast doch geschlafen."

Karl verdrehte die Augen und ließ es darauf beruhen. Verschlafen nahm er sich ein Snus. Er musste bei Hesseng eingeschlafen sein, auf dem Weg nach Neiden, wo die Ex-Frau des Mordopfers arbeitete. Kine Johannessen betrieb dort mit ihrem neuen Ehepartner, einem Mann namens Øyvind Johannessen, einen *nostalgischen Burger Imbiss nach amerikanischem Vorbild*, zumindest stand es so auf der Internetseite.

Karl bemerkte, dass sein Mobiltelefon in der Mittelkonsole leuchtete und vibrierte. Es war seine Nachbarin, Flora. Er nahm ab. „Hallo, Flora. Alles in Ordnung?"

„Harri, bist du das?"

Er biss sich auf die Unterlippe. Harri, ihr Sohn. Sie musste heute besonders verwirrt sein. „Hier ist Karl, dein Nachbar. Du hast mich doch angerufen."

Einen Moment lang war es still in der Leitung.

„Ich mache mir Sorgen", sagte sie schließlich.

„Um Harri?"

„Ja", antwortete sie in einem jämmerlichen Tonfall. „Er hatte doch Geburtstag. Ich konnte ihn nicht erreichen, obwohl er sonst immer an diesem Tag zum Essen bei mir ist. Ich habe ihm seine Leibspeise gekocht, aber er ist nicht gekommen." Flora schniefte.

„Und du bist sicher, dass gestern sein Geburtstag war?"

„Natürlich", sagte sie empört. „Ich kenne doch das Geburtsdatum meines einzigen Sohnes. Er hat am 20. September Geburtstag."

Karl sah prüfend auf seine Uhr. Es war der 21. September. „Ich rede mal mit meinen Kollegen, vielleicht hat ihn jemand gesehen. Aber sag mal, hat bei dir etwas gefehlt, du wolltest doch nachsehen."

Wieder ein Schniefen. „Das habe ich ganz vergessen."

Karl schloss die Augen. „Flora, schau bitte noch einmal nach. Und mach dir keine Sorgen, wir werden nach Harri Ausschau halten, in Ordnung?"

„Danke, Karl. Du bist ein guter Mann."

Er verzog den Mund, atmete tief ein und wieder aus. „Natürlich, Flora. Und melde dich bei mir, wenn du von Harri hören solltest."

Sie legte auf und Karl schmiss das Telefon erneut in die Ablage.

Mats sah ihn aufmerksam an. „Alles in Ordnung?"

Karl kratzte sich im Nacken. „Das war wieder meine Nachbarin. Flora, du weißt, bei der wir die Hecke geschnitten haben. Ihr Sohn ist verschwunden. Sie glaubt, dass er Drogen nimmt und sie bestohlen hat." Er sah einen Augenblick schweigend auf die Straße vor ihnen. „Wahrscheinlich ist es nichts, sie wird immer vergesslicher, aber ... wir sollten die Augen offen halten. Nicht, dass er auch einer von denen ist. Du weißt schon, Edelweiß."

Mats bog auf einen Parkplatz, der zu dieser Jahreszeit kaum von Touristen besucht wurde. Die Asphaltfläche lag verwaist direkt neben einem brausenden Wasserfall und nur ein einzelner, deutscher LKW der Speditionsfirma Walter stand etwas weiter hinten geparkt. Das *Fossen Burger*, ein Schnellrestaurant, das tatsächlich dem Stil der amerikanischen 1950er-Jahre nachempfunden war, lag hinter dem Parkplatz direkt am Fluss. Karl war im letzten Sommer an dem Imbiss vorbeigefahren und konnte sich erinnern, dass es sehr voll auf dem Parkplatz gewesen war und er deshalb weitergefahren war. Doch jetzt, in der Nebensaison, war es ruhig. Hatten denn die Touristen aus Murmansk keine Lust auf amerikanisches Essen? Er schlug die Wagentür zu und trat an das Geländer, das die Aussichtsplattform von den schäumenden Wassermassen trennte. Er wischte sich übers Gesicht, auf das sich Wassertropfen gelegt hatten, die sich herrlich erfrischend anfühlten. Dann spuckte er das Snus aus und ging auf das Restaurant zu, das mit einem übergroßen Neonschild für seine authentischen Burger warb. Sie traten ein und aus einer Jukebox bimmelte Rock-and-Roll-Musik der

1970er-Jahre. Er bemerkte ein schiefes Lächeln auf Mats Gesicht.

„Soll ich mal nachsehen, ob ...", setzte sein Partner an. Doch Karl kam ihm zuvor: „Nein, die haben sicher kein *Big Hand Johansen*, das ist ja nicht authentisch amerikanisch. Aber danke der Nachfrage."

Sie nahmen an einem Ecktisch an der Fensterfront Platz, von dem sie den Wasserfall überblicken konnten. Außer dem Lastwagenfahrer, der an der Theke anscheinend seinen Burger aufgegessen hatte und nun einen Kaffee trank, waren die Polizisten die einzigen Gäste an diesem Morgen.

Die Bedienung, eine Frau Ende vierzig, Anfang fünfzig, hatte sie kommen gesehen und bewegte sich nun träge auf sie zu. Sie hatte schwarzes Haar, ansonsten sehr nordische Gesichtszüge, eine spitze Nase und hohe Wangenknochen. Sie trug ein authentisches Kostüm, nur die Rollschuhe fehlten.

„Was kann ich euch bringen, Jungs?" Sie legte zwei Menüs auf den Tisch und blickte die beiden Männer fragend an. Karl musterte das Namensschild auf ihrer Brust. Darauf stand *Kine* geschrieben.

„Wollt ihr vielleicht schon etwas trinken?", fragte sie erneut.

„Frau Johannessen, richtig? Wir hatten telefoniert. Mein Name ist Karl Sortland und mein Kollege hier ...", er deutete auf seinen Partner, „das ist Mats Samuelsson. Wir sind von der Polizei in Kirkenes."

Johannessen nickte flüchtig, warf einen Blick auf Karls Dienstausweis, den er auf den Tisch gelegt hatte. Dann wandte sie sich um und blickte kurz zur Theke hinüber, an der eine Kollegin saß. Sie war eben erst aus der Küche gekommen, hatte sich an die Kasse gesetzt und war vollkommen in ihr Handy versunken. Johannessen nahm schließlich neben Mats Platz. „Und wie kann ich Ihnen helfen, Herr Kommissar?"

Bevor er antworten konnte, bemerkte Karl aus dem Augenwinkel eine Bewegung; ein breites Gesicht, das sie durch die Durchreiche zur Küche beobachtete. Der Mann trug eine weiße Küchenuniform und sein Blick schien zwischen ihm und der Bedienung an ihrem Tisch hin und her zu wechseln. Dann war er wieder verschwunden.

„Also, zuerst einmal unser Beileid. Wir ermitteln im Mordfall Vesterbekkmo." Er musterte ihre Gesichtszüge. Ihre Augen umspielte ein Lächeln.

„Danke."

„Wir gehen ein paar Spuren nach, wollten Ihnen einige Fragen zu Ihrem Ex-Mann stellen. Gibt es etwas, das Sie uns sagen können, das uns dabei helfen kann, die Verantwortlichen für seinen Tod zu finden?" Karl bemerkte ein nervöses Zucken ihrer Augen. „Keine Sorge. Das ist ein normaler Vorgang. Wir durchleuchten in solchen Fällen immer zuerst das soziale Umfeld eines Opfers."

Johannessen sah die beiden Polizisten einen Moment schweigend an, nahm dann eine Zigarettenschachtel aus ihrer Schürze. „Stört es Sie, wenn ich rauche?"

Karl schüttelte den Kopf. „Nur zu."

Die Frau zündete sich eine Marlboro light an und nahm einen tiefen Zug. Sie blies den Rauch in die Luft zu dem halb geöffneten Fenster, bevor sie fortfuhr. „Ich würde Ihnen gerne helfen, kann aber eigentlich nicht viel dazu sagen. Ich habe seit der Scheidung nicht mehr mit Kristian gesprochen. Von sozialem Umfeld kann daher nicht die Rede sein. Alles, was ich Ihnen anbieten kann, ist kalter Kaffee."

In dem Moment kam ein breitschultriger Mann aus der Küche und ging zielstrebig auf ihren Ecktisch zu. Es war derselbe Kerl, der sie zuvor durch die Durchreiche beobachtet hatte, und es musste sich wohl um den Koch handeln. Seine schwarzen Haare waren dicht an der Kopfhaut nach hinten gekämmt und seine Uniformärmel hatte er sich bis zu den Ellbogen hochgekrempelt. Auf seinem Unterarm war ein Tattoo zu sehen. Karl warf einen flüchtigen Blick darauf und erkannte ein Skelett in einer Lederweste auf einem Motorrad, wahrscheinlich eine Harley Davidson. Der Koch blieb vor dem Tisch stehen, sah erst die Bedienung, dann die beiden Männer fragend an.

„Kann ich euch helfen?", fragte er.

„Øyvind, alles in Ordnung", sagte Johannessen und sog an ihrer Kippe. „Die beiden sind von der Polizei, ermitteln in dem Mordfall."

Die Gesichtsmuskeln des Mannes glätteten sich ein wenig. Er nickte Karl zu. „Ich bin Kines Ehemann. Mir gehört dieses Restaurant." Dann zu seiner Frau gewandt. „Du kannst gehen, ich werde mit Ihnen reden."

Karl räusperte sich, schüttelte den Kopf. „Wir würden aber gerne mit Ihrer Frau sprechen."

Der Koch musterte die beiden Beamten einen Augenblick.

„Schön haben Sie es hier", warf Mats freundlich ein, deutete auf den Wasserfall hinter der Glasscheibe. Sein Akzent hörte sich in diesem Moment besonders schwedisch an.

Der neue Ehemann blinzelte, nickte und zuckte schließlich mit den Schultern. „Ich bin hinten in der Küche, falls mich jemand braucht." Dann wandte er sich um und ging mit großen Schritten zurück durch die Pendeltür, von wo er gekommen war.

Karls Blick war dem bulligen Rücken gefolgt, bis die Tür sich hinter ihm geschlossen hatte. Nun drehte er sich wieder zu Johannessen um. „Wo waren wir stehengeblieben? Sie sagten, dass Sie seit der Scheidung nicht mehr mit Kristian gesprochen hätten. Wann war das genau?"

Die Frau sah an die Decke. Sie rechnete. „Im August waren es genau drei Jahre."

Mats lehnte sich auf seine Ellbogen. „Danach hatten Sie keinerlei Kontakt mehr? Seine Schwester Emilie sagte uns, dass Sie sich mit Kristian um Geld gestritten haben. Sie gab an, dass Sie ihm Schläger auf den Hals gehetzt hätten."

Kine Johannessen lachte laut auf. „Das hat Emilie Ihnen gesagt?" Sie schüttelte den Kopf, lächelte noch immer. „Nein, nein, ich habe ihm keinen Schläger auf den Hals gehetzt. Aber in einem Punkt hat Emilie recht, Kristian schuldete mir eine Stange Geld, hat nie etwas bezahlt, auch nach dem Gerichtsurteil nicht. Entweder wollte er nicht, oder er konnte nicht. Mir war die Kohle ehrlich gesagt egal, ich habe das abgeschrieben."

Karl blickte wieder zur Küchentür. „Und Ihr Mann, war er ebenso gleichgültig?"

„Øyvind? Nein, dafür ist er der falsche Typ. Er wollte es nicht auf sich beruhen lassen. Er hat ein paarmal versucht mit Kristian zu reden." Sie lachte erneut und sah Karl amüsiert an. „Er wollte wirklich nur mit ihm reden, sich vielleicht aufplustern, so wie ihr Männer das macht. Øyvind dachte, dass er dann einlenken würde. Er hat ihm aber nie Gewalt angedroht, so ist er nicht. Es hätte ja auch nichts gebracht, ich glaube nämlich langsam, dass Kristian wirklich kein Geld mehr hatte, das er mir hätte geben können. Das mit den Schlägern, das ist aber absoluter Blödsinn." Sie schüttelte energisch den Kopf. „Hat Emilie das tatsächlich gesagt?"

Karl blickte erneut zur Theke hinüber, konnte wieder das Gesicht ihres Ehemannes durch die Durchreiche erkennen. Øyvind unterhielt sich mit der jungen Bedienung an der Kasse, blickte aber immer wieder in ihre Richtung.

„Kristians Tod scheint Ihnen nicht besonders nahezugehen?"

Nun grinste Johannessen ihn an. „Nein, das kann ich nicht behaupten. Entschuldigen Sie meine Offenheit, aber Kristian war ein Arschloch. Dass ich das nicht früher gesehen habe, ist das Einzige, das mir leidtut, denn die fünfzehn Jahre meines Lebens bekomme ich nicht zurück."

Mats nickte. „Ihr Ex-Mann, er hatte gar kein Vermögen mehr, auf das sie zugreifen konnten?"

Kine schüttelte den Kopf, steckte sich eine neue Zigarette an. „Nein, ich glaube nicht. Die Familie war sehr wohlhabend, nur kam Kristian da nicht ran. Zwei Ferienhäuser hatten sie – der norwegische Traum. Doch er konnte das alles nicht verkaufen, obwohl er es lange versucht hat. Er brauchte die Einwilligung der Geschwister, um die Ferienhäuser und seine Anteile am Unternehmen zu Geld zu machen. Und die haben sich dagegen gesträubt. Nur das Haus in Kirkenes, das konnte er verkaufen, weil es nur auf seine Mutter lief, glaube ich."

„Ich verstehe", sagte Karl. „Und Ihr Verhältnis zu Emilie und Jakob, wie war das?"

„Na ja, Emilie ist eine karrieregeile, kalte Frau, wenn Sie mich fragen. Wir waren nie wirklich befreundet, obwohl uns eigentlich die Abneigung gegen Kristian verbunden hat. Wir waren einfach zu verschieden."

Sie aschte ab und Karl hörte von draußen das Knattern eines Motorrads.

„Und Jakob", fuhr sie fort, „der tat mir irgendwie leid, er wirkte schon immer unglücklich, war in dem Streit zwischen den beiden älteren Geschwistern gefangen."

In dem Moment ging die Tür auf und zwei Männer mit Motorradkleidung kamen in das Restaurant. Sie nickten der Bedienung an der Kasse zu und setzten sich an das andere Ende der Bar. Der eine der beiden hatte sie an dem Ecktisch bemerkt und schien die Beamten zu mustern.

Karl wandte sich wieder Frau Johannessen zu. „Emilie und Jakob wollten die Ferienhäuser und das Unternehmen also nicht verkaufen?"

„Ja, genau. Und deshalb habe ich nie das Geld bekommen, das mir nach der Scheidung zustand. Noch ein Grund, Emilie nicht zu mögen." Sie drückte die Zigarette aus.

Karl nickte mehrmals und sah auf Mats' Notizblock. Als er aufblickte, bemerkte er, dass Øyvind Johannessen wieder aus der Küche getreten war und sich zu den Motorradfahrern gesellt hatte. Sie unterhielten sich und lachten, schienen sich zu kennen.

„Und wann haben Sie Øyvind kennengelernt? Gleich nach der Scheidung?", fragte Mats.

Johannessen strich sich eine Locke aus dem Gesicht und unter die Haube. „Um ehrlich zu sein, kannte ich ihn schon vorher, über eine Freundin. Kristian war zu der Zeit nie zu Hause, war ständig bei seiner Samin. Als die dann schwanger wurde, habe ich die Scheidung eingereicht. Danach habe ich nicht mehr mit ihm gesprochen."

„Das Kind, Sie meinen es war von ihm, von Kristian?", fragte Mats.

„Von wem sonst? Ist mir eigentlich aber auch egal, es war ein guter Grund, mich endlich von ihm scheiden zu lassen."

„Eine letzte Frage: Was meinen Sie, könnten Emilie oder Jakob etwas mit Kristians Tod zu tun haben?", fragte Karl.

Johannessen zuckte mit ihren schlanken Schultern. Auch sie hatte ein Tattoo am Schlüsselbein, das kurz sichtbar wurde. „Natürlich, dieser Familie ist alles zuzutrauen. Ich würde aber auch mal mit der Samin sprechen. Angeblich war ihr Vater hinter Kristian her." Sie kicherte. „Der hat ihm vielleicht Schläger auf den Hals geschickt, nicht ich. Er stand einmal bei uns vor dem Haus, nachdem er von der Schwangerschaft erfahren hatte, er und ein paar junge Männer. Alles Samen mit langen Messern. Kristian hatte panische Angst. Ich bin dann nach draußen und habe mit ihm geredet, habe Kristian sogar verteidigt. Ich dachte, das wäre wieder so ein Geldeintreiber. So habe ich von der Schwangerschaft erfahren. Kristian erzählte mir später, dass das

144

der Vater einer Angestellten gewesen sei, die sie gefeuert hätten, und er hat behauptet, dass der Kerl vorbestraft wäre, er deshalb Angst gehabt hätte. Dass er der Vater des Kindes sei, hat er vehement abgestritten. Na ja, danach habe ich Schluss gemacht." Sie dachte einen Augenblick nach. „Wenn er wirklich die Tochter geschwängert und ihr dann gekündigt hat, welcher Vater wäre da nicht sauer? Und um dem noch eins obendrauf zu setzen, soll er auch ihr keinen Unterhalt bezahlt haben." Ihre Miene verfinsterte sich. „Die Geschichte wiederholt sich, wie Sie sehen. Ist doch lustig, er hat alle Frauen in seinem Leben so behandelt." Sie stand langsam auf und zupfte sich ihre Uniform zurecht. „Wie gesagt: Sprechen Sie mir der Samin. Sie wohnt, glaube ich, bei ihrem Vater in Karasjok. Wenn Sie sich trauen, sollten Sie da mal vorbeischauen."

KAPITEL 21

Ein Streifenwagen fuhr auf den leeren Parkplatz vor einem grauen Bürogebäudekomplex in der Innenstadt von Kirkenes. Der Wagen parkte, der Motor wurde abgeschaltet. Die Beifahrertür ging langsam auf und ein langes, schlankes Bein in einer Polizeiuniform kam zum Vorschein.

Mikkel Kuhmunen schloss sanft die Tür hinter sich und musterte die Fassade des vierstöckigen Betongebäudes. Ein paar Fensterscheiben in den oberen Etagen des Gebäudes waren eingeschmissen worden, die Fassade benötigte einen neuen Anstrich. Alles wirkte verlassen, heruntergekommen. Daniel Killgren hatte ihm erklärt, dass das Gebäude einmal der Stolz der Lokalregierung gewesen sei, das Aufbruchsignal in eine moderne Zukunft. Die Mieter, vor allem mittelständische Unternehmen, waren dann aber vor einiger Zeit ausgezogen. Heute standen die Büroflächen allesamt leer, von dem politischen Optimismus war wenig geblieben. Die Kommunalregierung hatte sich zwar vor der Wahl mal wieder darum bemüht, durch Senkung der Unternehmenssteuer neue Mieter zu finden und damit Arbeitsplätze zu schaffen, doch auch dieses Projekt war gescheitert. Niemand wusste, ob es an den Unternehmen lag oder an den jungen Menschen, potenziellen

Angestellten, die lieber in den Städten des Südens lebten. Wer konnte es ihnen verdenken. Mikkel hatte es ja vor Kurzem selbst in den Süden gezogen, nach Kirkenes. Obwohl ehrlicherweise von Spitzbergen aus gesehen alles im Süden lag.

Mikkel strich sich die Uniform zurecht, nahm einen Stapel Flugblätter, die er auf dem Autodach abgelegt hatte, und klemmte sie sich unter den Arm. Auf den Flugblättern wurde in großer roter Schrift vor dem Konsum von Edelweiß gewarnt. Er blickte zu Killgren hinüber, der sich eine Zigarette angesteckt hatte.

„Schade, dass das hier nichts geworden ist", sagte Killgren und blies etwas grauen Rauch aus, „sonst würde mein Sohn vielleicht noch hier und nicht in Bergen leben."

Mikkel nickte nachdenklich und ließ den Blick über die etlichen leeren Parkplätze schweifen.

„Na ja, die Politik hat daraus gelernt. Man hat sich wieder auf den Hafen und das Meer konzentriert. Das ist der einzige Wirtschaftszweig, der hier zukunftsfähig ist." Killgren setzte sich langsam in Bewegung. „Hier oben laufen eben nur die Ressourcen aus dem Meer: Fisch, Öl, Gas. Und der Tourismus natürlich. Aber der kommt ja auch oft übers Meer."

Er musste die Hurtigruten-Fähren meinen. Mikkel nickte und folgte dem rauchenden Kollegen vorbei an einer Fensterfront entlang zu der Seite des Gebäudes, an der das Tor zum Hinterhof liegen sollte. Dort hatten sich wohl ein paar Junkies eingenistet.

Ein altes Neonschild hing schief über dem Eingangsbereich und Mikkel bemerkte auch dort eine eingeschmissene Scheibe. Dahinter, vor der ehemaligen Rezeption, konnte er Fußabdrücke auf dem Linoleumboden sehen und in der Mitte des Raumes lagen einige leere Bierdosen.

Sie bogen um die Ecke, dort befand sich der Eingang zum Hinterhof. Killgren hatte befürchtet, dass sie gegebenenfalls über das Tor klettern müssten. Doch das blieb ihnen erspart, denn das Gitter, von dem ebenfalls die Farbe abblätterte, stand halboffen. *Schade*, dachte Mikkel mit einem Schmunzeln. Er hätte gerne zugesehen, wie Killgren, der wie ein Schlot rauchte und, soweit er das beurteilen konnte, keinerlei Sport trieb, sich über das Gitter mühte.

Über einen schmalen Gang erreichten sie den Hinterhof, der erstaunlich weitläufig war. In der gegenüberliegenden Ecke standen zwei Bäume, darunter zwei Bänke und ein Tisch und es war sogar etwas Rasen gesät worden. Eine lauschige Pausenecke für die nichtvorhandenen Angestellten.

In der Mitte des Hofes waren zwei große blaue Container aufgestellt, *Rasmussen Resirkulering* stand auf der Seite aufgedruckt. In die Behälter hatten der Hausmeister oder die Gebäudeverwaltung die ausrangierten Büromöbel geworfen und irgendwer hatte das Zeug wieder herausgeholt und wohl einige der noch brauchbaren Möbel abtransportiert und verkauft. Für Drogen?

Gedankenverloren folgte Mikkel Killgren in die andere Ecke des Hofes. Überall auf dem Boden lagen Überreste alter Schreibtische, Computerkabel und Stühle. Auch Hausmüll lag dort verstreut; es stank nach Essensresten und Urin. Hinter den Containern, in dem

Trümmerfeld kaum zu erkennen, stand eine Art Geräteschuppen. Mikkel strich sich mit der Hand durch sein feines Haar, rümpfte die Nase. Der Uringeruch wurde immer schlimmer, umso näher sie der Hütte kamen. Wohnte dort jemand?

„Was für ein Gestank", sagte er.

Killgren drehte sich um und lachte. Er schmiss seine Zigarette auf den Asphalt und trat sie mit dem Stiefel aus. „Willkommen in Downtown Kirkenes. So runtergekommen ist es auf Spitzbergen nicht, oder?"

Mikkel schüttelte den Kopf. „Nein, in Longyearbyen gibt es eher zu wenige Häuser, als dass sie leer stehen könnten. Alles gehört der Minengesellschaft, private Baugenehmigungen bekommt man selten. Wir haben auch keine Obdachlosen, bei minus dreißig Grad und mit den Eisbären ... Nein, das wäre keine gute Idee."

„Und Junkies?"

„Einige Trinker, drei oder vier Fixer."

Killgren sah ihn überrascht an. „Wie kommen die denn da oben an ihren Stoff?"

Mikkel zuckte mit den Schultern. „Keine Ahnung, genau wie hier, denke ich. Wo ein Markt ist, ist auch ein Dealer. Als ich jung war, haben mir Freunde erzählt, dass sie nach Barentsburg, in die russische Siedlung gefahren sind, um Marihuana zu kaufen. Da bekommt man fast alles, wahrscheinlich auch heute noch. Ansonsten ist Spitzbergen ziemlich sauber, würde ich sagen."

Der Kollege sah ihn nachdenklich an. „Und warum bist du dann hier? Dein Job da oben hört sich doch gemütlich an."

Kuhmunen sah in den trüben Himmel über dem grauen Hinterhof. Eine kalte Böe fuhr ihm durch das Haar, verwischte seinen Seitenscheitel. „Das südliche Klima und die schönen Städte, denke ich."

Sie waren nun an dem Verschlag angekommen. Killgren stieß mit dem Stiefel einen Pappkarton zur Seite und trat an die Tür, klopfte zweimal an. Keine Reaktion.

Mikkel trat an ein rundes Fenster, das mit Plastikfolie abgedichtet war, und warf einen Blick hinein. Zu erkennen war nur Gerümpel, das auch gut und gerne von dem Hausverwalter stammen mochte. „Wohnt hier wirklich jemand?"

Killgren zuckte mit den Schultern. „Ob er hier wohnt, weiß ich nicht. Aber er schläft hier manchmal. Der Hausmeister hat uns schon ein paarmal gerufen, wir sollten ihn verjagen. Harri, ein harmloser Typ. Eine traurige Geschichte, er hat mal bei Alta im Profifußball gespielt, hat viele Tore geschossen. Dann hat er aber wie so viele hier oben nach der Schule den Anschluss an die Gesellschaft verloren."

Der kräftige Beamte lehnte sich an die Tür, die mit einem leisen Knarren aufging. Killgren zuckte kurz zusammen, lachte dann. „Hoppla", sagte er. „Die hat nur geklemmt." Er lugte in den Schuppen. „Keiner da. Aber Harri wird sicher nichts dagegen haben, wenn wir uns mal umsehen. Wir lassen ihm ein Flugblatt hier."

Mikkel folgte dem Kollegen in den Verschlag. Auf dem Boden und in den Regalen lagen aufgebrauchte Konservenbüchsen, leere Bierdosen, Speisereste und ein abgestandener, muffiger Gestank lag in der Luft. Es gab weder eine Toilette noch ein Waschbecken, der Bewohner schien nicht sonderlich viel Wert auf Hygiene zu legen. Wie sollte er auch?

„Wieso geht er denn nicht zum Sozialamt? Die würden ihm doch sicher eine Wohnung oder wenigstens ein Bett für eine Nacht zur Verfügung stellen."

Killgren zuckte erneut mit den Schultern. „Die Leute meinen, es allein besser zu haben. Würdest du in den Gemeindeunterkünften schlafen wollen? Du hast sie gesehen, fünf Männer in einem Raum. Angeblich bestehlen sie dich dort, es gibt Prügeleien. Ich kann das schon verstehen. Harri hätte lieber beim Fußball bleiben sollen, das ist sein Fehler gewesen."

Mikkel seufzte und ließ seinen Blick weiter schweifen. In einer Ecke waren ein paar Zeitungen auf dem Bretterboden und darüber eine Isomatte ausgebreitet worden und in einem Regal an der Wand lagen zwei Taschenbücher. Unter dem Fenster mit der Plastikfolie standen ein Schreibtisch und ein Bürostuhl; beides hatte er wohl aus dem Container im Hinterhof gefischt. Über dem Tisch, gleich neben dem Fenster, hing ein Bild. Mikkel ging näher heran und kniff die Augen zusammen.

„Die Straße kenne ich", sagte er überrascht.

Killgren trat neben ihn. „Ja, das ist bei Karl, oben im Doktor Palmstrøms Vei. Glaube, der Kerl ist da aufgewachsen."

Mikkel nickte nachdenklich und musterte die Schlafstätte an der anderen Wand. Er nahm eines der Flugblätter und legte es auf die Isomatte.

Killgren beobachtete ihn, steckte sich eine weitere Zigarette in den Mund, sicher war die erste Packung des

Tages bald leer. „Gut, da kann er den Flyer nicht übersehen."

Mikkel schaute auf seine Uhr, eine *Sinn UX* Taucheruhr, das gleiche Modell, das auch die berühmte Spezialeinheit der Deutschen Bundespolizei, die GSG 9, trug. Er hatte sie einem niederländischen Touristen in Longyearbyen abgekauft, war in seinem Leben allerdings noch nie getaucht. Auch in den Niederlanden war er nie gewesen. „Sollen wir weiter? Ich glaube, hier ist nichts."

Killgren zog an seiner Camel. „Ja, wir kommen ein anderes Mal wieder, schlage ich vor. Lass uns lieber nach diesem Dealer Ausschau halten, den die Kollegen in Hesseng gesehen haben."

KAPITEL 22

„Sollen wir den Vesterbekkmo-Mord etwa links liegen lassen, um nach Drogendealern zu suchen?" Karls Knie knacksten, als er aufstand, an ihren Schreibtisch trat und die Vorgesetzte mit eindringlichem Blick fixierte. Sie blieb still und er legte nach: „Was meinst du, was die Medien sagen würden, wenn sie davon Wind bekämen? Glaubst du, das würde gut ankommen?"

Aino setzte ihre Brille ab und rieb sich über die Augen. „Warum musst du immer alles so dramatisieren? Ich sagte nicht, dass ihr den Mord nicht weiter untersuchen sollt. Ich habe nur gefragt, ob ihr unbedingt jetzt nach Kautokeino fahren müsst."

„Sie wohnt in Karasjok, nicht Kautokeino. Und ja, wir müssen mit ihr sprechen, uns eine Übersicht über das soziale Umfeld des Mordopfers verschaffen. Nur so können wir ein mögliches Motiv erkennen. Das nimmt man doch im ersten Jahr an der Polizeischule durch."

Aino musterte ihn ruhig, ließ sich nicht aus der Reserve locken. „Und welches Motiv hast du bei ihr erkannt, dass du jetzt unbedingt mit ihr sprechen musst?"

„Na, dass sie ein uneheliches Kind von Kristian hat."

Die Abteilungsleiterin machte eine wegwerfende Handbewegung. „Und deshalb bringt sie den Kindsvater um?"

„Aino, ich sagte doch, dass der Vater möglicherweise hinter ihm her war. Das hat zumindest die Ex-Frau gesagt."

„Ich sage ja nicht, dass ihr nicht mit der jungen Frau und meinetwegen mit ihrem Vater sprechen sollt. Nur muss das jetzt sein? Ich wollte euch nur für eine Schicht an der Grenze abstellen, bis weitere Kollegen eintreffen." Sie stützte das Kinn auf ihre gefalteten Hände und sah einen Augenblick schweigend aus dem Fenster, dann auf ihre Uhr. „Ich habe jetzt keine Zeit für diese Diskussion. Wenn du meinst, dass es nötig ist, dass du und Mats einen ganzen Tag weg seid, dann sei es so. Du hast meinen Segen."

Karl nickte, er hatte einen Punktsieg eingefahren, das Spiel war aber noch nicht entschieden. „Danke, es ist die richtige Entscheidung. Außerdem wollen wir Mikkel Kuhmunen mitnehmen."

„Und wieso das?", fragte Aino überrascht.

„Na ja, die Frau wohnt bei ihrer Familie, es ist ein samischer Stamm. Wir brauchen Mikkel möglicherweise als Dolmetscher für Sprache und Kultur."

Aino sah ihn ermattet an, setzte ihre Brille wieder auf und scrollte über den Bildschirm. „Karl, Kuhmunen wurde uns zur Unterstützung in der Drogensache geschickt, nicht, um für euch zu übersetzten. Das sind drei Beamte, die mir einen ganzen Tag lang fehlen. Wenn die Medien das mitbekommen, dass wir in dieser Krise eine Butterfahrt nach Karasjok veranstalten, dann wäre das ein gefundenes Fressen! Warum musst du dich mir immer widersetzten, egal, was ich ..."

Im selben Moment klopfte es an der Tür, und noch bevor Aino den Neuankömmling hereinbitten konnte, öffnete sie sich schwungvoll. Ein fröhlich lächelnder Mats kam in das Büro, setzte sich neben Karl und sah die Abteilungsleiterin erwartungsvoll an. „Und? Reisen wir morgen mit Mikkel nach Karasjok?"

Ainos Gesichtszüge glätteten sich. Sie seufzte. „Ja, ihr könnt fahren, kommt aber so schnell wie möglich zurück. Und nächste Woche schiebt ihr beide eine Schicht an der Grenze!"

***

Karl stand auf der Straße vor seinem Haus. Es war 06:38 Uhr, Mats hatte sich nur um acht Minuten verspätet. Er war nicht allzu nervös, sie hatten genügend Zeit, würden am Abend zurück sein und mussten den Freitagabend somit nicht im Auto verbringen. Karl blickte in den dunklen, wolkenlosen Himmel über Kirkenes, an dem noch immer ein paar Sterne funkelten. Am Sonntag würde er dreißig Jahre alt werden. Vielleicht sollte er Sofia einladen, damit er den Abend nicht gänzlich allein verbringen musste?

Im Pub 1 könnte er auch feiern, dann würde er den Gratulanten mit ihren Glückwünschen entgehen, denn dort interessierte es niemanden, ob irgendwer Geburtstag hatte. In diesem Augenblick bog ihr Dienstwagen in den Doktor Palmstrøms Vei ein und Karl ging die letzten Meter über die Einfahrt zur Straße hinunter und öffnete gedankenversunken die Beifahrertür. Dort saß allerdings schon jemand auf dem Beifahrersitz, auf seinem Platz. Ein schmales Gesicht unter einem perfekt gezogenen Seitenscheitel grinste ihn an. Kuhmunen.

Karl presste die Lippen aufeinander; hatte Mats den Kerl vor ihm abgeholt? Mit einem lauten Schnaufen ließ er sich schließlich auf die Rückbank fallen.

„Schönen guten Morgen, Karlemann", grüßte Kuhmunen überfreundlich von vorne.

„Ja, ein ganz fantastischer Tag."

Nach einem kurzen, einseitigen Gespräch schloss Karl die Augen und versuchte zu schlafen. Die Stimmen der Kollegen klangen immer ferner und das sanfte Ruckeln und Vibrieren des Autos machte ihn noch schläfriger. Beinahe wäre er eingeschlafen. Doch dann hörte er seinen Namen. Karl ließ die Augen geschlossen, tat, als ob er tatsächlich schlafen würde, und lauschte.

„Ja, es stimmt", hörte er Mats sagen. „Er mag die dunklen Jahreszeiten, ihm macht das nichts aus. Er sagt, dass seine Augen lichtsensitiv sind. Ich denke, er könnte gut auf Spitzbergen leben."

Kuhmunen kicherte wie ein Schuljunge. „Er mag dann auch lieber Regen als Sonnenschein?"

„Bin ich mir sicher", sagte Mats lachend. „Er ist auf jeden Fall verrückt nach Nebel, da blüht er richtig auf. Ich weiß auch nicht, warum."

Karl musste sich ein Grinsen verkneifen, ließ die Augen aber weiterhin geschlossen.

„Etwas eigentümlich, unser Karlemann", stellte Kuhmunen feierlich fest und dann lachten die beiden Polizisten laut auf. Karl überlegte, ob er sich in die Diskussion einschalten sollte. Doch letztlich siegte die Müdigkeit und er schlief tatsächlich ein.

Karl riss die Augen auf und wischte sich etwas Speichel vom Kinn, sah sich um. Er war allein im Auto. Als er nach draußen blickte, konnte er die Rücken von Mats und Kuhmunen erkennen, die nur schlecht getarnt hinter einem kahlen Busch standen und pinkelten. Sie hatten auf einem Parkplatz an der E6 angehalten, nur wenige Meter weiter stand ein Toilettenhäuschen.

Karl lächelte, schüttelte den Kopf. Durch das andere Fenster konnte er den gelegentlichen Verkehr auf der E6 sehen. Es war noch dämmerig, doch konnte er hinter der Straße Hügel und einen gedrungenen Birkenhain ausmachen.

Er stieg aus und knallte die Tür kräftig zu, woraufhin Mats sich umdrehte, lachte und die wenigen Meter zu ihrem Fahrzeug zurück joggte. Karl lehnte sich an die Motorhaube und goss sich Kaffee aus einer Thermoskanne in einen der Pappbecher, die Mats dort aufgestellt haben musste.

„Wo sind wir eigentlich?", fragte Karl und wischte sich etwas Schlaf aus den Augen.

„Kurz nach Tana, du hast über eine Stunde geschlafen." Mats hielt ihm eine Tüte mit Zimtschnecken hin. „Hat Silja selbst gebacken. Komm, trink deinen Kaffee, dann fahren wir weiter."

Karl biss in das Backwerk und sah zu den Bergen im Norden, von wo ein frischer Morgenwind ins Tal hinabwehte. Die Luft roch nach Herbst, Moos und feuchten Blättern. Karl wandte sich an Kuhmunen, trank einen Schluck Kaffee.

„Wie gefällt es dir bisher hier bei uns, Mikkel?", fragte er. Der hagere Mann antwortete nicht, sondern nickte ihm wissend zu. „Du hast am Sonntag Geburtstag, oder?"

Karl blinzelte ihn an. „Woher weißt du das?"

Mats stand lachend auf. „Mikkel hat mit Siren in der Personalabteilung geflirtet."

Karl verzog den Mund. „Ja, stimmt. Ich werde dreißig."

„Schön, Mats und ich schmeißen eine Feier für dich."

Karl räusperte sich. „Nicht nötig, ich wollte Sofia zum Essen einladen."

„Kein Problem", antwortete Kuhmunen milde. „Sie kommt auch, ist schon alles abgesprochen."

Karl schwieg, biss erneut von der Zimtschnecke ab. Sie war frisch, Silja musste sie erst am Vorabend gebacken haben, sie roch herrlich nach zerlassener Butter und Kardamom. „In Ordnung, dann habe ich wohl keine Wahl", bemerkte er trocken.

Sie waren ein ganzes Stück auf der E6 gefahren, als Mats sich eine weitere Zimtschnecke reichen ließ, es musste die zweite oder dritte an diesem Morgen sein. Der blonde Kerl nahm einen Bissen und der Streuselzucker, der lose auf dem Gebäck lag, fiel auf seinen Pullover. Von dort rieselte er auf die Armlehne. Mats kaute, nahm noch einen Happen, legte schließlich den Rest in der Mittelkonsole ab.

Karl runzelte die Stirn und musterte von der Rückbank aus die Krumen und die weißen Zuckerflocken, die sogar auf der Gangschaltung gelandet waren. Er lehnte sich zurück, sah aus dem Fenster; es war nicht sein Wagen, konnte ihm doch egal sein, was er mit dem Dienstwagen tat. Aber er würde ihn ganz sicher nicht putzen.

Mats drehte sich munter zu ihm um. „Jemand Lust auf Musik? Wie wäre es mit Country?"

Karl erwiderte seinen Blick. „Mats, ich habe einen Fleck bei mir im Auto gefunden", antwortete er, schüttelte dabei den Kopf. „Schokoladeneis, auf dem Beifahrersitz, nachdem wir zusammen unterwegs waren und du unbedingt dein Eis im Auto essen musstest."

Kuhmunen und Mats blickten sich an. Dann begannen die beiden Männer laut zu lachen.

„Das ist ein Oldtimer, überhaupt nicht zum Lachen. Du hast ab jetzt bei mir Essensverbot im Auto!"

Wieder lachten die beiden Kerle auf den Vordersitzen.

„Ernsthaft. Kein Eis mehr bei mir im Auto", grummelte Karl.

„Du brauchst unbedingt ein Hobby", sagte Kuhmunen. „Du solltest dir ein Boot kaufen."

Etwas später hatten sich die Gemüter beruhigt und die Beamten unterhielten sich über die Betäubungsmittelkrise und das Edelweiß, das Kuhmunen nach Kirkenes geführt hatte. Der Kollege aus Spitzbergen berichtete von den Aufgaben, für die er meist zusammen mit Killgren eingeteilt wurde. Teilweise wurde er an der Grenze eingesetzt, um Fahrzeuge zu kontrollieren, aber für gewöhnlich machten sie Jagd auf die bekannten Drogendealer, sprachen mit Abhängigen, warnten sie vor dem neuen Stoff und versuchten allgemein die Herkunft des Methamphetamins zu erforschen. Kuhmunen erklärte, dass das Zeug fast sicher aus Russland stamme, zumindest sei das die einhellige Meinung unter den Kollegen.

Karl kamen immer wieder seine Nachbarin Flora und ihr Sohn in den Sinn. Sie war eine so liebevolle Mutter, gab ihren Sohn nie auf. Vielleicht berührte ihn Floras

Schicksal deshalb so sehr, weil er dadurch an seine eigene Mutter denken musste? Er hatte kaum Erinnerungen an sie. Stellte sich jedoch vor, dass sie ihn genauso geliebt hatte, wie Flora ihren Harri liebte. So sah es auf jeden Fall auf den Fotos aus, die er noch von ihnen beiden hatte. Sie war gestorben, als er gerade sechs Jahre alt gewesen war. War von einem Auto angefahren worden, der Fahrer war geflüchtet und hatte nie ermittelt werden können. Sie war noch im Krankenwagen auf dem Weg ins Klinikum verstorben.

„Mikkel", sagte Karl und unterbrach damit das Gespräch auf den vorderen Sitzen. „Mir fällt da was ein. Wenn du bei deiner Arbeit über einen Harri Mäkikomsi stolpern solltest, dann ruf mich bitte an, ja?"

Kuhmunen drehte sich um und sah ihn verwundert an. „Mäkikomsi. Ein samischer Name. Ist das ein Freund von dir?"

„Ja. Oder nein, ich weiß nicht. Er ist der Sohn meiner Nachbarin. Ich habe ihr versprochen, ihn zu finden."

Kuhmunen legte den Kopf schief. „Der Name kommt mir bekannt vor. Ich glaube, wir haben in dem verlassenen Bürohochhaus am Fischmarkt nach ihm gesucht, Killgren und ich. Der hatte ein Bild von deiner Straße da in dem Schuppen, war aber nicht zu Hause."

Karl schwieg einen Augenblick. Dass Harri in dem Hinterhof hauste, hatte er nicht gewusst. „Wie dem auch sei. Sag mir einfach Bescheid, wenn ihr ihn seht oder etwas von ihm hört."

Kuhmunen drehte sich zu Karl um. „Harri Mäkikomsi, ist notiert. Wenn ich ihn sehe, rufe ich an. Du kannst dich auf mich verlassen."

KAPITEL 23

„Wo ist er?", schrie der Mann aus dem Halbdunkeln heraus.

Ivar Nielsen sah sich nervös um, spürte die starke Pranke des anderen Kerls auf seiner Schulter, die ihn mit einer gefühlten Tonne Kraft in den Stuhl drückte. „Ich …"

Noch bevor er eine Antwort stottern konnte, hatte der andere ausgeholt und ihm mit der flachen Hand gegen den Kopf geschlagen.

Er stöhnte leise auf. Ein stechender Schmerz, ein dröhnendes Pfeifen in seinem Ohr. Ivar sah den Mann ungläubig an; so etwas hatte sich noch nie jemand bei ihm erlaubt. Normalerweise war er es, der mit den Fäusten kommunizierte. Er musterte den Kerl, der nun langsam vor ihm auf und ab ging, ihn dabei emotionslos anstarrte.

Ivar wandte den Blick ab, sah auf den Boden. Rein körperlich war er ihm vermutlich überlegen. Eine Abschätzung, die er bei allen neuen Bekanntschaften vornahm, um sich selbst und die andere Person in eine imaginäre Hierarchie einzugliedern. Doch zurückschlagen war in dieser Situation keine Option, nicht nach all den Geschichten, die er über ihn gehört hatte. *Absolut erbarmungslos.*

Der Kerl blieb vor ihm stehen, beugte sich langsam nach unten und Ivar konnte seinen Atem auf dem Gesicht spüren. Er blickte ihn unterwürfig an, hob langsam die Arme zum Schutz. Sofort fühlte er wieder die schwere Hand auf seiner Schulter.

Der Kerl grinste, deutete auf den Tisch in der Ecke, auf dem eine Autobatterie und eine lange, dünne Zange bereitlagen. „Nun, Nielsen? Wirst du mir sagen, was ich wissen will, oder muss ich etwas nachhelfen? Ich mache das gern, Nielsen, gar kein Problem."

Ivar schluckte und seine Stimme zitterte, als er antwortete: „Ich weiß nicht, wo er ist. Ich schwöre es! Ich habe ihn seit ... mindestens zwei Wochen nicht gesehen. Warum sollte ich euch anlügen?"

Er versuchte seriös auszusehen, eine gewisse Glaubwürdigkeit auszustrahlen. Und es schien zu wirken, denn der Kerl drehte sich um und ging an das Fenster. Mit einer beiläufigen Handbewegung schob er den Vorhang zur Seite, blickte nach draußen. Dabei fiel etwas Sonnenlicht in den Raum. Schließlich drehte er sich wieder um und strich sich mit den Fingern durch die grauen Haare, krempelte die Ärmel seiner grünen Armeejacke hoch.

War das das Halstuch, von dem die Leute sprachen? Das weiße Tuch, das er sich wie eine Krawatte gebunden hatte? Ivar hatte gehört, dass es das Abzeichen einer berüchtigten Spezialeinheit der Serben war, die im Kosovokrieg bekannt geworden war. Ein Krieg, in dem dieser Kerl gekämpft hatte, aus Überzeugung. Nun tötete er für Geld.

Der Serbe musterte ihn und Ivar hatte das Gefühl, dass seine Augen ihn durchbohrten. Es lag etwas in seinem Blick, ein eigentümliches Funkeln auf den sonst reglosen Gesichtszügen. Der Kerl trat wieder in den Lichtkegel der Deckenlampe, die über dem Stuhl hing. „Wenn du uns nicht sagst, wo Jakob Vesterbekkmo ist, dann bringe ich dich um, Nielsen. Dann hast du für uns keinen Wert. Willst du für ihn sterben, Nielsen?" Er sah ihn mit schiefgelegtem Haupt an.

Ivar schüttelte mechanisch den Kopf. Der Serbe zuckte mit den Schultern, gab dem Schläger hinter ihm ein Zeichen. Sofort senkten sich dessen Arme über ihn, hielten ihn im Klammergriff. Gott, wie stark seine Arme waren! Aus dem Augenwinkel sah er den Serben, der nun am Tisch stand und die beiden Pole der Autobatterie aufnahm. „Nein, nein, warte! Ich kann euch helfen!"

Wieder gab der Kerl ein Handzeichen und Ivar wurde auf dem Stuhl an den Tisch herangezogen. Zu seiner Bestürzung stellte er fest, dass sich eine Träne aus seinem Auge löste. Mit dem Handrücken wischte er sie schnell weg.

Der Russe hinter ihm riss sein T-Shirt hoch und der Serbe legte den Pluspol an seine Halsschlagader, den Minuspol hielt er an seine Brust direkt unter dem Herz. Ivar schrie und zappelte, versuchte sich aus dem festen Griff zu lösen, hatte jedoch keine Chance.

„Nun?", fragte der Serbe.

War es das? Sollte er an diesem 23. September in einem verlassenen Lager in Hesseng sterben? Nur etwas über dreißig Jahre alt? Seine Gedanken rasten. Irgendetwas musste er ihnen geben, sonst war er erledigt.

Aber was? Er wusste nicht, wo Jakob Vesterbekkmo sich versteckte, hätte ihn doch sonst schon lange verraten.

„Wo ist er, Nielsen?", fragte der Serbe erneut mit tonloser Stimme und fummelte an der Batterie herum.

Ivar atmete hektisch ein und wieder aus. „Warte, warte, ich weiß, wo er ist!"

Der Serbe sah ruhig auf, musterte ihn und seine Hand bewegte sich von der Batterie weg. „Ja, Nielsen, wo ist er?"

Ivar stammelte: „Also, seine Familie. Seine Familie, sie haben noch eine Hütte, in den Bergen. Jakob hat ein paarmal davon gesprochen."

Der Serbe sah ihn nun mit ausdrucksloser Miene an und Ivar schöpfte Mut, dass er diesen Tag vielleicht doch überleben würde.

„Ja, ich denke, auf die Hütte, da wird er irgendwann hinfahren! Wo soll er sonst hin? Ich werde das im Auge behalten und sobald ich erfahre, dass er auf dem Weg dorthin ist, schlage ich Alarm!" Er lachte nervös. „Das ist der perfekte Ort, um ihn, du weißt schon. Ich erkläre euch, wie ihr dort hinkommt. Dann warten wir einfach ab."

KAPITEL 24

Gegen elf Uhr hatten die drei Polizisten Karasjok erreicht. In der Schule hatte Karl gelernt, dass die Kommune das Hauptsiedlungsgebiet der Samen und trotz ihrer nur etwa 2600 Einwohner flächenmäßig die zweitgrößte Gemeinde Norwegens war. Der gleichnamige Ort war außerdem der Amtssitz des samischen Parlaments, des *Sameting*.

Als sie an den ersten Häusern der Ortschaft vorbeifuhren, hatte Karl von der Rückbank aus angemerkt, dass es für Kuhmunen doch ein besonderer Moment sein müsse, dass er zum ersten Mal so etwas wie die Hauptstadt seines Volkes besuche. Kuhmunen hatte ihm widersprochen, angeführt, dass sein Volk zwar sesshaft geworden sei, doch ihr Lebensmittelpunkt noch immer in der Natur läge, die sich von diesem Ort aus in alle Himmelsrichtungen ausbreitete.

Das ergab Sinn, denn in der Natur wollten sie ja auch die Familie von Aila Klemetsen finden. Von Karasjok sollte es nur eine halbe Stunde dauern. Sie würden das Lager des Clans, dem auch die Klemetsens angehörten, über einen Feldweg erreichen. Der Zusammenschluss von samischen Familienclans nannte sich *Siida*, hatte Kuhmunen erzählt. Zu dieser Jahreszeit trafen sich die

Clans normalerweise, um die Tiere zusammenzutreiben und zu sortieren. Er war es gewesen, der mit der jungen Frau telefoniert hatte. Nun hatte er die Karte auf seinen Knien ausgebreitet und dirigierte Mats in einen unscheinbaren Feldweg, neben dem ein Schild errichtet worden war, auf dem etwas auf Samisch geschrieben stand. Sie fuhren eine ganze Weile auf dem ausgefahrenen Sandweg, der durch eine Tundra aus kleineren Morasten, Hainen aus niedrigen Büschen und vereinzelten Birken führte, gen Norden, in die Weidegründe des hiesigen Siida. Nachdem sie etwas höher gekommen, die Bäume ganz verschwunden waren, konnte man überall das helle Moos und die Flechten sehen, die den Rentieren als Nahrung dienten.

Karl fragte sich bereits, ob sie auf dem richtigen Weg waren. Doch dann sahen sie die ersten Rentiere, zuerst nur ein paar vereinzelte, dann immer größere Herden und schließlich ihre Hirten, die Samen, die sie vor sich hertrieben. Einige waren zu Fuß unterwegs, die meisten aber fuhren Quads. Karl blickte durch das Fenster und sah dem Treiben gedankenverloren zu. Die Jungtiere hatten Stummelgeweihe, lange, staksige Beine und breite Hufe, auf denen sie sicher gut auf dem Schnee zurechtkamen. Viele Ren hatten bereits begonnen, ihr stoppeliges bräunliches Fell abzuwerfen und dieses durch ein weißes wolliges Winterfell zu ersetzen. Die meisten Samen trugen Arbeitskleidung, einige hatten allerdings schon ihre bunten Volkstrachten angelegt. Neben dem Weg wechselten sich nun eingezäunte Gehege mit abgestellten Pickup-Trucks ab, dazwischen immer wieder die *Lavvo*, die traditionellen samischen Zelte.

Dann gab es kein Weiterkommen mit dem Wagen, es waren zu viele Menschen unterwegs. Mats parkte neben einem Traktor, die Polizisten mussten zu Fuß weitergehen, auf das Zentrum der Versammlung zu. Karl blieb an einem Gitter stehen, beobachtete fasziniert etwa zwanzig Tiere, die wild durcheinanderliefen. Mit ihnen im Gehege waren zwei Samen: Das Vieh umrundete sie, rann ihnen wie Wasser durch die Finger. Trotzdem gelang es den beiden – wahrscheinlich ein Vater mit seinem Sohn –, den größten Tieren scheinbar zufällig und im vorbeilaufen Farbtupfer auf die Schultern zu malen.

Kuhmunen stellte ein langes, dünnes Bein auf dem untersten Gitter ab. Er schien ganz in seinem Element zu sein, hatte selbst etwas von einem Cowboy bekommen und es fehlte nur noch, dass er sich einen Strohhalm in den Mund steckte.

„Sie markieren die Tiere", erklärte der samische Polizist. „Manche Siida haben ihre eigenen Farbkombinationen. Aber meistens bedeutet Rot das Schlachthaus. Grün, dass das Tier verkauft werden soll. Und Gelb, dass es von einem Arzt untersucht werden muss. Es ist überall das gleiche Prinzip, so sortieren sie die Herden. Die großen Böcke müssen vor der Brunft, die Ende September beginnt, geschlachtet werden. Man erkennt es an ihren Geweihen, schau wie riesig sie sind." Er deutete auf einen ausgewachsenen Bock, der tatsächlich ein weitverästeltes Gehörn trug. „Wenn die Paarungszeit kommt, lässt die Fleischqualität sofort nach. Man schmeckt dann die Hormone, deshalb werden sie jetzt geschlachtet." Er zeigte auf die hügelige Hochtundra hinter dem Siida. „Danach werden die restlichen Tiere auf das Winterweideland getrieben, wo sie bis zum Frühjahr, wenn die Weibchen kalben, bleiben werden."

Karl, Mats und Kuhmunen erreichten einen kreisrunden Platz, auf dem ein weißes Zelt errichtet war. Es erinnerte an ein Partyzelt, um das etliche Buden aufgestellt waren, wie auf einem Jahrmarkt. Der Duft von Holzkohle und gegrilltem Fleisch lag in der Luft.

Karl trat an den Eingang und lugte hinein. Auch hier gab es verschiedene Stände, vor denen einige Personen anstanden.

„Die Eigentümer und Züchter können da drinnen alle nötigen Formalien erledigen. Tierarzt, Schlachthof, Behörden", sagte Kuhmunen.

Karl sah sich um. „Wie finden wir jetzt das Zelt der Klemetsens?", fragte er.

„Genau wie man es im Rest Norwegens auch tut. Wir fragen uns durch."

Kuhmunen drehte sich zu einer jungen Frau, die mit einem Kind auf dem Arm an ihnen vorbeiging, sprach sie auf Samisch an. Sie blickte den Polizisten einen Moment überrascht an, zeigte dann mit dem Finger auf ein größeres Lavvo mit dazugehörigem Gehege nicht weit vom Hauptplatz entfernt. Vor dem Zaun standen einige Personen, die dem Tumult in der Einzäunung beobachteten. Unter ihnen war eine zierliche junge Frau, die ebenfalls in Samentracht gekleidet war: spitz zulaufende Fellstiefel, ein blaues Kleid mit einem roten Kragen und ein gelbes Halstuch. Auf dem Kopf trug sie eine farbenfrohe Mütze, die mit Ornamenten bestickt war. Auf dem Arm hatte sie einen kleinen Jungen, der gut und gerne drei Jahre alt sein mochte. Karl trat intuitiv auf sie zu.

„Aila Klemetsen?"

Die Frau sah schüchtern auf, blickte erst auf Karl, dann auf den hageren Polizisten in Uniform. Schließlich schlug sie die Augen nieder und nickte. „Und Sie müssen die Polizisten aus Kirkenes sein? Lassen Sie uns bitte in das Zelt gehen, dort können wir uns unterhalten."

Die Polizisten folgten ihr in das Lavvo, wobei Karl bemerkte, dass die Männer am Gehege ihnen nachsahen und zu tuscheln begannen.

Im Zelt war es geräumiger als angenommen. Auch war es warm und duftete nach Kaffee, der über einem Feuer in einem rußigen Kessel zubereitet wurde. Aila Klemetsen deutete auf eine Bank, die mit einem Fell gepolstert war, suchte drei Tassen aus einem Behälter und füllte den Polizisten eine schwarze, dickflüssige Brühe ein, die eher an Teer als an Kaffee erinnerte.

Karl nahm einen Schluck; es war der mit Abstand stärkste Kaffee, den er je getrunken hatte, und nickte Frau Klemetsen anerkennend zu.

„Hübscher Junge. Wie heißt er?"

Wieder wich sie seinem Blick aus, sah auf den Boden. Sie verzog den Mund. „Mattis. Wie sein Großvater."

„Ein schöner Name."

Einen Augenblick wurde es still im Zelt und die Stille wurde nur von Kuhmunens Schlürfen durchbrochen. Ihm schien der Kaffee gut zu schmecken.

„Hören Sie, Frau Klemetsen, wir sind wegen Kristian Vesterbekkmo hier. Wir möchten Ihnen nochmals unser herzliches Beileid aussprechen. Wie sie ja bereits wissen, ist er verstorben, vermutlich wurde er ermordet, wir können das jedenfalls nicht ausschließen. Und

169

deshalb möchten wir mit allen sprechen, die ihm nahestanden."

Sie sah noch immer auf den Boden. Karl nickte langsam, fuhr schließlich fort: „Sie haben für ihn gearbeitet, ist das richtig? Was können Sie uns über Kristian erzählen, Ihr Verhältnis zu ihm? Und wann haben Sie ihn das letzte Mal gesehen?"

Sie schniefte. „Ja, das stimmt, ich habe in der Zementfabrik gearbeitet. Und ... wir haben uns geliebt. Er war im Sommer bei mir in Karasjok, um unseren Sohn zu besuchen. Er war oft hier." Sie stockte und für einen Augenblick erwartete Karl, dass sie in Tränen ausbrechen könnte. Doch dann blickte sie auf und mit einem Mal lag Zorn in ihrer Stimme. „Er war ein guter Mann! Er wollte irgendwann mit uns zusammen sein, wenn ..." Sie seufzte, strich ihrem Jungen, der die Augen aufgeschlagen hatte, durch das blonde Haar, sprach dann leiser weiter. „... sobald er seine Schulden abbezahlt hatte. Er hat doch seine Frau für uns verlassen."

Karl zog die Augenbraue hoch. „Ich möchte Ihnen nicht zu nahetreten. Aber er war der Vater? Warum haben Sie das bei der Geburt nicht angegeben?"

„Spielt das eine Rolle?", fragte sie erbost. „Er war der Vater, ob ich es angegeben habe oder nicht. Er wollte es nicht, er hat gesagt, es sei zu Mattis' eigener Sicherheit."

Karl sah zu Mats, der sich einige Notizen machte.

„Wenn Mattis sein Sohn ist, könnte das natürlich Auswirkungen auf das Erbe haben."

Aila lächelte geistesabwesend und wiegte das Kind in ihrem Arm. „Mattis ist das Produkt unserer Liebe."

Mats nahm einen Schluck Kaffee und Karl konnte ein Zucken um seine Augen erkennen. Der blonde Mann räusperte sich zweimal und wandte sich an die junge Mutter. „Sie haben bei *Vesterbekkmo Sement* gekündigt. Warum haben Sie das getan, wenn doch zwischen Ihnen und Kristian alles gut lief?"

„Kristian wollte es so. Er musste sich um diese Sache kümmern, und er konnte keine Probleme im Unternehmen gebrauchen. Seine Familie und die stellvertretende Geschäftsführerin, die hätten nur Probleme gemacht."

„Welche Sache meinen Sie?", fragte Karl.

„Na ja, die Spielschulden. Wenn die abbezahlt wären, sollten wir wieder zu ihm nach Kirkenes ziehen. Wir drei, zusammen."

„Um wie viel Geld handelte es sich, und bei wem hatte er diese Schulden denn?", fragte Kuhmunen sanft.

„Ich weiß es nicht, eine Million Kronen vielleicht? Ich habe das nur am Rande mitbekommen. Manchmal waren Leute bei ihm, er hat ihnen Geld gegeben, wenn er welches hatte, ein anderes Mal Schmuck, die Woche darauf den Fernseher."

„Können Sie sich an diese Leute oder eine bestimmte Person erinnern? Kennen Sie Namen? War es jemand, der ihm deswegen etwas angetan haben könnte?", fragte Karl.

„Ich weiß es nicht."

„Und wie stand Ihre Familie zu Kristian? War Ihr Vater damit einverstanden, dass Sie wieder mit ihm zusammenziehen wollten?"

Sie sah erneut auf den moosbewachsenen Boden vor sich, auf dem ebenfalls ein Rentierfell ausgebreitet lag. „Nein, mein Vater wollte es nicht. Er und Kristian haben sich nicht gut verstanden. Aber das war nur, weil er ihn nicht kannte, nicht so wie ich. Mattis wünscht sich, dass sein Enkel hier in Karasjok mit der Familie aufwächst, wie es Tradition ist."

In diesem Moment wurde der Vorhang zur Seite gezogen und ein gedrungener, breitschultriger Mann trat in das Zelt, stützte seine Fäuste auf der Hüfte ab und musterte die drei Polizisten mit zusammengekniffenen Augen. Er hatte feine Gesichtszüge, eine spitze Nase und kurzes strohblondes Haar. Er trug Jeans, Lederstiefel und am Gürtel baumelte ein langes Messer in einer schmuckvollen Scheide.

„Ich bin Mattis Klemetsen. Wer sind Sie?"

Kuhmunen stand auf, ein feines Lächeln auf den schmalen Lippen. „Mu namma lea Mikkel Kuhmunen", sagte er auf Samisch. Dann fuhr er auf Norwegisch fort. „Erfreut, Sie kennenzulernen. Das sind meine Kollegen, Karl Sortland und Mats Samuelsson."

Klemetsen nickte, schüttelte erst dem samischen Polizisten, danach Mats und Karl die Hand. „Nennt mich Mattis, wir duzen uns hier." Er setzte sich und nahm von seiner Tochter einen Becher dampfenden Kaffee entgegen.

„Wie läuft die Arbeit mit der Herde", fragte Karl und bemerkte, dass der Same sich stolz aufrichtete, bevor er antwortete.

„Ich habe hundertfünfundsechzig Tiere gezählt, die Herde ist gewachsen." Er strich seinem Enkel durch die Haare. „Mattis wir einmal ein begehrter Mann sein, wenn er das alle erbt."

Karl nickte anerkennend. „Wie war dein Verhältnis zu Kristian, Mattis?"

Klemetsens Augen blitzten. „Ich kann das nicht höflicher sagen, aber er war ein Taugenichts, sogar für einen Norweger, zu nichts zu gebrauchen. Er hat Aila geschwängert und sie dann vor die Tür gesetzt. So was macht ein Mann doch nicht, wenn er auch nur einen Funken Anstand in sich hat."

Karl bemerkte, dass Mattis' Tochter aufsah, sich aber eines Besseren besann und schwieg.

„Außerdem hat er nicht den Unterhalt bezahlt, den er ihr laut den norwegischen Gesetzen schuldig war, geschweige denn das, was bei uns Tradition ist. Er war, wie gesagt, ein Taugenichts, ein Mann des Spiels."

„Wann habt ihr ihn das letzte Mal gesehen?"

„Im Sommer. Er war in Karasjok, hat sich mit Aila getroffen. Der Arsch dachte, ich würde es nicht merken. Mein Sohn und ich haben ihn zur Rede gestellt, haben ihm klargemacht, was wir von ihm halten und dass wir ihn hier nicht mehr sehen wollen. Er ist wie ein getretener Hund mit eingezogenem Schwanz verschwunden und nicht mehr wiedergekommen."

Mats sah ihn fragend an. „Das heißt, du hast Kristian verprügelt?"

Klemetsen grinste. „Oh nein, nein. Das mussten wir gar nicht. Er hat die Botschaft auch so verstanden." Der Same strich über sein Messer.

„Aber mit seinem Tod habt ihr nichts zu tun?"

„Nein, natürlich nicht. Ich würde den Vater meines Enkels doch niemals verletzen. Aber trotzdem wollte ich ihn hier nicht haben. Er machte Aila verrückt und war kein gutes Vorbild für Mattis."

Karl räusperte sich. „Wo waren du und dein Sohn denn am 4. September? Wir müssen das fragen, dann können wir euch beide ausschließen."

Klemetsen legte eine kräftige Faust an sein glattrasiertes Kinn, schien nachzudenken. „Natürlich" sagte er dann strahlend. „Da war ich mit den anderen Männern des Siida im Gebirge, am Südhang des Suonjirgáisá. Wir haben nach der Herde gesucht, ein Unwetter hatte sie auseinandergetrieben. Das können hier alle bestätigen."

**

Es war früher Nachmittag und Mats war soeben auf die E6 Richtung Kirkenes eingebogen. Sie hatten das Alibi von Mattis Klemetsen überprüft; es war von allen Gefragten bestätigt worden.

Karl gähnte. „Sag mal, Mikkel, was hältst du von den beiden? Kannst du dir vorstellen, dass Aila oder ihr Vater etwas mit Kristians Tod zu tun haben könnten?"

Kuhmunen drehte sich zu ihm um. „Nein, das glaube ich wirklich nicht. Sie war doch noch immer in ihn verliebt."

„Und der Vater?"

Der Mann aus Spitzbergen kratzte sich am Kinn. „Weißt du, Karl, wir Samen haben einen ausgeprägten Sinn für Ehre, für Gerechtigkeit, der ein andere sein mag, als der norwegische. Aber das Alibi war schlüssig, er war zur Tatzeit in den Bergen und so etwas wie Ehrenmord, das gibt es in unserer Kultur nicht."

Karl nickte langsam. „Eine Frage habe ich aber noch: Warum trinken die Samen so starken Kaffee?"

Jetzt lachte Kuhmunen. „Das ist der Grund dafür, dass wir so ein munteres Völkchen sind."

Karl ließ sich auf die Rückbank zurückfallen und sah aus dem Fenster. Sie hatten soeben Karasjok hinter sich gelassen.

„Logisch" sagte er und gähnte. „Dann hoffe ich, dass wir zu Hause sind, bevor die Wirkung nachlässt."

KAPITEL 25

Karl blickte auf seine Armbanduhr. Es war gerade 23.00 Uhr durch. Sein Blick schweifte über die Teller im Waschbecken, die leeren Weinflaschen und Bierdosen, die sorglos auf dem Tisch abgestellt worden waren. Er gähnte, war es nicht mehr gewöhnt auf Feste zu gehen, zumindest nicht auf solche, auf denen er sich mit Menschen unterhalten musste.

Das Essen war ausgezeichnet gewesen. Danach hatten sich die Geburtstagsgäste ins Wohnzimmer begeben und Mats hatte ein Video von der Silvesterfeier vor einem Dreivierteljahr vorgeführt. Der Feier, auf der er Sofia kennengelernt hatte. Auf dem Video waren allerlei belanglose Dinge zu sehen gewesen, Mats und Silja beim Kochen und Karl, wie er die Skier vom Dachgepäckträger nahm. Nichts, wofür man einen Oscar bekommen hätte. Dann hatte der Zeitstempel 11:04 Uhr am 2. Januar 2011 gezeigt. Auf der Aufnahme waren Mats und Karl zu sehen gewesen, wie sie Langlaufskier trugen und sich einen Hang hinauf mühten: Der blonde Schwede war nicht nur schneller, er gab dabei auch ein eleganteres Bild ab und die Steigung schien für ihn kein großes Problem darzustellen. Er hatte eindeutig die bessere Technik als der Norweger. Alle hatten gelacht und genau das war wohl der Grund, warum Mats diesen Film bei jeder Gelegenheit zeigte.

Karl sah auf. Neben Musik hörte er lautes Gelächter aus dem Wohnzimmer kommen. Er schielte durch die Schiebetür und konnte Kuhmunen erkennen, der Frida, eine weitere Kollegin und Freundin von Silja aus dem Kindergarten, in Pirouetten herumdrehte. Alle schienen sich köstlich zu amüsieren.

Er nahm einen Schluck Bier – *Norrlands Guld,* das Mats aus Schweden mitgebracht hatte – und seufzte. Sein Trinksystem hatte funktioniert. Er war schon länger nicht mehr richtig betrunken gewesen, zumindest nicht so, wie es im letzten Jahr eher die Regel als die Ausnahme gewesen war. Er hatte einfach die Spirituosen weggelassen, das war keine Zauberei. Und damit war er an diesem Tag der wohl nüchternste Gast auf seiner eigenen Geburtstagsfeier.

Wieder lautes Lachen aus dem Wohnzimmer. Karl stand auf und trat an die Tür und nun war es Mats, der um Frida und Kuhmunen herumtanzte, dabei die Arme wild auf und ab bewegte.

Karl lächelte, er sollte sich zu ihnen gesellen. Wieder ein Blick auf die Uhr: Gleich hatte er es hinter sich, bald war Mitternacht, man würde ihm gratulieren und danach könnte er nach Hause gehen.

Warum konnte er das Fest nicht einfach genießen? Sollte er nicht dankbar sein, solche Kollegen, ja Freunde zu haben wie Mikkel, Silja und Mats, die diese Feier für ihn organisiert hatten? Und da war auch noch Sofia, eine hübsche, gescheite Frau, die sich zu allem Überfluss tatsächlich für ihn zu interessieren schien.

Aber was tat er? Saß hier in der Küche und war niedergeschlagen. Vielleicht belastete ihn die Situation mit Flora und ihrem Sohn mehr, als er sich bewusst gewesen war. Ihre Sorge um Harri, das war authentische Mutterliebe. Eine Liebe, an die er sich kaum erinnern konnte, da sie ihm zu früh genommen worden war. Karl hatte am Morgen auf dem Dachboden ein paar alte Fotoalben herausgekramt, die er von seinem Vater geerbt hatte. Dort hatte er ein Bild gefunden – er musste damals vielleicht fünf oder sechs Jahre alt gewesen sein. Es war an seinem ersten Schultag aufgenommen worden. Er stand mit einer Schultüte vor dem blauen Holzhaus am *Nidarelven* in Trondheim. Sein lockiges Haar hatte unter einer roten Schirmmütze hervorgelugt. Neben ihm waren Olav und Unni zu sehen; wie stolz die Eltern ausgesehen hatten, wie glücklich. Unni hatte seine kleine Hand gehalten. Das Bild musste kurz vor ihrem Tod aufgenommen worden sein, bevor sie bei dem Verkehrsunfall ums Leben gekommen war und nicht lange bevor er und Olav Hals über Kopf nach Kirkenes gezogen waren. Das blaue Holzhaus, sein Elternhaus, hatte er seitdem nicht mehr besucht. Olav war seiner Mutter nun ebenfalls ins Grab gefolgt und Karl war zurückgeblieben, jetzt vollkommen allein auf dieser Welt.

Unvermittelt ging die Schiebetür auf und Sofia trat in die Küche. „Da bist du ja, Karl!"

Er lächelte matt. Sie sah umwerfend aus, wie sie ihn so liebevoll anblickte mit ihren grünen Augen, ihre langen blonden Haare, die offen über die schlanken Schultern fielen, das trägerlose schwarze Kleid, das sich eng an ihre Hüften schmiegte. Sofia drückte ihm einen

Kuss auf die Stirn und setzte sich auf seinen Schoß, küsste ihn auf den Hals. Karl konnte den Duft ihres Parfums riechen. Schließlich sah sie ihn einen Augenblick mit schiefgelegtem Kopf an, flüsterte in sein Ohr: „Sollen wir bald zu dir fahren, nach Mitternacht? Ich habe ein Geschenk, das ich dir gerne geben würde." Sie lächelte ihn wissend an, fuhr ihm mit der Hand durch sein Haar und ließ sie im Nacken hinabgleiten.

Es kribbelte. Karl schloss die Augen und atmete langsam ein und um seinen Mund formte sich ein Lächeln.

Die junge Schwedin hatte ihren Kopf auf seine Schulter gelegt und schien durch das Fenster in den Himmel zu blicken. Karl sog Luft durch seine Nase ein, ihre Haare dufteten angenehm. Er streichelte ihren Arm. „Ich habe gedacht, wir könnten am nächsten Wochenende irgendwohin verreisen. Warst du schon einmal in Trondheim? Ich könnte dir mein Elternhaus zeigen."

Sie richtete sich auf, sah ihn einen Augenblick an. „Das wäre schön. Heißt das ..." Sie stockte, lächelte verlegen. „Es wäre schön. Aber du sollst es nicht nur machen, weil ich gerne mit dir verreisen würde. Du sollst es auch wollen."

Das Taxi fuhr in diesem Moment durch den leeren Kreisverkehr am Kirkenes Handelspark. Das Licht der Laterne fiel in den Wagen und Karl bemerkte, dass der Fahrer sie kurz durch den Rückspiegel beobachtet hatte.

Sofia kicherte, war eindeutig beschwipst. „Ich würde gerne nach Trondheim mit dir. Aber ich habe auch eine andere Idee, mit der du mir eine Freude machen könntest."

Karl hob die rechte Augenbraue. „Und was wäre das?", fragte er leise.

„Tja", sagte Sofia langsam, zögerte. „Ich würde mir wünschen, dass wir es offiziell machen, ein Paar sind. Dass wir vielleicht später einmal zusammenziehen." Sie kicherte erneut und Karl konnte den Weißwein in ihrem Atem riechen. Sie wurde wieder ernst. „Aber wir können kleiner anfangen. Ich würde mich freuen, wenn du das Bild von deiner Ex-Frau aus dem Portemonnaie nehmen würdest."

Karls bemerkte wieder den Blick des Fahrers im Rückspiegel, wich ihm aus, sah aus dem Fenster. Der Mond kam zwischen den ausgefransten, schnell dahinfliegenden Wolken hindurch. Karl hatte tatsächlich ein Passbild von Kari in seiner Geldbörse. Konnte Sofia es gesehen haben, als er bezahlt hatte? Oder hatte sie etwa seine Sachen durchsucht? Er verzog den Mund zu einem schiefen Lächeln, als er sie wieder ansah. „Natürlich, ich tue es weg. Ich hatte das Foto schlichtweg vergessen."

„Ja, das fände ich gut. Möchtest du denn nicht auch, dass unsere Beziehung auf irgendetwas hinausläuft?" Sie sah ihn fragend an und Karl schluckte umständlich, blickte wieder aus dem Fenster auf die dunklen Häuser neben der Straße.

„Du weißt doch, dass ich dich sehr gerne mag", begann er und einen Augenblick herrschte Stille, die nur durch die leise Musik aus dem Radio unterbrochen wurde. Urplötzlich versteifte sich die junge Frau neben ihm, richtete sich in ihrem Sitz auf.

„Sofia", begann er erneut. Wieder war der neugierige Fahrer im Spiegel zu sehen. Karl lehnte sich zu ihr, flüsterte: „Natürlich will ich das auch. Aber vielleicht können wir ein anderes Mal darüber reden, zumindest nicht hier im Taxi ..."

Sie seufzte. „Ich würde einfach gerne wissen, woran ich bei dir bin. Und wenn du da nicht drüber sprechen kannst, über deine Gefühle, dann haben wir beide ein Problem." Sie gestikulierte, schien nach den richtigen Worten zu suchen und Karl erkannte, dass sie gleich weinen würde. Doch dann verhärteten sich ihre Gesichtszüge. „Weißt du was, du hast recht. Lass uns ein anderes Mal darüber sprechen." Sie beugte sich nach vorne zum Fahrer. „Lassen Sie mich bitte da an der Ecke raus."

Karl stöhnte, wollte protestieren, doch Sofia schüttelte bestimmt den Kopf und er blieb still. Das Taxi hielt an der Ecke zwischen Egebergsgate und Parkveien, nicht weit von ihrer Wohnung. Karl biss sich sanft auf die Unterlippe, löste seinen Gurt, um ebenfalls auszusteigen. Doch Sofia schüttelte wieder den Kopf, legte ihm die Hand auf den Arm. „Bitte, Karl, fahr nach Hause. Wir sprechen ein anderes Mal. Ich muss einfach wissen, ob du deine Ex-Frau noch liebst oder nicht. Wenn es so ist, kann ich endlich aufhören meine Zeit damit zu verschwenden, dir hinterherzurennen."

Bevor er noch etwas sagen konnte, stieg sie aus und die Tür fiel mit einem dumpfen Knall ins Schloss.

Stille. Karl sah ihr nicht nach, hörte aber das Klackern ihrer Absätze auf dem Asphalt über dem gleichmäßigen Schlagen des Dieselmotors. Der Fahrer drehte sich zu ihm um, sah ihn fast kameradschaftlich an.

„Frauen, was? Man kann nicht ohne sie, aber mit ihnen auch nicht."

Karl seufzte und gab ihm durch ein Zeichen zu verstehen, dass er weiterfahren sollte.

KAPITEL 26

Das Wohngebiet erschien vollkommen still und dunkel; nur das trübe Licht der Straßenlaterne warf einen blassen Schimmer auf den nassen Asphalt, der die Vorgärten schon nicht mehr erreichte. Auch die Wohnhäuser waren stockdunkel, es brannte nirgendwo Licht. Es war nach Mitternacht und die meisten Bewohner hatten sich schlafen gelegt. Es war ohnehin keine Nacht, die man draußen verbringen wollte, denn seit Tagen hatte ein eisiger Nordostwind geweht. Vielleicht würde es bald den ersten Nachtfrost geben.

Eine Windböe rüttelte an den Ästen einer Birke in einem der Gärten direkt am Weg, riss das letzte vergilbte Laub ab, trug es einige Meter und ließ es dann auf den Asphalt fallen. Ein Blatt verfing sich in den Haaren einer Gestalt, die sich wankend durch den Lichtkegel der Straßenlaterne bewegte.

Er brummte und wischte sich phlegmatisch das Laub aus dem Gesicht, verschwand wieder in der Dunkelheit zwischen den Laternen. Abrupt blieb er dann stehen und sah sich um, kniff die Augen zusammen, hatte eindeutig Probleme, seine Umgebung richtig zu erkennen. Alles war so verschwommen, unscharfe Konturen, nur Abstufungen von Dunkelheit.

Zu seiner Linken führte eine kiesbedeckte Auffahrt hinauf in einen Garten. Das Wohnhaus am Ende der Einfahrt war gelb. Ein paarmal atmete er ruhig ein, dann wieder aus, sein Kopf bewegte sich vor und zurück und mit seinem Mund machte er Kaubewegungen.

Sein Kiefer tat weh, auch die Augen schmerzten. Wann hatte er das letzte Mal geschlafen? Er strich sich die Kapuze vom Kopf, sah hoch in den Himmel. Da, ein trüber Mond kam langsam hinter den dahinrasenden Wolken durch. Gleich würde er besser sehen.

Er fummelte an seiner Brusttasche, fluchte, suchte weiter und hatte endlich die Zigarettenpackung herausbekommen. Mit zittrigen Händen versuchte er den letzten Glimmstängel zu fassen zu bekommen. Seine Finger bewegten sich dabei mit der Trägheit eines Flugzeugträgers. Die Zigarette brach durch und ein paar Tabakkrümel rieselten zu Boden.

„Scheiße", sagte er leise.

Dann schloss er die Augen.

Der Stoff schlug ein wie eine Granate; das Zeug benebelte den Verstand so dermaßen; seine Gedanken glichen einer zerbombten Stadt, sein Sprachzentrum lag in Ruinen. Der Mann lachte leise auf.

Der Vergleich ist gut.

Er steckte sich den Filter mit dem übriggebliebenen Tabak in den Mund und klopfte seine Hosentaschen ab. Wo war das Feuerzeug?

„Scheiße", sagte er noch mal, diesmal etwas deutlicher. Wo war das blöde Ding, war es bei Bjørn liegengeblieben? Wieder kniff er die Augen zusammen. Das gelbe Haus dort, die Einfahrt, das kannte er irgendwoher. Ja, natürlich, er war irgendwie im Doktor Palmstøms Vei gelandet, der Straße, in der er aufgewachsen war.

Mama.

Verwirrt sah er sich um. War er absichtlich hergekommen? Und wenn ja, was wollte er hier? Er stolperte ein paar Schritte den Weg hinauf, da, gleich hinter der Hecke, gleich neben dem gelben Haus, da wohnte seine Mutter.

Flora.

Nach einigen Schritten hatte er die nächste Laterne erreicht. Er hastete durch den schwammigen Lichtkegel in die rettende Dunkelheit. Schließlich blieb Harri stehen, blinzelte zu seinem Elternhaus hinauf, das dort hinter der kniehohen Hecke lag. Es dauerte eine ganze Weile, bis er die Augen auf die Veranda vorm Haus fokussiert hatte. Hier, in diesem Haus, in dieser Straße war er aufgewachsen, eine gefühlte Ewigkeit war das nun her, ein ganzes anderes Leben. Hier im Garten hatte er seinen Schulabschluss gefeiert, hinter dem Haus mit seinem Vater das erste Mal gegen einen Fußball getreten.

Er ließ sich auf den Asphalt sinken, starrte auf das blaue Holzhaus. Professioneller Fußballspieler hatte er werden wollen. Nein, das war erst später gekommen, davor hatte er in einer Bank arbeiten wollen. Genau, er hatte geglaubt, dass der Bankdirektor das ganze Geld der Kunden zu seiner freien Verfügung hätte. Flora hatte ihn angelächelt und ihm mit der Hand über das Gesicht gestrichen.

„Du Dummerchen", hatte sie gesagt. „Der Bankdirektor verwaltet das Geld nur. Es gehört ihm nicht."

Die Ausbildung in einer Bank hatte er tatsächlich angefangen, bei der Sparebank Finnmark unten in Kirkenes, und nebenbei hatte er Fußball gespielt. Ziemlich erfolgreich. Er dachte an Truls, seinen Trainer in der Jugendmannschaft. Ihn hatte er vor ein paar Wochen unten in der Stadt gesehen. Harri mochte Truls, hatte ihn immer gemocht. Trotzdem hatte er sich abgewandt, nicht gewollt, dass der alte Mann ihn so sah. Er blickte auf seinen kaputten Schuh, nahm abwesend einen Zug von der Zigarette, die noch immer nicht angesteckt war. Ein irritiertes Grunzen entfuhr ihm.

Also, warum war er hier? Harri sah in den Himmel, wo der Mond gerade wieder hinter einer Wolke verschwand. Es war schön: das Licht, der rasende Schleier aus Zuckerwatte davor.

Die Wolken, die sind auch auf Edelweiß.

Wollte er zu seiner Mutter? Er atmete tief ein, schloss die Augen und dachte nach. Endlich fiel es ihm ein: Genau! Er hatte Geburtstag, Mama hatte ihn zum Pinnekjøtt-Essen eingeladen, oder?

Welcher Tag ist heute?

Er klopfte gegen seine linke Hosentasche. Da war kein Handy, nein, natürlich nicht, Junkies wie er hatten so was nicht, ein Luxusgut, das sich viel zu einfach zu Geld machen ließ.

Der kalte Wind fühlte sich angenehm an in seinem verschwitzten Nacken. Wenn er doch bloß Bankdirektor geworden wäre, dann hätte er niemals mit dem Kiffen anfangen. Kein Bier, Schnaps, Speed, Kokain und jetzt Edelweiß. Er hätte sein Leben im Griff gehabt.

186

Harri schluchzte; es gab einfach zu viele *Wenn, Hätte* und *Sollen* in seinem Leben. Wäre er bloß in den Süden gezogen, weg von dieser trostlosen Einöde. Schweden, England, vielleicht Berlin oder Paris, alles besser als hier. Er schloss die Augen und konnte sich den salzigen Geruch des gepökelten Lammfleischs vorstellen, das Pinnekjøtt, das Flora ihm zum Geburtstag versprochen hatte.

Er stutzte, ein Augenblick von Klarheit. Nein, heute war nicht sein Geburtstag und Flora hatte ihn nicht zum Essen eingeladen. Sein Geburtstag war letzte Woche gewesen, am 20. September. Heute war der ... vielleicht der 25.?

Warum war er dann wie ferngesteuert den ganzen Weg aus der Innenstadt hergekommen? Weil er high war, deshalb. Weil er ein verdammter Junkie war, der nicht wusste, was er tat.

Ein weiterer Windstoß blies ihm ins Gesicht und jäh fiel ihm ein, was er von seiner Mutter wollte, warum er den Weg gelaufen war. Seine Augenlider begannen zu zittern, bewegten sich merklich nach unten. Das letzte bisschen Spannung verschwand aus seinem schlanken Körper und er begann zu weinen.

Er war hier, um seine demente Mutter zu bestehlen. Was war er doch für ein verdammter Kerl?! Ihr Schuppen, er wollte sehen, ob sich dort noch etwas fand, das er noch nicht zu Geld gemacht hatte. Wie konnte man so tief fallen?

Plötzlich hörte er ein Motorengeräusch und fuhr herum. Ein Lichtstrahl im Augenwinkel, ein Taxi war unten in den Weg eingebogen. Harri rappelte sich auf und humpelte, so schnell sein Zustand es zuließ, hinter die frischgeschnittene Hecke.

Das Taxi wurde langsamer und hielt in der Einfahrt des Nachbarhauses. Ein Mann stieg aus, knallte die Tür zu und ging mit festen Schritten die Auffahrt hinauf. Harri konnte das Knirschen des Kieses unter seinen Stiefeln hören. Er kniete sich hin, blickte durch die kahle Hecke zu dem Haus hinüber. Da stand der Typ, vor der Eingangstür, schien in seinen Jackentaschen nach dem Schlüssel zu suchen.

Karl, so hieß er doch, oder? Das lockige Haar des Mannes wurde vom Wind zur Seite geweht.

Karl Sortland, genau, der Polizist.

Harri zuckte zusammen, duckte sich wieder. Er atmete so leise, wie er konnte, obwohl Karl Sortland ihn über den Wind sowieso nicht hören konnte. Trotzdem, sicher war sicher, er wollte nicht, dass er ihn bemerkte. Niemand sollte ihn sehen, Harri, den Junkie im Vorgarten seiner dementen Mutter.

Er wartete, bis der Nachbar mit einem Scheppern die Tür zugezogen hatte und im Haus verschwunden war. Nach einem kurzen Moment wurde das Licht im Flur gelöscht und das Haus des Polizisten lag wieder im Dunkeln.

Dann drehte Harri sich um und blickte zu seinem Elternhaus hoch. Alles war dunkel, nur in der Küche, da brannte noch die kleine Leselampe am Herd, die Flora verwendete, um Rezepte zu lesen. War sie noch wach oder hatte sie vergessen das Licht zu löschen? Er blickte zu der Veranda hinüber, zur Eingangstür. Vielleicht sollte er einfach klingeln, ihr alles erzählen, sich in den Arm nehmen lassen?

Sein Blick huschte zu ihrer Auffahrt. Leicht versetzt hinter dem Haus lagen die Garage und der schmale Schuppen, in dem er als Kind sein Fahrrad abgestellt hatte. Er atmete langsam aus, schluckte. Dann nahm er Anlauf, sprang über die gedrungene Hecke und kam strauchelnd auf dem Weg auf, taumelte, hatte sich dann aber gefangen.

Einen langen Augenblick stand er still dort und musterte das Grundstück.

Mamas Haus.

Schließlich seufzte er, drehte sich um und lief geduckt durch das Licht der Laterne, vorbei an der Einfahrt zu dem gelben Nachbarhaus. Er joggte den Weg hinunter nach Kirkenes, ohne sich noch einmal umzudrehen.

KAPITEL 27

Die Midt Finnmark Travlag Pferdetrabbahn lag in einem Tal bei dem Ort Lakselv umgeben von sanften Hügeln. An diesem Nachmittag war es relativ leer auf der Anlage, es war ein Wochentag, hatte man ihnen erklärt, aber am Wochenende sollte hier alles aus den Nähten platzen. Die Leute seien verrückt nach Pferderennen, hatte der Mann gesagt.

Karl stellte eine Dose Cola auf den Beistelltisch und ballte seine Fäuste, starrte gebannt auf den Bildschirm an der Wand neben dem Wettschalter. „Ja, ja, ja. Komm schon, Corleone, lauf!"

Er hatte auf dasselbe Pferd gesetzt, wie Mats es getan hatte, sich auf das Spielglück seines Partners verlassen. Der Traber mit der Startnummer 6, auf den Karl fünfzig Kronen gewettet hatte, bog von der hinteren Geraden in die letzte Kurve ein. Nun musste der Jockey, der in dem winzigen Wagen hinter dem Pferd hergezogen wurde, den Vorsprung nur noch ins Ziel bringen. Die letzten fünfzig Meter. Corleone war nun auf der Zielgeraden und von der Nummer 2, einem Traber namens Muscle Hill, trennten ihn nur wenige Meter.

Karl sprang auf.

„Lauf", schrie er wieder.

Der Abstand zwischen den beiden schwarzen Tieren betrug nur noch ein oder zwei Meter, es war schwierig, das auf dem Bildschirm korrekt zu beurteilen. Doch dann ertönte ein Signal und das Rennen war zu Ende. Ihr Traber hatte gewonnen.

„Corleone!" Karl reckte seine Faust ein letztes Mal in die Luft, gab dem jungen Schweden einen sanften Stoß in die Seite. „Komm, wir holen uns den Gewinn ab."

Die Quote für *Sieg, Corleone* hatte 7:1 betragen, Karl und Mats hatten je dreihundertfünfzig Kronen gewonnen. Sie stellten sich in die kurze Schlange vor dem Fenster des Wettbüros, zusammen mit den anderen Gewinnern. Eine gelangweilt dreinblickende Dame hinter dem Schalter legte einen kleinen Fächer Banknoten auf dem Tresen aus und begann diese laut zu zählen: „Zweihundert, dreihundert, dreihundertfünfzig. Dreihundertfünfzig Kronen und ihre Quittung, herzlichen Glückwunsch. Der Nächste bitte."

Karl und Mats waren natürlich nicht nur zum Wetten hier, sie hatten außerdem einen Termin mit dem Betreiber der Bahn. Angeblich sollte der Geschäftsführer, ein Däne namens Jeppe Sørensen, immer wieder Kredite an Liebhaber von Pferdewetten vergeben haben. Zu Wucherzinsen versteht sich, das hatte ihnen ein Kollege im Dezernat für Organisierte Kriminalität in Alta erklärt. Sørensen sei ein paarmal angezeigt worden, man hatte ihm jedoch nie etwas nachweisen können. Da Kristian Vesterbekkmo einen Haufen Geld auf dieser Pferderennbahn verloren hatte, lag die Vermutung nahe, dass auch er bei Sørensen in der Kreide gestanden hatte.

Karl verstaute das Geld in seinem Portemonnaie, ließ dabei den Blick durch den Raum schweifen. Er musterte einen Mann, der breit gebaut war und eine Jacke trug, auf der *Laksevlv trav AS* und darunter *Security* aufgedruckt war. Er stupste Mats an, zeigte auf den Kerl.

„Guck dir den mal an", sagte er leise.

Mats nickte. Konnte das einer dieser osteuropäischen Schläger sein, die Sørensen angeblich dazu einsetzte, säumige Schuldner an ihre Pflichten zu erinnern? Sie hatten zuvor versucht mit einem der Spieler ins Gespräch zu kommen, doch der Mann hatte einen anderen Security besorgt angesehen und abgelehnt. Er wisse nichts über Kredite, hatte er gesagt.

Die beiden Polizisten nahmen am Empfang des Klubhauses Platz. Das flache Gebäude lag direkt neben der Tribüne und durch eine breite Fensterfront hatte man einen guten Ausblick auf die Klubhauskurve, dahinter die Ställe der Pferde.

Ein kleiner Traktor fuhr nun mit einer Gerätschaft, die an einen Heuwender erinnerte, über die Bahn, um den Sand glattzustreichen. Karl fixierte die Haupttribüne, auf der niemand mehr zu sehen war. Er dachte an seinen Gewinn und lächelte, nahm sich ein Snus.

„Da kommt jemand", sagte Mats.

Die Tür zum Büro der Betreiberfirma, Lakselv trav AS, hatte sich geöffnet und ein Mann in einem grauen Anzug trat auf sie zu, die Haare lagen akkurat zur Seite gekämmt, die Schuhe waren frisch geputzt. Er musste um die fünfzig sein. Er blieb vor Karl stehen und hielt ihm die Hand hin. „Kommissar Sortland, richtig?"

Karl musterte ihn, nickte.

„Mein Name ist Rune Karlssen", fuhr er fort. „Ich bin Anwalt, vertrete die Lakselv trav AS und Herrn Jeppe Sørensen."

Karl stand auf und nahm die Hand des Anwalts. Hatte Sørensen sich einen Strafverteidiger zu dem Gespräch hinzu gerufen? Karlssen schien seine Gedanken zu lesen. „Leider muss ich Ihnen mitteilen, dass Herr Sørensen heute nicht an der Unterhaltung teilnehmen kann", fuhr der Jurist fort und bedeutete den Polizisten in den Besprechungsraum einzutreten. „Aber keine Sorge, ich bin beauftragt worden, Ihnen ausführlich Rede und Antwort zu stehen." Karlssen lächelte ein PR-Lächeln. „Nur zum Verständnis, Sie wollen meinen Mandanten als Zeugen befragen, nicht wahr, zum Fall Kristian Vesterbekkmo?"

Karl sah Mats an, sein Augenlid zitterte kaum merklich. „Wir hatten aber einen Termin mit Sørensen. Wo ist Ihr Klient denn?"

Der Anwalt machte eine entschuldigende Geste. „Wie gesagt, es tut ihm sehr leid, jedoch war er gezwungen zu vereisen. Herr Sørensen musste dringend in seine Heimat, nach Nyborg in Dänemark. Gestern Abend hat er erfahren, dass seine Tante im Sterben liegt."

Karl schüttelte den Kopf. „Und das hätte man uns nicht früher mitteilen können? Wir sind extra aus Kirkenes hergefahren."

„Es tut mir leid, er ist erst morgens abgereist. Wissen Sie, Herr Sørensen ist bei ihr aufgewachsen, sie stehen sich sehr nahe. Ich bin daher kurzfristig eingesprungen. Ich werde aber ..."

„In Ordnung", fiel Karl ihm ins Wort. „Dann müssen wir Herrn Sørensen vorladen lassen. Wann kann er in Kirkenes sein?"

Der Jurist nickte schmallippig. „Natürlich, das ist ihr gutes Recht. Aber warten Sie ab, ich habe eine schriftliche Stellungnahme vorbereitet. Da steht alles drin, was Sie wissen müssen." Er öffnete seine Ledertasche und reichte Karl einen Umschlag, der mit dem Logo einer Anwaltskanzlei bedruckt war. „Bitte sehr, Herr Kommissar. Wir können das gerne hier und jetzt zusammen durchgehen. Kurz zusammengefasst: Mein Mandant kennt Herrn Vesterbekkmo nicht persönlich und hat ihm niemals einen Kredit eingeräumt. Mit seinem Ableben hat er nichts zu tun. Deshalb sind Sie doch hier, nicht wahr? Mehr wird Herr Sørensen Ihnen auch bei einer Vorladung nicht sagen können." Er warf einen schnellen Blick auf seine Armbanduhr, sah die Polizisten dann mit einem Lächeln an. „Lesen Sie die Stellungnahme. Danach können Sie sich jederzeit an mich wenden, falls Sie noch Fragen haben sollten."

KAPITEL 28

Die grüne Lampe begann zu blinken, es summte, als das Papier eingezogen wurde, und dann fing das Gerät an zu rattern.

Karl drehte sich zu dem Drucker um. Nacheinander spuckte die Maschine mehrere Seiten aus, eine mit Text, zwei bunte und drei weitere, die mit Zahlenkolonnen gefüllt waren. Mats sprang auf, grinste ihn an und trat vor den Drucker. Vorsichtig nahm er die Ausdrucke und legte sie auf den Tisch.

Karl kratzte sich an der Stirn; die bunten Seiten waren Karten. Er steckte sich ein Snus in den Mund und musterte erst seinen Partner, dann wieder die A4-Drucke.

„Was ist das?"

Mats antwortete nicht, lächelte nur noch breiter.

Okay, er würde sein Spiel mitspielen. Karl setzte sich und legte den Kopf schief, musterte die Dokumente auf dem Tisch. Auf der Karte zu erkennen waren Land und Wasser, die Fjorde um Kirkenes, die etlichen Wasserwege, die den Ort mit der Barentssee verbanden. Ja, da waren die Namen *Neidenfjorden*, *Munkefjorden*, *Krossfjorden*, *Bøkfjorden* und *Kjøforden* zu lesen. Auf den Gewässern waren rote und grüne Pfeile eingezeichnet, die in alle möglichen Richtungen zeigten. Es war chaotisch. Am oberen linken Rand der Karte, über dem Neidenfjorden, war ein kreisrundes Gebiet rötlich unterlegt. Karl warf noch einen flüchtigen Blick auf die Excel-Listen, in denen Uhrzeiten, Windstärken und Windrichtungen, Ebbe, Flut, Wasserhöchststände und Fließgeschwindigkeiten aufgelistet waren. Dann löste er seinen Blick von den Dokumenten und sah Mats fragend an.

„Das ist die Strömungskarte, oder?"

Mats strahlte und legte nun auch das erklärende Anschreiben auf den Tisch. „Genau! Habe ich eben vom Meteorologischen Institut in Tromsø erhalten. Sie haben anhand der Strömungen und Windrichtungen errechnet, wo Vesterbekkmo ins Wasser geworfen wurde. So ungefähr zumindest." Er tippte mit dem Zeigefinger auf den roten Kreis im Neidenfjorden. „Das hier, irgendwo in dem Kreis, ist unser Tatort."

Karl kniff die Augen zusammen. „Ich kann da aber keinerlei Gebäude erkennen, was wollte er da, wenn er aus freien Stücken dorthin gefahren ist? Falls ich mich recht erinnere, dann ist das eine ziemlich abgelegene Gegend." Er nahm die Karte in die Hand. „Da ist eine kleine Insel, siehst du, hier?" Karl stand auf und nahm einen Ordner aus dem Regal über dem Drucker, in dem allerlei Detailkarten der Umgebung zusammengetragen waren. Er blätterte einen Augenblick, hatte dann die Karte vom Gebiet um den Neidenfjorden gefunden und die beiden setzten sich wieder an den Tisch.

„Da ist die Insel", sagte Karl nun. „Hat aber keinen offiziellen Namen, dafür ist sie zu klein. Sie ist anscheinend bebaut. Da, das Symbol bedeutet, dass da ein Haus steht oder zumindest einmal stand."

Karl fuhr herum und nahm sein Telefon auf, wählte die 1880, die Nummer der Telefonauskunft. „Hei, könnten Sie mich bitte mit der Gemeinde Kirkenes verbinden? Wenn es geht, gleich mit dem Katasteramt?"

Nachdem das Telefonat beendet war, war es Karl, der seinen Partner anstrahlte. Die Karte hielt er noch immer in der Hand.

„Nicht zu glauben", sagte er langsam. „Das Haus, die ganze Insel gehört den Vesterbekkmos. Das muss eines ihrer beiden Ferienhäuser sein."

Mats klatschte aufgeregt in die Hände. „Das heißt, Kristian wurde auf der Insel ermordet."

Karl nickte. „Das müssen wir jetzt herausfinden, es ist aber zumindest eine naheliegende Möglichkeit, ja. Wäre dann auch interessant, mal zu gucken, wer aus seiner Familie die Insel noch genutzt hat."

„So ein Mist, dass wir den Bruder noch immer nicht gefunden haben", sagte Mats. „Er soll doch zeitweise in einem der Häuser, wahrscheinlich eben auf dieser Insel gewohnt haben. Das rückt ihn noch weiter ins Rampenlicht, würde ich sagen."

Karl öffnete die Bürotür. „Ich gebe Aino Bescheid. Wir müssen uns die Insel so schnell wie möglich ansehen." Er blickte auf seine Uhr, dann aus dem Fenster. Der Fjord schimmerte sanft im matten Schein der Abendsonne, die bereits hinter dem Hügel zu verschwinden drohte. „Aber heute ist es dafür zu spät, es wird gleich dunkel. Kannst du uns für morgen früh das Polizeiboot organisieren? Und ruf auch gleich die Kollegen der Spurensicherung."

***

Karl war auf dem Sofa vor dem Fernseher eingeschlafen. Er erwachte davon, dass sein Mobiltelefon auf dem Beistelltisch zu vibrieren begonnen hatte. Nossan, der auf seinen Beinen ebenfalls geschlafen hatte, sprang auf den Boden und spazierte grazil in die Küche. Karl wischte sich über die Stirn, nahm das Gerät auf und es dauerte einen Augenblick, bis das Display vor seinen Augen scharf wurde. Der Anrufer war Mikkel Kuhmunen und es war 23:34 Uhr.

„Mikkel", sagte er und gähnte. „Was gibts?"

„Entschuldige die späte Störung. Du hattest mich gebeten, dich anzurufen, falls wir den Sohn deiner Nachbarin, Harri Mäkikomsi, finden sollten. Nun, wir haben ihn gefunden."

Karl setzte seine Füße auf den Teppichboden vor dem Sofa, stützte die Ellbogen auf den Knien ab. Dann blickte er ruckartig auf, hinüber zum Fenster. Hinter der entlaubten Hecke war Floras Haus zu erkennen, in der Küche brannte Licht.

„Karl, bist du noch da?"

„Ja, ich bin hier. Danke für den Anruf." Er atmete langsam aus. „Also, was ist passiert, wie geht es ihm?"

„Nicht gut, hat eine Überdosis abbekommen. Was genau, wissen sie noch nicht, aber wahrscheinlich derselbe Stoff wie bei den anderen. Edelweiß. Er ist an einer Tankstelle einfach zusammengebrochen. Die haben dann die Polizei und den Krankenwagen gerufen. Er liegt jetzt auf der Intensivstation in Kirkenes, ich bin eben hier angekommen. Ich habe mit dem Arzt gesprochen. Dachte, du würdest das wissen wollen."

Karl stand auf und trat an das Fenster. Da war eindeutig Licht in der Küche, Flora konnte er aber nirgends sehen. „Was hat der Arzt gesagt?"

„Nicht viel mehr, als ich dir schon erzählt habe. Harri hat wohl eine hohe Dosis Methamphetamin, wahrscheinlich Edelweiß zu sich genommen. Sie konnten seinen Herzrhythmus und den Kreislauf einigermaßen stabilisieren. Haben ihm ein starkes Beruhigungsmittel gespritzt. Ich glaube, er schläft. Ist wohl nicht mehr in akuter Lebensgefahr."

„Wird er wieder?"

„Körperlich ja, glauben sie. Aber der Stoff ist so neu, genau wissen sie es nicht."

Es dauerte einen Moment, bis Karl weitersprach: „Weiß seine Mutter schon Bescheid?"

„Nein", antwortete Kuhmunen. „Sie ist nicht ans Telefon gegangen. Wir wollten eine Streife rüberschicken, um sie abzuholen."

„Nicht nötig. Ich fahre sie."

„In Ordnung, dann bis gleich." Karl nickte, mehr zu sich selbst als zu seinem Gesprächspartner, der ihn nicht sehen konnte.

„Ist noch etwas? Sonst lege ich jetzt auf", sagte Kuhmunen, der sein Zögern zu spüren schien.

„Nein, bis gleich. Und nochmals danke, Mikkel."

Karl stand einen Augenblick schweigend am Wohnzimmerfenster. Er hatte noch stets die Hoffnung gehabt, dass Harri einfach wieder auftauchen würde, dass er nach ein paar durchzechten Tagen zu sich kommen würde, dass alles halb so schlimm wäre. Doch jetzt hatten sie die traurige Gewissheit: Harri Mäkikomsi war ein richtiger Junkie, so wie seine Mutter es auf mysteriöse Weise geträumt hatte. Wie kamen Frauen bloß zu diesem sechsten Sinn, wenn es um ihre Kinder ging?

Karl seufzte leise, trottete in den Flur und zog seine Jacke an. Er rief nach dem Kater, nahm ihn sanft auf den Arm und verließ das Haus. Mit verbissener Miene stapfte er die Auffahrt zum Nachbarhaus hinauf, klingelte. Dann hämmerte er zweimal an die Tür.

„Flora, mach auf. Ich bin es, Karl."

Er vernahm vorsichtige Schritte im Gang, sah schließlich durch das winzige Milchglasfenster hindurch die Konturen einer Person, die anscheinend gebückt durch den halbdunklen Korridor tapste. Karls Finger kraulten mechanisch das Fell des Tieres. Dann öffnete Flora und sie wirkte kein bisschen überrascht, ihn zu sehen. Sie hatte bereits ihre Jacke angezogen.

KAPITEL 29

Der Ford F150 Pickup-Truck kam auf dem grünen Seitenstreifen neben der Landstraße zum Stehen. Der V8
Motor gluckste noch ein letztes Mal, dann wurde es
still. Daniel Killgren zog den Schlüssel ab und lächelte.
„So, da wären wir."

Mikkel Kuhmunen stieg aus. Sie waren am Fylkevei
8868, der von ihrem Standort weiter bis an die Barentssee zu einem verlassenen Grenzort führen würde. Er
setzte seine Polizeimütze auf und sah sich um, atmete
die kühle Herbstluft ein. Direkt vor ihnen ging die asphaltierte Landstraße in einen Kiesweg über, der durch
die Regenfälle der letzten Nacht aufgeweicht worden
war, hier und da hatte das Wasser tiefe Furchen in den
Untergrund gezogen, die aber wohl kein Problem für
die breiten Reifen von Killgrens Pickup dargestellt hätten.

Mikkel hatte auf der Karte gesehen, dass der Weg
grob dem Verlauf des Grenzflusses am Talboden folgte.
Er sah mit zusammengekniffenen Augen gen Osten
und fröstelte. „Die Hügel da hinten, ist das schon Russland?"

„Jap", sagte Killgren und deutete auf einen zerfallenen
Bauernhof, der am anderen Ende der Wiese lag. „Die
Gegend, der alte Hof dort, das ist das Gardsjøbekken.

Da, hinter dem Wäldchen, verläuft der Fluss, die Grenze zwischen Norwegen und Russland liegt genau in seiner Mitte."

Mikkel konnte hinter dem Gehöft einen gedrungenen Birkenhain erkennen, den Fluss aber nur durch gelegentliche Lichtreflexionen auf der Wasseroberfläche erahnen. Er hielt inne; war das das charakteristische Plätschern und Glucksen, das monotone Geräusch eines flachen Gewässers, das sich seinen Weg durch das Kieselgeröll suchte? Er blickte weiter hinab ins Tal und sah dort immer wieder kurze Abschnitte der Jakobselva, die sich in Mäandern gen Norden schlängelte.

Killgren trat neben ihn und sah auf seine Uhr. „Sie müssten bald hier sein."

Mikkel steckte sich ein Kaugummi in den Mund. Nur wenige Minuten später war tatsächlich über den Wind das Knattern von Motoren zu hören.

Die beiden Polizisten waren mit einer Gruppe der Grenzeinheit des Militärs verabredet, wollten die Soldaten auf ihrer Patrouille am Grenzfluss entlang begleiten. Daniel hatte gesagt, man müsse die grüne Grenze mit eigenen Augen sehen, nur so könne Mikkel ein Gefühl dafür bekommen, wie offen sie sei.

Der Motorenlärm wurde lauter. Etwas weiter unten im Tal, dicht am Fluss, kamen vier grüne Quads aus dem Gebüsch gefahren. Killgren trat auf die Wiese und winkte.

Die Soldaten parkten die Geländefahrzeuge in einem Halbkreis um die Polizeibeamten. Der Patrouillenführer, ein Unteroffizier Mitte dreißig, stellte sich vor:

„Sersjant Truls Paulsen, angenehm."

Er hatte strohblondes Haar, grüne Augen und einen ausgeprägten Sunnmøre-Dialekt. Er rollte das R, als ob sein Leben davon abhinge.

Anschließend stellte er die anderen drei Soldaten vor, darunter eine junge Gefreite namens Steffensrem.

„Sie sind heute hier, um sich mit uns die Grenze anzusehen. Wir sind gerne bereit, den Kollegen der Polizei zu helfen", sagte der Unteroffizier schließlich. Sersjant Paulsen tippte auf das Verbandsabzeichen an der Schulter seiner Feldjacke: ein gelber Wolfskopf auf schwarzem Grund. „Wir gehören der Garnison in Sør-Varanger an. Unsere Hauptaufgabe besteht darin, die 196 Kilometer lange norwegisch-russische Grenze zu überwachen. Wie Sie sehen, sind wir dabei größtenteils auf altmodische, manuelle Überwachung angewiesen."

Mikkel lächelte der Gefreiten Steffensrem zu und die junge Soldatin erwiderte seinen Blick kurz.

„Unser Auftrag besteht darin, die Souveränität Norwegens zu schützen. Außerdem bewachen wir die Außengrenze des Schengen-Raums, verhindern Verstöße gegen das Zuwanderungsgesetz. Und – deshalb sind Sie heute hier – wir unterstützen die Polizei und den Zoll. Man hat uns informiert, dass es sein kann, dass das Edelweiß hier über die grüne Grenze ins Land kommt. Es liegt doch in unser aller Interesse, dieses Teufelszeug zu stoppen, oder?" Paulsen deutete zum Fluss in der Talmulde hinter der Wiese. „Der Grenzfluss, die Jakobselva, Vorjema auf Russisch. Dort am anderen Ufer liegt der Petsjenga-Distrikt, eine von sechs Regionen in der Oblast Murmansk." Er ging einen Schritt auf das Quad zu, schulterte dabei sein Gewehr, das Mikkel als eine Heckler & Koch HK416 identifizierte. „Steigen Sie auf, wir zeigen Ihnen die Grenze. Wir werden am Fluss entlang bis zur Kirche, der König-Oskar-Kapelle an der Mündung der Jakobselva patrouillieren. Sie können mit mir fahren, Kuhmunen."

Er blickte an Killgren hinunter, sah dann zu der schlanken Soldatin. „Killgren, vielleicht fahren sie am besten bei Steffensrem mit?"

Nach einer kurzen Einweisung setzte die Gruppe sich lärmend in Bewegung. Die Quads fuhren über einen ausgefahrenen Pfad hinunter zum Fluss. Die tiefen Pfützen und Spuren hatten sich mit Regenwasser gefüllt und Mikkel war froh, dass er die Standardregenbekleidung der Polizei angezogen hatte. Sie passierten einen Feldweg und kamen durch ein Gebüsch. Paulsen gab ein Handzeichen, als sie das Ufer der Jakobselva erreicht hatten, wo ein steiniger Strand sich in eine der vielen Flussbiegungen schmiegte.

Der Soldat stellte den Motor aus und stieg ab. Erst jetzt bemerkte Mikkel einen gelben Grenzpfahl mit einer schwarzen Spitze, der direkt vor ihm aus dem sandigen Boden ragte. Er stieg ebenfalls ab und blickte auf die andere Uferseite hinüber. Der Fluss war hier nicht sonderlich breit, vielleicht fünf Meter, und man konnte immer wieder kleinere und größere Steine am Boden ausmachen. Man hätte hier ganz einfach durch das Gewässer waten können, um auf die andere Seite zu gelangen. *Sicher eine gute Angelstelle*, dachte er.

„Da drüben, keinen Steinwurf entfernt, liegt Russland. Sehen Sie den Grenzpfahl dort?"

Mikkel kniff die Augen zusammen. Da war tatsächlich ein Pfahl, rot-grün gestreift und leicht schrägstehend.

Paulsen deutete auf einen Gitterzaun, der etwas weiter flussaufwärts auf der norwegischen Seite endete. „Der Zaun soll vor allem verhindern, dass Rentiere über die Grenze kommen, mit Einwanderung hat das nichts zu tun. Er ist auch nicht durchgängig, es gibt immer wieder Lücken. Wie hier." Der Soldat tippte Mikkel an die Schulter, deute auf den Hang auf der russischen Seite. „Und wenn Sie ganz genau hinsehen, dann sehen Sie etwas weiter da oben eine Basis der Russen. Ein Observationspunkt, deshalb haben wir angehalten."

Der Sersjant nahm ein Fernglas aus einer Halterung an seinem Fahrzeug, reichte es Mikkel. Der Polizist blickte hindurch und konnte dort einen kleinen Verschlag erkennen, der mit Tarnnetzen abgehängt war. „Sind die russischen Grenzer da oben?"

Paulsen lachte. „Nein. Aber wenn sie mal patrouillieren, das Militär, dann halten sie dort an. Wir sehen manchmal ihre Feuer. Seit dem Abkommen im Sommer haben ihre Aktivitäten allerdings eher abgenommen. Wohingegen wir jetzt wieder mehr kontrollieren. Auch wegen der Drogen." Er sah nachdenklich in das Nachbarland. „Während des Kalten Krieges war dies die einzige direkte innereuropäische Landgrenze zwischen der NATO und der damaligen Sowjetunion. Wussten Sie das?" Er lachte erneut ein herzliches Lachen. „Ein komisches Gefühl, dem alten Feind so nah zu sein, nicht wahr?" Er machte ein Handzeichen. „Aufsitzen. Wir müssen weiter."

Die Kolonne folgte zunächst dem Flusslauf, der sich wie eine Anakonda durch das Tal schlängelte. Dann ging es landeinwärts, um ein Gehöft zu umfahren. Der kleine Bauernhof duckte sich in die niedrige Bewaldung zwischen dem Fylkevei und dem Grenzfluss, eine Veranda lag nur wenige Meter vom Ufer entfernt. Der Bauer konnte von dort die Böschung auf der russischen Seite bewundern. Mikkel musste sich an Paulsen festhalten, als sie durch ein schmales Bächlein fuhren. Er drehte sich um, sah noch einmal zu dem Hof zurück; es musste merkwürdig sein, so nahe an der Grenze zu leben, die russische Wildnis als direkten Nachbarn. Natürlich hatte Mikkel Erfahrung damit; Spitzbergen hatte auch eine interessante Geschichte voller Verknüpfungen mit Russland. Aber hier wirkte das große Land näher und, um ehrlich zu sein, bedrohlicher.

Plötzlich wurde Mikkel aus seinen Gedanken gerissen. Nur wenige Meter zur Linken war ein großes, graues Etwas aus dem Gebüsch gebrochen. Er erschrak, erkannte dann aber eine Elchkuh und ein Kalb. Die kleine Familie lief über den Weg und verschwand auf der anderen Seite zwischen den flachen Birken im Dickicht.

Das Tal flachte immer weiter ab, bis der Fluss sich in mehrere dünnere Arme gliederte. Die Patrouille verließ den Pfad und fuhr einige Minuten auf dem Fylkevei, um dann in einen Kiesweg abzubiegen, der zu den Hügeln auf der norwegischen Seite hinaufführte. Auf einem Schild stand *Camp Oskar – Sperrgebiet* geschrieben.

Etwas weiter oben am Hang befand sich ein Turm, der mit Tarnnetzen verhangen war und sich etwa zehn Meter über den Erdboden erhob. Von dort musste man eine ausgezeichnete Aussicht über das Flussdelta und die Grenze haben.

Sie parkten ihre Quads neben dem Wachturm und Sersjant Paulsen bot ihnen an, den Turm zu besichtigen. Über eine breite Stahltreppe erreichte Mikkel die überdachte Plattform, von der man nicht nur den Grenzfluss, sondern auch die Hügel auf der russischen Seite überblicken konnte. Ehrlicherweise musste er zugeben, dass sich die niedrige Bewaldung dort nicht großartig von der norwegischen Seite unterschied.

Die Soldaten hatten unter einer Plane ein paar alte gepolsterte Ledersofas, einen Fernseher und eine Playstation aufgestellt. An dem Ausguck war jedoch auch Überwachungstechnik installiert: zwei hochauflösende Kameras mit Nachtsicht- und Wärmebildfunktion. Davor saßen zwei Soldaten. Paulsen erklärte Mikkel, wie er die Kamera von einem Pult aus steuern konnte, sie hatte eine beeindruckende Zoomfunktion.

„Camp Oskar ist immer bemannt, zu jeder Tageszeit. Der Name kommt übrigens von der Kapelle, der König-Oskar-Kapelle."

Mikkel hörte dem Soldaten nur mit einem Ohr zu, beobachtete eine Möwe auf einem Stein auf der russischen Seite, laut der Entfernungsanzeige auf dem Monitor war sie genau 663 Meter von seinem Standort entfernt. Mikkel drehte an einem Rad, richtete die Kamera auf die Ruinen einiger flacher Betonbauten, die etwas weiter unten am Fluss gestanden hatten. Paulsen stupste ihn an.

„Zoomen Sie da mal etwas näher ran", sagte der Soldat. „Wissen Sie, Kuhmunen, die Archäologen behaupten, dass hier schon vor über zehntausend Jahren Häuser standen. 1851 siedelte dann ein Soldat aus Vardø hier, sonst wäre der Ort heute vielleicht nicht norwegisch. Zufälle bestimmen das Leben, oder?"

Mikkel löste sich von dem Bildschirm und nickte ihm zu.

Der Serjant fuhr fort: „1920 ging dann das östliche Ufer der Jakobselva an Finnland und im Zweiten Weltkrieg waren hier deutsche Truppen stationiert. Dort unten am Fluss, was Sie da gesehen haben, das war einer ihrer Bunker. 1944 kamen die Sowjets, haben den Bunker zerstört und die Deutschen vertrieben. Seitdem ist das Gebiet östlich des Flusses russisch, diese Seite norwegisch."

Mikkel stand auf, lehnte sich an das Geländer und blickte weiter in den Norden. Er konnte dort hinter dem Delta die Barentssee erkennen und davor, gedrungen am Hang auf der norwegischen Seite, lag die König-Oskar-Kapelle. Auf den ersten Blick wirkte sie grob, wie aus massiven Granitklötzen erbaut. Doch beim genaueren Hinsehen erkannte Mikkel die kunstvollen Fenster aus buntem Glas. Killgren und Paulsen traten neben ihn, der Soldat war seinem Blick gefolgt.

„Es gab hier immer wieder Streitigkeiten um den genauen Verlauf der Grenze. Manche Dinge ändern sich nie, was? Heute geht es um Öl und Gas, damals ging es um Fisch. Ein schlauer norwegischer Marinesoldat schlug damals vor, an dieser Stelle eine Kapelle zu bauen. Ende des 19. Jahrhunderts besuchte König Oskar II. den Ort, woraufhin die Kirche nach ihm benannt wurde. Und unser Camp."

Paulsen lachte, sah auf seine Uhr. „So, wir müssen los. Sollen wir Sie bei Ihrem Wagen absetzten, oder was?"

KAPITEL 30

Ein baumwollartiger Nebel hatte sich am Morgen über der Stadt und dem Wasser ausgebreitet, durch den die kraftlose Herbstsonne noch nicht durchgedrungen war.

Karl stieg langsam die schmale Trittleiter hinab. Unter ihm am Kai lag der *Vekteren 2*, das Schnellboot der Polizei, das man direkt auf der anderen Seite der E6 beim Präsidium festgemacht hatte. Er verzog den Mund, als er den unteren Teil der Leiter erreicht hatte; die Sprossen waren glitschig, sie wurden bei Flut vom Wasser überspült und waren mit Algen bewachsen. Karl setzte sich auf eine Bank am Heck und sah in die undurchsichtige Suppe aus winzigen Wassertröpfchen, die über dem Fjord hing. Das Gummiboot hatte zwei parallel montierte und 300 PS starke Motoren. Es lag an diesem Morgen vollkommen still auf dem Gewässer, keine Welle, kein Windstoß waren zu spüren.

Karl nahm sich ein Snus und wartete darauf, dass die Kollegen Platz genommen hatten. Mit an Bord waren sein Partner Mats, Therese Thorstensen von der kriminaltechnischen Abteilung und Knut Svensson, ein älterer Polizist, der im Gegensatz zu Karl und Mats einen Führerschein für das hochmotorisierte Boot hatte.

Svensson hatte sich freiwillig gemeldet, sie auf die Familieninsel der Vesterbekkmos zu bringen, die Insel, von der aus das Mordopfer mit großer Wahrscheinlichkeit in den Fjord geworfen worden war.

Karl lehnte sich zurück und beobachtete, wie Svensson und Mats die Leinen lösten. Mats griff nach einem Paddel und stieß sie damit von der Kaimauer ab. Der ältere Kollege ließ den Motor an und man konnte erst ein zögerliches Gurgeln, dann potentes Knattern hören und schließlich mischte sich der Geruch von kalten Abgasen in den Nebel. Das Schnellboot der Polizei Kirkenes bewegte sich nun langsam durch den Hafen auf den Fjord zu.

Karl zog sich den Schal dichter um den Mund und wandte seinen Blick zu den benachbarten Booten, die bereits vom Nebel verschluckt wurden. Die Sicht war wirklich ungewöhnlich schlecht an diesem Morgen. Er warf einen zweifelnden Blick auf die Radaranlage, auf die ihr Kapitän sich würde verlassen müssen.

Dann kam zu ihrer Rechten plötzlich eine graue Wand aus Stahl in Sicht. Das musste ein Schiff der Küstenwache sein, das sie passierten. Karl sah auf den Monitor, vor dem Svensson stand, und tatsächlich, es war die *KV Barentshav*, die gerade in Kirkenes festgemacht hatte.

„Mats, das ist die Küstenwache, die *Barentshav*", sagte er mit einem Lächeln auf den Lippen. Der blonde Mann drehte sich um und nickte, musterte den Rumpf, an dem nun eine Kennung in dicken schwarzen Buchstaben durch den Nebel auszumachen war: *W340*. Sie musste wohl Proviant und Treibstoff bunkern, bevor sie wieder Kurs auf das Polarmeer um Spitzbergen nehmen würde. Karl dachte an ihre Fahrt von Bjørnøya nach Tromsø im letzten Winter. Eigentlich hatte die Küstenwache sie wegen eines Sturms aufs Festland bringen sollen, Helikopter hatten keine abheben können. Ohne es zu wissen, hatten sie damals den Mörder als blinden Passagier mit an Bord gehabt. Zum Glück hatten sie ihn später stellen können.

Die *Vekteren 2* hatte alsbald die Wellenbrecher der Hafenanlage passiert. Svensson drückte den Gashahn sanft nach vorn und das Schnellboot beschleunigte etwas. Mats sah immer wieder erwartungsvoll zum Bootsführer hinüber; er wusste sicher auch, dass die Motoren anders als das Wetter eine viel höhere Geschwindigkeit erlaubt hätten. Karl schloss die Augen. Im Hintergrund hörte er die leisen Gespräche der Kollegen, während er langsam einnickte.

Karl schreckte davon auf, dass das einschläfernd monotone Brummen der Maschinen sich verändert hatte. Svensson hatte den Leerlauf eingelegt und das Boot glitt nun sanft über die Wellen. Er sah sich um, dann auf seine Uhr. Etwas über eine Dreiviertelstunde war vergangen und der Fjord war noch immer von dichtem Nebel bedeckt. Karl spuckte das Snus aus, das in seinem Mundwinkel gelegen hatte und angetrocknet war.

Svensson drehte sich zu ihm um. „An einem sonnigen Tag hätten wir die Strecke wohl in zwanzig Minuten geschafft." Er deutete auf die großen Motoren am Heck. „Die Jungs da hinten hätten damit kein Problem gehabt. Aber man kann sich das Wetter nicht aussuchen."

Karl kniff die Augen zusammen, vor ihnen tat sich etwas. Er sprang auf, das Boot glitt auf etwas zu: die grauen Konturen der Küstenlinie, vereinzelt waren die Umrisse einiger Bäume zu erkennen. Svensson legte den Rückwärtsgang ein und ließ die Motoren aufheulen. Sofort verlangsamte sich ihre Fahrt erneut.

„Da ist die Insel", sagte der ältere Polizist und grinste. „Glaube ich zumindest."

Er bremste noch ein weiteres Mal ab. Das Boot bäumte sich leicht auf und bewegte sich nur noch träge auf die undeutliche Silhouette zu, die Karl an eine Bleistiftskizze erinnerte.

Unvermittelt gab es einen Schlag, dann das Quietschen von Gummi und Karl wurde nach vorn gedrückt, beinahe wäre er von seinem Sitz gefallen. Mit einem weiteren Knacken stieß das Boot gegen einen hölzernen Steg, der wie aus dem Nichts aufgetaucht war und jetzt vor ihnen vom felsigen Ufer aus in den Fjord ragte. Dann blieben sie still auf dem glatten Wasser liegen.

„Hoppla." Knut lachte, bevor er überraschend behände mit dem Seil unterm Arm auf den Steg sprang und das Boot festzurrte.

***

Karl folgte den Kollegen durch einen lichten Birkenbestand. Es herrschte Totenstille, kein Vogel sang, kein Bootsmotor war auf dem Fjord zu hören und Autoverkehr gab es in der Gegend sowieso nicht. Nur gelegentlich knackte ein Ast unter den Stiefeln der Polizisten.

Während Karl sich über die feuchte Stirn wischte, blickte er in den Himmel, konnte die verwaschenen Schemen eines blassleuchtenden Himmelskörpers erkennen. Dazu war ein seichter Wind aufgekommen,

schien träge Anlauf zu nehmen, um den dicken Nebel-
schleier mithilfe der Sonne früher oder später zur Seite
zu schieben.

Die kleine Gruppe bewegte sich auf den Mittelpunkt
der Insel zu, wo sich laut der Karte das Hauptgebäude
befinden sollte. Dahinter waren noch zwei weitere Bau-
werke eingezeichnet gewesen, wahrscheinlich Schuppen oder irgendwelche Lager. Vielleicht sogar ein Erdkeller, in dem die Bewohner einst Lebensmittel einla-
gern konnten. Auf der entgegengesetzten Seite des Ei-
landes sollte sich ein zweiter, größerer Bootsanleger befinden. Vielleicht lag dort Kristians Boot? Vor ihnen fiel
das Gelände nun schroff in eine Senke ab, die die Insel
mittig durchzog und an deren Boden noch immer Ne-
belschwaden waberten.

Dann hatten sie die tiefergelegene Senke erreicht. Unter Karls Stiefeln leuchtete grün-gelbes langes Gras. Die
Bäume mussten die Eigentümer in dem Becken vor langer Zeit gefällt haben, um Rasen zu sähen.

Weiter unten in der Vertiefung, inmitten der Rasenfläche, stand ein beachtenswertes zweistöckiges Holzhaus mit gelbem Anstrich und einer eingeglasten Veranda. Beim Näherkommen bemerkte Karl, dass der
Garten hinter dem Gebäude sanft abfiel und unten am
Fjord in einer kleinen Bucht endete. Sogar etwas weißen Sand konnte er ausmachen.

Karl folgte Mats einmal um das Haus herum, warf einen Blick in das Fenster, das mit dünnen Holzstreben
unterteilt war. Das Gebäude, das womöglich Anfang
des vorigen Jahrhunderts erbaut worden war, konnte
mal wieder einen Anstrich vertragen, war sonst aber
noch recht gut in Schuss.

Hinter dem Haus gab es ein Plumpsklo, in dessen schiefe Holztür eine herzförmige Öffnung eingesägt war. Etwas abseits, neben einer hochaufgeschossenen alten Kiefer war eine gläserne Gartenlaube errichtet worden und leicht versetzt dahinter lag unter dem Felsvorsprung, der die Senke zu dem Wäldchen hin abgrenzte, ein langgezogener Geräteschuppen. Das musste eines der Lager sein, die auf der Karte verzeichnet waren.

Karl ging ein paar Meter durch das hohe Gras zu der Laube. Eine Fensterscheibe war herausgefallen und die weiße Farbe blätterte von den Holzstreben. Die Möbel und Polsterauflagen waren unter einer Plane im Innenraum untergebracht, darauf hatte sich eine graue Staubschicht gebildet.

Karl hörte Mats seinen Namen rufen. Er trabte zum Haus zurück und betrat die Veranda. Dort stand ein kleiner Tisch mit drei Stühlen, darauf eine heruntergebrannte Kerze in einer Laterne. In einem Aschenbecher lagen einige abgebrannte Streichhölzer. Karl folgte in den Eingangsbereich und lauschte. Außer Mats' Schritten auf dem Holzfußboden war es auch hier totenstill. Er sog etwas Luft durch die Nase ein; sie war trocken, staubig und roch nach getrockneten Sommerblumen.

Das Haus war typisch für ein Sommerhaus eher spärlich eingerichtet: ein Sofa, ein Sessel, eine Kommode und ein Bücherregal, in dem außer ein paar Kriminalromanen auch Gesellschaftsspiele aufbewahrt wurden. In einem Korb lagen ein paar Fleecedecken.

Karl hörte die Kollegen auf der Holztreppe nach oben steigen, die in den zweiten Stock führte.

Er trat in die Küche, sah sich schweigend um. Der Raum war nur durch eine breite Schiebetür vom Wohnzimmer abgetrennt. Auf dem Küchentisch lag eine gehäkelte Tischdecke, darauf einige vertrocknete Brummer, die dort ihre letzte Ruhestätte gefunden hatten. Die Kühlschranktür stand einen Spalt offen, die Fächer waren natürlich leer. Das Gerät war ausgeschaltet. Die Insel war nicht an das Stromnetz angeschlossen, es musste also irgendwo einen Generator geben.

Karl streckte sich, ging dann in den Gang zurück und nahm ebenfalls die steile Treppe ins Obergeschoss, das sich unter dem Schrägdach befand.

Mats und Knut Svensson standen auf einem winzigen Balkon, der von einem der Schlafzimmer abging und von dem aus man zu der Bucht hinunterschauen konnte. Es war zu nebelig, um Details zu erkennen, aber es schien dort wirklich einen kleinen Badestrand zu geben.

Karl trat in das Nachbarzimmer, dem Anschein nach das Hauptschlafzimmer. Therese Thorstensen von der Spurensicherung sah kurz zu ihm auf, konzentrierte sich dann wieder auf die Bücher auf dem Nachttisch. „Warum lesen wir Norweger im Urlaub eigentlich nur Krimis?", fragte sie.

Karl zuckte mit den Schultern und setzte sich aufs Bett, das genau wie die in dem anderen, kleineren Schlafzimmer nicht bezogen war. Nur zwei Wolldecken lagen darauf.

Therese stand auf, fuhr demonstrativ mit dem Finger durch ein Spinnennetz an einer Bettlampe, schüttelte dann den Kopf. „Hier hat länger niemand Urlaub gemacht", stellte sie fest.

Nachdem Karl noch einen letzten Blick in eine Abstellkammer geworfen hatte, zog er die Tür hinter sich zu. Es schien nicht nur lange niemand hier gewesen zu sein, es gab auch keinerlei Anhaltspunkte, die auf einen Kampf hindeuteten. Er blieb noch einen Augenblick auf der Veranda stehen und ließ seinen Blick über den Garten in der Senke schweifen, ein wirklich fabelhafter Urlaubsort.

Wenig später folgte er Mats zu dem Geräteschuppen unter dem Felsvorhang. Von dem Felsvorsprung war mit dem Regen immer wieder Erdreich aus dem Wäldchen ausgewaschen und auf das Dach gespült worden. Einige Dachpfannen waren mit Moos und Farn bewachsen, eine Glasscheibe in der Tür war zerbrochen, schien jedoch schon seit langer Zeit in diesem Zustand gewesen zu sein.

„Auf los gehts los", sagte Mats und zog an dem Griff. Auch diese Tür war nicht verschlossen. Gleich hinter der Doppeltür war ein alter Rasenmäher-Trecker abgestellt.

An den Wänden waren Gartenwerkzeuge aufgehängt, Sägen, Haken, eine Heckenschere. Und eine Axt, die jedoch stumpf, verrostet und ungenutzt erschien.

Ganz hinten im Schuppen, in einer separaten Kammer war der Dieselgenerator aufgebaut, der die Insel bei Bedarf mit Strom versorgte. Karl musterte die Anlage; man konnte auf der Benutzertafel und dem Tankdeckel Fingerabdrücke im Staub erkennen. Der Generator war vor Kurzem mit Treibstoff befüllt und gestartet worden, jemand hatte auf der Insel Strom gebraucht. Er drehte sich um und rief leise nach der Kollegin der Spurensicherung.

„Therese, kannst du dir das mal angucken bitte?"

Zuletzt gingen die Polizisten durch das Gehölz zu dem verbleibenden Gebäude weiter. Der Nebel hatte sich inzwischen noch weiter verflüchtigt und man konnte durch die Bäume hindurch sogar das sich reflektierende Licht auf dem Fjord erkennen.

„Vielleicht müssen wir noch einmal mit dem Spürhund herkommen", schlug Knut Svensson vor.

Sie kamen an eine weitere kleine Rasenfläche, in deren Mitte eine Feuerstelle in den Boden eingelassen war. Als Karl einen erstickten Laut hörte, schoss er herum. Die Kollegin der Spurensicherung war mit offenem Mund abrupt stehen geblieben.

KAPITEL 31

Therese Thorstensen stellte ihren Koffer ab und kratzte sich am Hals, der unter ihren kastanienbraunen Haaren hervorschimmerte. „Der Holzstumpf dort, der wurde doch bestimmt dazu benutzt, um Feuerholz zu schlagen, oder?"

Erst jetzt bemerkte Karl einen Holzklotz, in dessen Oberfläche eine tiefe Kerbe eingeschlagen war. Ihm dämmerte, was die Kollegin der Spurensicherung dachte.

„Die Axt dazu steckt normalerweise im Klotz, in der Kerbe. Aber dort ist sie nicht", schlussfolgerte sie weiter. Therese kniete nieder, hielt inne. Dann blickte sie erschrocken auf. „Hier liegen überall Glasscherben im Gras, beinahe hätte ich mich reingesetzt." Sie hob vorsichtig einen langen Glassplitter auf. „Hatte das Opfer nicht eine solche Scherbe im Fuß?"

Karl verspürte urplötzlich ein mulmiges Gefühl in der Magengegend.

Mats schaltete sich in das Gespräch ein: „Dann wurde er vielleicht hier, an der Feuerstelle, angegriffen und anschließend zum Wasser geschleppt? Da vorne ist doch ein zweiter Steg."

„Möglich." Karl blickte sich verstohlen um. Von seinem Standort aus konnte man gerade so das Dach des

Haupthauses in der Senke erkennen und in der entgegengesetzten Richtung führte ein schmaler Pfad in den Wald zur Anlegestelle. Am anderen Ende der Lichtung, unter einer Dachkonstruktion wurde Feuerholz gelagert. Daneben lag der Eingang zu dem Erdkeller, den sie gesucht hatten. Das flache Dach des Lagers war mit Gras bewachsen und eine Steintreppe führte zwei Meter nach unten zu einer morschen Holztür.

Karl drehte sich wieder zu den Kollegen. „Ich schlage vor, dass Therese und Knut hier und am Steg nach Blutspuren, Schleifspuren oder anderen Anhaltspunkten suchen. Mats und ich sehen uns in dem Keller um."

Karl betrat die oberste Treppenstufe. Es roch verkohlt, wie ein erkaltetes Lagerfeuer, das man am Abend zuvor mit Wasser ausgegossen hatte. Er blickte sich zu seinem Partner um, der nur einen Schritt hinter ihm war und ihn mit einem schiefen Lächeln ansah.

„Riechst du das? Hier hats gebrannt."

Karl stieß mit dem Fuß gegen die Tür, die mit einem leisen Knarren nach innen aufschwang. Er starrte in einen dunklen Raum, schaltete die Taschenlampe an. In dem Erdkeller hatte es tatsächlich gebrannt.

Er trat ein. Trotz des Brandes war die Luft kühl, sogar feucht. Karl leuchtete an die Decke und bemerkte eine einfache Düse, von der noch immer vereinzelte Tropfen Wasser zu Boden fielen. Eine provisorische Sprinkleranlage? Das System musste ausgelöst und das Feuer schnell gelöscht haben.

Unter seinen Sohlen knirschte Glas. Er hob das Aluminiumgestell eines Campingbettes hoch, konnte darunter eine Matratze erkennen, die nur oberflächlich angekohlt war.

An der linken Wand war ein Regal mit verrußten Metallstreben aufgestellt worden, wahrscheinlich IKEA. In den Fächern lagen zerbrochenen Glaszylinder und Kolben, die zwar ebenfalls verrußt, aber nicht geschmolzen waren.

Unter dem Regal standen zwei Kanister, an denen die Flammen gezüngelt hatten. Karl kniete sich vor das Möbelstück. Die Aufklebe-Etikette waren angekohlt, man konnte noch drei Warnsymbole erkennen. Eine ätzende Chemikalie, die brandgefährlich und giftig war? Ein Glück, dass das Feuer gelöscht worden war, bevor es den Inhalt erreicht hatte, sonst wäre von dem Raum möglicherweise nicht viel übriggeblieben.

Karl stand auf und trat vor ein kitschiges Bild an der Wand: ein bunter Papagei mit eindringlichen Augen.

An der Wand daneben stand ein Sofa, von dem nur noch ein Teil der Polsterung und die Stahlfedern überlebt hatten. Davor ein angeschmorter Campingtisch. Es schien fast so, als ob sich jemand hier unten aufgehalten hatte. Vielleicht der Bruder, dieser Jakob? Aber warum hatte er nicht im Haus gewohnt?

Karl atmete die kühle, rußige Kellerluft ein und nahm sich ein Snus. Sein Blick wanderte durch den Raum, blieb einen Moment an den Laborinstrumenten im Regal, anschließend an den Kanistern darunter hängen.

Er nahm sein Handy aus der Hosentasche: kein Empfang. Dann drehte er sich zu seinem Partner. „Mats, geh bitte nach draußen und ruf Killgren an, wenn du dort irgendwo Netz hast. Er soll sich das hier mal angucken."

Mats sah ihn fragend an.

„Na, die Instrumente, die Chemikalien. Für mich sieht das nach einem Drogenlabor aus."

Mats nickte und sprang hastig die schmale Treppe hinauf. Karl strich sich über das Kinn, wollte schon ebenfalls nach draußen gehen. Doch er zögerte. Sein Blick fixierte erneut das Gemälde an der Wand; von seiner Position aus wirkte es, als ob der kunterbunte Vogel den Betrachter mit seinen großen Augen anstarrte. Karl trat näher an das Bild heran. Der Rahmen hing etwas schief, die Glasscheibe war zerbrochen und an der oberen rechten Ecke konnte er weißen Putz erkennen, eine Stelle, die nicht verrußt war.

Hatte jemand das Bild gedreht? Das musste dann aber nach dem Brand passiert sein, möglicherweise war das Gemälde auch einfach durch die Hitze des Feuers verschoben worden. Er zog seine Latexhandschuhe über und nahm den Rahmen von der Wand, legte ihn mitsamt den Glasscherben auf den Campingtisch.

Dort, wo er gehangen hatte, war der Putz noch deutlich zu erkennen. In der Mitte des hellen Quadrats war ein schmales Türchen in die Wand eingearbeitet.

Karl lächelte. Ein Geheimfach!

Er stocherte mit seinem Taschenmesser in dem Schlitz, bis eine kleine Tür aufsprang. Dahinter befand sich tatsächlich ein Hohlraum, in dem irgendwer einen Stapel Geldscheine, vielleicht zehntausend Kronen, und ein altertümliches Mobiltelefon in einer Gefriertüte versteckt hatte. Nokia 3210, so eins hatte er auch einmal gehabt.

Er nahm das Gerät und drückte auf den großen Knopf an der Seite. Zu Karls Erstaunen ging es sofort an, die Batterie zeigte zwei von vier Strichen. Karl rief das

Nachrichtenmenü auf. Wenn das Gerät jemals SMS versendet oder empfangen hatte, so waren alle Nachrichten gelöscht worden. Die Anrufliste war ebenfalls leer. Schließlich öffnete er die Kontaktliste, die nur einen Eintrag beinhaltete. Eine Nummer, die unter dem Namenskürzel *J* abgespeichert worden war.

Karl stieg mit einer Tüte und dem Bargeld in der einen, dem Mobiltelefon in der anderen Hand die Treppe nach oben. An der Feuerstelle war es still, er konnte keinen der Kollegen sehen. Mats musste irgendwo nach Empfang suchen.

Unvermittelt rief jemand seinen Namen, es war Therese. Sie kam aus dem Gehölz in Richtung des Anlegers und hatte ihren Koffer und einen länglichen Gegenstand bei sich, der in eine Beweissicherungstüte der Spurensicherung eingewickelt war. Sie grinste, hielt das verpackte Ding vor ihm hoch. Karl erkannte durch die Plastikfolie einen Holzstiel und oben war auch der stählerne Kopf zu sehen.

„Eine Axt", sagte Therese triumphierend. „Die haben wir neben der Anlegestelle im Gebüsch gefunden. Aber das ist nicht alles. Auf dem Steg, da sind ein paar Flecken. Vielleicht alte Farbe, vielleicht Blut, das angetrocknet und vom Regen verwaschen wurde. Ich wollte im Schuppen nach einer Säge schauen, hast du da eine gesehen?"

Karl kratzte sich im Nacken. „Ja, ich glaube schon", antwortete er. „Aber warum nehmen wir nicht gleich das ganze Brett mit?"

KAPITEL 32

„Könnten wir dann endlich anfangen", fragte Karl in einem deutlich irritierten Tonfall. Die Kollegen sahen ihn an, einige lachten, doch letztendlich begaben sie sich zu ihren Plätzen.

Zwei Tage nach dem Besuch auf der Insel hatte Karl als leitender Ermittler in dem Mordfall Vesterbekkmo zu einer Besprechung geladen. Anwesend waren neben Mats und ihm auch Morten Nesby und Therese Thorstensen von der Spurensicherung, Daniel Killgren und Mikkel Kuhmunen vom Drogendezernat und natürlich, als Leiterin der Ermittlungseinheit für Kapitalverbrechen, Aino Petersen.

Das Meeting war dazu gedacht, die technischen Beweise zu diskutieren und die weitere Vorgehensweise abzustimmen. Die Kollegen des Drogendezernats waren geladen worden, da der Mord möglicherweise mit dem Auftreten des Edelweiß' in Zusammenhang stehen könnte, zumindest legte der Fund der Apparaturen und der Chemikalien in dem Erdkeller auf der Insel der Familie Vesterbekkmo diese Vermutung nahe.

Karl stand auf, räusperte sich und trat an ein Whiteboard am Kopfende des Konferenztisches. Dort hatte er verschiedene Namen aufgeschrieben und erneut die dazugehörigen Porträtbilder angeheftet. Er tippte mit dem Knöchel seines Zeigefingers gegen die Wand, ließ den Kollegen einen Augenblick Zeit, die Informationen aufzunehmen. Mit der Hand wischte er sich eine Haarsträhne aus dem Gesicht, sah dann ebenfalls auf die Tafel. Zwischen den Fotos waren verschiedenfarbige Linien gezogen, die die mögliche Verbindung zwischen dem Mordopfer und der Person anzeigten. Die Namen hatte Mats in seiner ordentlichen, fast kindlichen Handschrift geschrieben. Darunter hatte Karl mit einem roten Stift und in seiner wellig-krakeligen Schrift ein mögliches Motiv gekritzelt.

Karl warf einen flüchtigen Blick auf die Uhr an der gegenüberliegenden Wand, sah dann zu den erwartungsvollen Gesichtern. Er verschränkte die Arme, die an diesem Morgen in einem groben Wollpullover steckten, vor der Brust. „Nochmals danke, dass ihr euch Zeit genommen habt. Die Hintergründe des Falls haben wir in dem Rapport zusammengefasst, den ihr gestern zugeschickt bekommen habt. Ich hoffe, ihr hattet Zeit, ihn zu lesen." Karl blickte erst Kuhmunen, dann Killgren an und fuhr daraufhin mit einem feinen Lächeln auf den Lippen fort: „Fangen wir mit dem vermeintlichen Tatort, fangen wir beim Blut an. Wir gehen davon aus, dass Kristian Vesterbekkmo auf der Familieninsel ermordet wurde. Wir haben an einem Brett am Steg und auf der Axt, die unweit vom Wasser im Gebüsch lag, Blutreste gefunden." Er nickte der Kollegin von der Spurensicherung zu. „Therese, hast du die Ergebnisse von der Gerichtsmedizin bekommen?"

Therese Thorstensen befeuchtete ihre Lippen, nickte eifrig. „Ja, habe ich. Das getrocknete Blut auf dem Steg ist mit großer Wahrscheinlichkeit das von Kristian

Vesterbekkmo und auch an der Axt war seine DNA zu finden."

Karl nickte. Der Filzstift quietschte leise, als er *Tatort Steg, Familieninsel* auf das Whiteboard schrieb. Dann fügte er noch *Tatwaffe Axt* hinzu.

„Gut", sagte er, als er langsam die Kappe auf den Stift setzte. „Und an dem Boot, konnte dort etwas sichergestellt werden?"

Sie hatten das Motorboot des Opfers nicht weit von der Insel im Fjord entdeckt; jemand hatte ein Ventil geöffnet, es war mit Absicht versenkt worden.

„Na ja", sagte Thorstensen langsam, zuckte dann mit den Schultern. „Kein Blut, keine Fingerabdrücke, dazu lag das Ding zu lange im Brackwasser. Aber wir haben Abrieb von Gummisohlen gefunden, jemand ist in das Boot gesprungen, vielleicht der Täter. Das hilft uns aber nur bedingt, wir haben nämlich keinen Abdruck oder Ähnliches."

Karl nickte. „Dann machen wir mit den technischen Beweisen weiter. Haben wir Fingerabdrücke? Was haben wir auf der Insel gefunden?"

„Am Generator waren Abdrücke und an der Axt. Auch an der Kellertür. Wir haben sie mit dem Zentralregister in Oslo abgeglichen, haben einen Treffer erhalten."

Karl blickte sie erwartungsvoll an. „Und?"

„Jakob Vesterbekkmo. Seine Fingerabdrücke waren an allen drei Objekten." Die junge Kollegin machte eine weitere Kunstpause. „An der Tür und der Axt waren jedoch noch andere, stärkere Abbildungen. Könnte ein Komplize gewesen sein. Ich habe dazu bei uns aber nichts gefunden, habe es deshalb zu Interpol geschickt. Vielleicht haben die etwas."

Wieder nickte Karl langsam, schrieb quietschend einige Schlagwörter zu den technischen Beweisen an die Wand. „Sehr gut. Wir haben also Beweise, die Jakob Vesterbekkmo direkt mit der Insel und der Axt und damit mit dem Mord an seinem Bruder in Verbindung bringen."

Aino klatschte ihre Hände zusammen. „Super. Dann ist der Fall doch fast gelöst, oder? Wir müssen nur noch Jakob Vesterbekkmo finden."

Karl schüttelte langsam den Kopf. „So einfach ist es leider nicht. Die Insel gehört der Familie und Jakob hat sich dort öfters aufgehalten, könnte die Axt also genauso gut dazu verwendet haben, Feuerholz zu schlagen. Ich denke, die anderen Fingerabdrücke an der Axt sind ebenso interessant." Er zuckte mit den Schultern, lächelte Aino an. „Aber es ist ein Anfang, wir sind dem Mörder einen Schritt nähergekommen. Daniel, was kannst du uns zu der Laborausrüstung sagen? Wurde auf der Insel Meth hergestellt?"

Killgren schnaufte überrascht, setzte sich in seinem Stuhl auf. „Ja, wir haben uns die Überreste in dem Erdkeller angesehen, auch die Kanister. Ich habe mit dem Professor, mit Stensveen von der NTNU gesprochen. Wir glauben, dass es sich um ein primitives Drogenlabor handelte."

Karl schrieb erneut etwas auf die Tafel: *Insel – Drogenküche.* „Könnte es sich bei dem Stoff, der dort hergestellt wurde, um Edelweiß handeln?"

Killgren schüttelte entschieden den Kopf. „Nein, nein. Der Stoff, den du in solch einem Labor herstellen kannst, der hätte mit Sicherheit nicht den Reinheitsgrad, den wir beim Edelweiß festgestellt haben. Der

Erdkeller ist eher eine Amateurküche. Edelweiß, das sind Profis."

Aino seufzte leise und Karl blickte kurz zu ihr auf. Sie war sicher enttäuscht, dass sie dem Edelweiß allem Anschein nach doch nicht nähergekommen waren. Dann wandte er sich an Morten Nesby von der Spurensicherung: „Morten. Nun zu dem Mobiltelefon. Wem gehörte das Handy, das wir in dem Geheimfach gefunden haben, auf wen war es registriert und wessen Nummer war dort gespeichert?"

Karl kannte die Antwort bereits. Trotzdem sah er den Kollegen effektvoll mit schiefgelegtem Kopf an.

„Das Handy war Prepaid, die SIM an einem Kiosk in Alta gekauft. Bezahlt wurde es mit einer Kreditkarte, die einer gewissen Lene Karlssen, wohnhaft in Kirkenes, gehört."

Karl lächelte in die Runde. Er hatte gestern bereits mit Lene Karlssen gesprochen. „Und wer ist diese Lene? Genau, sie ist die Mitbewohnerin von Jakob Vesterbekkmo. Angeblich wusste sie nicht, dass jemand das Telefon mit ihrer Karte gekauft hat."

Aino nickte anerkennend. „Das bedeutet, dass das Drogenlabor wahrscheinlich nicht von Kristian, sondern von seinem Bruder Jakob betrieben wurde."

„Es scheint so", sagte Karl. „Aber wir haben noch mehr. Morten, wem gehörte die Nummer, der einzige Kontakt, der auf dem Handy gespeichert war?"

Morten Nesby hüstelte. „Die Nummer gehört einem alten Bekannten. Ivar Nielsen."

„Sieh an", sagte Aino. „Das heißt, Jakob hat mit Nielsen Meth hergestellt?"

227

Killgren meldete sich erneut zu Wort: „Glaube ich nicht. Meiner Meinung nach hat Jakob ihn beliefert. Nielsen war, soweit wir wissen, nie auf der Insel und die Fingerabdrücke waren sicher nicht von ihm, seine haben wir ja in der Datenbank. Ich denke eher, dass er das Zeug von Jakob bekommen und es dann weiterverkauft hat."

Karl nahm ein Foto aus einer Mappe. Ein Porträtfoto von Ivar Nielsen, das er vor dem Meeting vorbereitet hatte, und klebte es neben das Bild von Jakob Vesterbekkmo. Dann zog er mit dem Filzstift eine rote Linie zwischen den beiden Gesichtern. „Die Frage ist, was Kristian mit den Drogen zu tun hatte. War er involviert? Er hatte schließlich Schulden, musste schnell an Geld kommen. Die Gläubiger, die Schläger von dieser Trabrennbahn waren hinter ihm her." Er dachte einen Moment nach. „Wie auch immer, ich gehe davon aus, dass Jakob irgendwie in den Mord verwickelt ist. Möglich, dass es mit dem Erbstreit zu tun hat. Vielleicht ging es auch um die Drogen, oder eine Kombination aus beidem."

Aino sah einen Moment auf die Pinnwand. „Und Jakob ist immer noch unauffindbar? Habt ihr mit dieser Lene Karlssen, seiner Freundin, gesprochen?"

„Ja, zwei Mal bereits. Das erste Mal, als wir angefangen haben nach Jakob zu suchen. Und ein weiteres Mal, nachdem wir herausgefunden hatten, dass die SIM-Karte mit ihrer Karte bezahlt wurde. Sie ist keine besonders gute Lügnerin, ist ziemlich schnell zusammengebrochen."

Mats fuhr fort: „Jakob hat die Kreditkarte auf ihren Namen bestellt, sie hat die Karte nie benutzt und das

Geld wurde direkt von seinem Konto abgebucht. Sie ist von dem Stoff abhängig, den Jakob hergestellt hat. Sie bekommt ihn gratis, oder zumindest sehr billig, und dafür hat sie ihm mit solchen Kleinigkeiten geholfen. Wo er den Stoff hergestellt hat, wusste sie nicht. Er hat es ihr nie gesagt und es war ihr auch egal. Karl hat ihr Hilfe angeboten. Wir wollten sie zu ihren Eltern bringen. Aber sie hat abgelehnt. Wir haben ihr trotzdem die Nummer der Suchtklinik in Alta gegeben."

Karl nickte, ergriff wieder das Wort: „Jakob war häufig über längere Zeit nicht zu Hause, hat ihr nie gesagt, wo er sich dann aufhielt. Das glaube ich ihr. Sie weiß nicht, wo Jakob sich versteckt hält. Sie hat keinen Grund zu lügen. Ich werde aber noch einmal mit ihr sprechen."

Aino stand auf, trat zu Karl an die Tafel und nickte nun ebenfalls ein paarmal langsam. Dann blickte sie ihn nachdenklich an. „Und was habt ihr jetzt vor?"

Karl lächelte verschmitzt. „Ist das denn nicht offensichtlich? Wir müssen Jakob finden; die Fahndung läuft schon, die Staatsanwältin hat alle Maßnahmen genehmigt. Seine Wohnung wird bereits beobachtet. Auch mit der Bank und dem Telefonanbieter haben wir gesprochen. Wenn er mit der Karte bezahlt oder sein Handy anmacht, dann haben wir ihn." Karl setzte sich, lehnte sich zurück. „Außerdem wäre es doch sicher angemessen, Ivar Nielsen einen Besuch abzustatten, denn auch dieser Durchsuchungsbeschluss ist schon von der Staatsanwaltschaft genehmigt. Auch wenn er mit dem Mord nichts zu tun hat, hat er doch sicher trotzdem ein paar interessante Informationen für uns. Wenn du das

Okay gibst, könnten wir noch heute zuschlagen. Die Einsatztruppe hält sich bereit."

Aino grinste, legte ihm die Hand auf die Schulter. „Worauf warten wir dann noch? Holen wir uns Nielsen."

KAPITEL 33

Karl und Mats folgten dem Mannschaftswagen der Spezialtruppe der Bereitschaftspolizei, die in solchen Fällen hinzugezogen wurde. Die Kolonne wurde von einem Streifenwagen angeführt, in dem Daniel Killgren und Mikkel Kuhmunen saßen. Der Kleinbus setzte den rechten Blinker und bog in den Hessengveien ein, in dem sich das Haus von Ivar Nielsen befand. In dem Moment fing jäh das Blaulicht auf dem Dach des Polizeiautos vor ihnen an zu leuchten. Dann beschleunigte der Wagen.

„Was ist denn da los? Wieso machen sie das Licht an? Sie warnen Nielsen doch nur!"

Karl reckte seinen Hals, konnte die Streife mit Kuhmunen und Killgren nicht mehr vor dem Mannschaftswagen ausmachen, sie waren bereits um eine Kurve verschwunden. Zu ihrer Rechten konnte er nun das Reihenhaus sehen, in dem die Zielperson wohnte.

„Sie sind an Nielsens Haus vorbeigefahren", sagte er verdutzt. Er ließ das Fenster herunter, konnte nun auch die sich entfernende Polizeisirene hören. „Was ist denn da los?", fragte er erneut.

Mats zuckte mit den Schultern, versuchte an dem Kleinbus vor ihnen vorbeizufahren. Doch die Straße in dem Wohngebiet war zu eng. Karl nahm das Funkgerät von der Mittelkonsole ab.

„Wagen 7 an alle Einheiten. Ihr seid an Nielsens Haus vorbeigefahren. Was ist denn los? Over."

Es knisterte einen Augenblick, dann hörte er Kuhmunens beherrschte Stimme. „Hier Wagen 22. Wir verfolgen eine Mercedes E-Klasse. Er kam aus der Garage geschossen, hat uns gesehen und ist verduftet. Vermutlich Ivar Nielsen. Over."

Mats parkte direkt hinter dem Mannschaftswagen, der vor Ivar Nielsens leerer Garage zum Stehen gekommen war. Das zweistöckige Reihenhaus, in dem Nielsen wohnte, lag leicht versetzt dahinter am Ende der Reihe. Um das Haus zog sich ein kleiner Garten mit einem kniehohen Bretterzaun.

Mats blickte Karl fragend an, doch der schüttelte den Kopf und löste den Sicherheitsgurt.

„Nein, wir bleiben hier", sagte er. „Lass Mikkel und Daniel hinter Nielsen herfahren. Wir sind hier, um sein Haus zu durchsuchen."

Auch wenn er Ivar Nielsen zu gerne festgenommen hätte, machte es keinen Sinn, ebenfalls die Verfolgung aufzunehmen. Kuhmunen und Killgren hatten die besseren Chancen, sie waren ihm dicht auf den Fersen.

Unvermittelt erwachte das Funkgerät wieder zum Leben: „Wagen 22 hier, an alle verfügbaren Einheiten. Wir verfolgen weiterhin Ivar Nielsen in dem grauen Mercedes, eine ältere E-Klasse, amtliches Kennzeichen Zulu Sierra 53505. Sind nun an der E6 angekommen, er ist nach Hesseng abgebogen, fährt mit hoher Geschwindigkeit Richtung Westen. Erbitten Verstärkung. Wagen 22 Over."

Es folgte ein Augenblick Stille, gelegentliches atmosphärisches Rauschen. Dann knisterte es erneut: „Wagen 22, hier Zentrale. Haben verstanden. Wir schicken verfügbare Streifenwagen in beide Richtungen. Zentrale Over."

Karl zuckte mit den Schultern. „Komm, lass uns reingehen. Hier im Auto können wir doch nichts ausrichten."

Die Haustür stand nur angelehnt. Karl grinste, als er die Holzsplitter um das Schloss sah; die Kollegen hatten die Tür wohl einfach aufgebrochen. Karl musste unweigerlich an das letzte Mal denken, als Mats und er hier gewesen waren. Damals hatten sie Nielsen zu einem Raub in der Innenstadt befragen wollen, hatten vermutet, dass er ein altes Ehepaar überfallen hatte. Noch bevor sie mit ihm sprechen konnten, hatte der Kerl ihn niedergeschlagen, ihm die Terrassentür gegen den Hinterkopf gerammt und war getürmt. Sie hatten ihn verfolgt und Karl hatte ihn mit dem Auto angefahren, Nielsen dabei die Nase gebrochen, so wie der Kleinkriminelle in der Schule einmal Karls Nase gebrochen hatte. Danach hatte Mats ihn in Schutz genommen und Aino seine Variante der Wahrheit erzählt und die beiden Polizisten waren nicht nur gute Partner, sondern auch Freunde geworden.

Karl sah sich noch einmal nach Mats um und trat schließlich durch die Eingangstür in den schmalen Korridor. Einen Augenblick überlegte er, seine Schuhe auf der Matte abzutreten, entschied sich dann aber dagegen. Nielsen würde sowieso hinter den Beamten aufräumen müssen, wenn er nicht direkt in die Untersuchungshaft wandern würde; was machten da schon ein paar schmutzige Fußabdrücke auf dem Parkett?

Aus dem Wohnzimmer kam ihm der Einsatzleiter der Sondereinsatztruppe mit nach oben gereckten Daumen entgegen. „Gebäude ist gesichert", sagte er, während er seinen Helm abnahm. „Den Rest schafft ihr allein, oder?"

Karl nickte. Hinter ihm wurde die Haustür aufgedrückt und er hörte die fröhliche Stimme von Therese Thorstensen. Mit ihr war ein weiterer Kollege des Drogendezernats angerückt, den Karl nur flüchtig kannte und der ihnen aus Stavanger abgestellt worden war. Simen oder Simon, er konnte seinen Dialekt einfach nicht richtig verstehen.

Den beiden Neuankömmlingen würde die Aufgabe zufallen, das Haus auf den Kopf zu stellen. Sie würden primär nach Drogen suchen, aber Karl hatte die Hoffnung noch nicht aufgegeben, dass sie auch etwas finden würden, das Nielsen mit dem Mord an Kristian Vesterbekkmo in Verbindung bringen könnte. Seine Gründe dafür waren zu gleichen Teilen privat und professionell. Er machte keinen Hehl daraus, dass er den Mistkerl gerne für eine lange Zeit im Gefängnis sehen würde. Nicht nur für die gebrochene Nase, sondern hauptsächlich, weil er das Auto seines Vaters, den grünen Audi 80, zerkratzt hatte. Das Auto, dass Olav so viel bedeutet hatte und das Karl nach dessen Tod geerbt hatte.

Sie zwängten sich an einem weiteren Beamten in Sturmkleidung vorbei und Karl ließ seinen Blick umherschweifen: Der Korridor war spartanisch eingerichtet, da war ein Schuhregal, in dem zwei Paar Turnschuhe der Marke *New Balance* aufgestellt waren, und darüber hingen mehrere Trainingsjacken. Auf der anderen Seite eine Kommode, auf der in einer Glasschüssel ein Schlüsselbund mit einem Anhänger von Manchester United und eine Sonnenbrille lagen.

Karl öffnete eine Schublade, wühlte gedankenverloren in ein paar Mützen und Handschuhen herum. Schließlich ging er in das Wohnzimmer, wo Nielsen einen riesigen Fernseher aufgehängt hatte, mindestens 55 Zoll. Darunter standen eine Playstation und neben dem Sofa, an der entgegengesetzten Wand, ein paar leere Getränkedosen auf dem Parkettboden. Zumeist Energydrinks, ein paar Bierdosen.

Karl trat an das Fenster und zog den Vorhang zur Seite. Er erkannte die Terrasse und den kleinen Garten von ihrem letzten Besuch, als sein Hinterkopf Bekanntschaft mit der Terrassentür gemacht hatte. Schmallippig öffnete er die Tür und verzog den Mund, als er den Metallrahmen der Tür inspizierte. Auf der Veranda stand derselbe Gartentisch mit dem noch immer übervollen Aschenbecher.

Schließlich trat er in die Küche. Auf dem Küchentisch waren eine volle Flasche Cola und ein leerer Teller bereitgestellt worden, Nielsen musste wohl gerade aus dem Haus gegangen sein, um sein Mittagessen abzuholen. Hatte dabei wohl die Polizeistreife gesehen, die Situation erkannt und war daraufhin geflohen.

Von der Eingangstür war Thorstensens Stimme zu vernehmen. Therese unterhielt sich mit Mats. Die beiden mochten sich offensichtlich, waren ständig am Schnattern, wenn sie sich irgendwo trafen.

Karl lauschte, denn da war noch etwas: ein leises Bellen und das Hecheln eines Hundes. *Gut*, dachte er, sie hatten einen Spürhund des Drogendezernats mitgebracht, das würde die Suche nach den Rauschmitteln erheblich erleichtern. Mit einem Stöhnen ließ er sich in den Küchenstuhl fallen, steckte sich ein Snus in den Mund und nahm die Cola in die Hand.

Du hast doch sicher nichts dagegen, Ivar?

Er lächelte und schenkte sich ein Glas ein.

KAPITEL 34

„Herrgott, ich versuche es ja!"

Mikkel Kuhmunen kniff die Augen zusammen; es war verdammt schwer während der Fahrt die Karte zu lesen, die er auf seinen Beinen vor sich ausgebreitet hatte, und welche immer wieder zur Seite rutschte, wenn der Wagen durch eine Kurve raste.

Dann bremste der Fahrer und seine Knie prallten gegen das Handschuhfach. Mikkel fluchte, er konnte die verflixte Straße, die die Kollegen über Funk durchgegeben hatten, einfach nicht finden. Es war nicht seine Schuld, dass der verdammte Streifenwagen kein funktionierendes Navi hatte und ihre Mobiltelefone entweder keinen ausreichenden Empfang hatten oder das winzige Datenvolumen aufgebraucht war. Er blickte Killgren hinter dem Steuer irritiert an. „Wenn du etwas ruhiger fahren würdest, könnte ich den Weg ja finden. Stell dir einfach vor, es wäre dein Ford, den würdest du doch auch nicht schrotten wollen."

Der Kollege lachte. „Wenn ich langsamer fahre, so wie du vielleicht auf Spitzbergen unterwegs bist", sagte er und drückte noch einmal merklich auf das Gaspedal, „dann glaube ich nicht, dass Nielsen noch im Myrveien ist, wenn wir da übermorgen ankommen."

Kuhmunen zuckte mit den Schultern und blickte wieder auf die Karte. Die Straßen sahen alle gleich aus: flache bunte Holzhäuser, gedrungene Bäume im Garten. Kirkenes kannte er bereits ein wenig besser, doch Hesseng war ihm noch völlig unbekannt.

Aus dem Funkgerät rauschte es, dann die bekannte Stimme aus der Einsatzzentrale: „Hier Zentrale für alle Wagen. Wir haben einen Helikopter, er ist in etwa fünfzehn Minuten in der Luft. Wie ist der Status? Over."

Kuhmunen bewegte seine Hand zu dem Handfunkgerät, um zu antworten. Er musste wohl melden, dass sie sich verfahren hatten. Doch noch bevor er auf den Sprechknopf drücken konnte, kam ihm ein anderer Streifenwagen zuvor.

„Hier Wagen 13. Wir sind im Myrveien, sind ihn zweimal abgefahren. Wir können keinen silbernen Mercedes ausfindig machen. Er ist nicht hier, ich glaube, Ivar Nielsen ist uns entkommen. Over"

Killgren schlug mit der Faust gegen das Lenkrad, bremste ab. „Scheiße!" Der ältere Polizist fuhr den Wagen auf den Seitenstreifen und sah dann stumm Mikkel an. Der wich seinem Blick aus, fokussierte ein letztes Mal die Karte auf seinen Knien. Zu guter Letzt lächelte er und machte eine entschuldigende Geste mit seiner schlanken Hand. „Tut mir leid."

Killgren atmete lautstark aus und ließ das Fenster runter, steckte sich eine Camel an. „Schon in Ordnung." Er sog fest an der Kippe. „Ich wusste auch nicht, wo der verdammte Myrveien ist."

„Ich bin kein besonders guter Kartenleser, oder?", fragte Mikkel.

Killgren schürzte die Lippen und schüttelte den Kopf. „Nein, bist du nicht. Aber auf Spitzbergen habt ihr ja auch nur eine Straße ..."

Die beiden Männer lachten. Killgren nahm einen letzten tiefen Zug, drückte die Zigarette dann in den Aschenbecher. „Keine Sorge, ist nicht deine Schuld. Warum war der Helikopter nicht viel früher in der Luft? Das würde ich gerne wissen, dann wäre Nielsen uns nicht entkommen." Er startete den Motor. „Egal, er wird nicht ewig untertauchen können. Ich schlage vor, dass wir zu seinem Haus zurückfahren, vielleicht haben die Kollegen da irgendetwas Brauchbares gefunden."

KAPITEL 35

Karl hatte den Keller übernommen, nachdem der Spürhund dort weder auf Betäubungsmittel noch auf Leichengeruch angeschlagen hatte. Doch auch er hatte nicht viel gefunden; in einer Umzugskiste stapelten sich alte VHS-Videokassetten, einige davon Pornofilme, jedoch nichts, wofür Ivar in strafrechtliche Erklärungsnöte gekommen wäre.

Jetzt stieg Karl die schmale Treppe nach oben. Er hörte Kuhmunens Stimme aus dem Gang. Mit einem Ruck schloss er die Kellertür hinter sich und begrüßte die Kollegen. Insbesondere der Mann aus Spitzbergen blickte finster drein.

„Was ist los, ist Nielsen euch entkommen?"

Kuhmunen kratzte sich am Hals. Killgren wollte etwas sagen, hatte ein schelmisches Grinsen auf dem Gesicht, doch im selben Augenblick ertönte ein triumphierender Aufschrei aus der oberen Etage.

Karl hastete nach oben. Gleich im ersten Zimmer neben der Treppe sah er den Spürhund in einem kleinen Gästezimmer, nur ein Bett und ein paar Umzugskartons befanden sich darin. Der Hund hechelte und wedelte mit dem Schwanz. Der Hundeführer kraulte ihm das dicke Fell, redete auf ihn ein und gab dem Tier ein Leckerli als Belohnung. Karl starrte auf das Bett, als die

Kollegen die Matratze anhoben und in dem Gestell, unter einem Lattenrost mehrere Gefrierbeutel zum Vorschein kamen.

Karl kniete sich neben Killgren, der seine Handschuhe anzog und einen Beutel mit grünlichem Inhalt öffnete. Sofort stieg ihm der penetrante Duft von Marihuana in die Nase.

„Dafür geht Nielsen doch nicht mal in den Knast", stellte Kuhmunen hinter ihm fest.

„Warte ab", antwortete Killgren und öffnete den darunterliegenden Beutel. Karl erkannte ein kristallines, bläulichweißes Pulver. Der Kollege des Drogendezernats nahm einen der größeren Steine zwischen Daumen und Zeigefinger und hielt ihn in die Luft. Langsam nickte Killgren, grinste dann. „Crystal Meth", saget er leise.

„Ist das der Stoff, nach dem wir suchen, oder das Zeug von der Insel?", fragte Mats, der nun ebenfalls in den Raum getreten war.

Killgren sah kurz auf, hielt den Brocken über die Plastiktüte und drückte die Finger zusammen, woraufhin einige kleinere Fragmente abbröselten und zurück in die Tüte fielen. „Wir untersuchen das im Labor, die können den Reinheitsgrad feststellen. Aber für mich sieht das Zeug nicht besonders professionell aus. Ich glaube vielmehr, das ist das Meth, das auf der Insel hergestellt wurde."

Karl, Mats, Kuhmunen und Killgren standen neben dem Lieferwagen der Spurensicherung, in den Therese Thorstensen einen Karton mit Beweismaterial verlud. Killgren hatte sich eine Zigarette angesteckt und den

Kollegen von der erfolglosen Verfolgung Nielsens berichtet, hatte kein Detail ausgelassen.

Karl schmunzelte, legte dem Beamten aus Spitzbergen die Hand auf die Schulter. „Meinst du, sie schicken dich jetzt wieder nach Spitzbergen zurück, Mikkel?"

Killgren sprang ein: „Møller zwingt dich bestimmt, an einem Orientierungskurs der Pfadfinder teilzunehmen. Da lernen sie nämlich das Kartenlesen."

Die drei Männer lachten. Kuhmunen versuchte anfangs eine ernste Miene beizubehalten, gab den Versuch dann aber auf und musste ebenfalls schmunzeln. Sein älterer Partner blies etwas aschfahlen Rauch in den trüben Nachmittagshimmel.

„Weißt du, Karl", sagte er, „auf Spitzbergen haben sie ja keine Straßennamen, da gibt es nur die eine Straße."

Ein erneutes Auflachen.

„Jetzt lasst ihn mal in Ruhe", sagte Mats. „Wir finden Nielsen schon noch."

Karl gähnte. „Ja, sicher tun wir das. Kriminelle in seiner Gewichtsklasse haben kein ausgeklügeltes Netzwerk, sodass sie sich länger verstecken könnten. Außerdem glaube ich nicht, dass er besonders vorsichtig sein wird. Der Kerl ist nun wirklich keine Intelligenzbestie." Er sah auf seine Uhr, warf dann einen Blick zu Nielsens Haus hinüber. Therese war damit beschäftigt, das Siegel der Polizei an der Tür anzubringen. „Mats, sollen wir los?"

In diesem Augenblick vibrierte das Mobiltelefon in Karls Hosentasche. Er erkannte die Nummer. Es war das Krankenhaus.

KAPITEL 36

Mats warf seinem Beifahrer einen flüchtigen Blick zu. Er konnte Karl ansehen, dass er bekümmert war. Vor einem Jahr hätte er noch auf ihn eingeredet, ihn ausgefragt; doch er kannte seinen Partner nun bereits gut genug, um in solch einer Situation am besten den Mund zu halten.

Karl hatte kaum ein Wort gesagt, seit er den Bescheid vom Krankenhaus erhalten hatte, hatte das Handy in seine Jackentasche gleiten lassen und wortkarg erklärt, dass sie sofort in die Klinik fahren müssten. Der Zustand von Harri, dem Sohn seiner Nachbarin, habe sich verschlechtert. Es sei kritisch, hatte der Arzt wohl gesagt.

Soweit Mats die Situation verstand, kannte Karl den jungen Mann nicht einmal sonderlich gut. Es musste also eher an der Mutter des Patienten liegen, an Flora. Karl hatte sie wirklich gern, hatte ihn im Frühling sogar überredet, ihre Hecke mit ihm zu beschneiden. Nicht, dass es ihm etwas ausgemacht hätte, er mochte diese Art von Gartenarbeit ja.

Mats steuerte auf den Parkplatz des Hospitals und fand dort einen freien Platz gleich neben dem Haupteingang. Er verschloss den Wagen und eilte dem Kollegen hinterher in das Klinikum. Karl stand bereits gedankenverloren an der Rezeption, als er ihn eingeholt hatte.

„Harri Mäkikomsi. Auf welcher Station liegt er?", fragte Karl und Mats konnte nicht genau hören, was die junge Frau antwortete. Er trat einen Schritt näher, beobachtete seinen Partner, der in leicht gebückter Körperhaltung vor dem Schalter stand. „Nein, ich bin nicht mit ihm verwandt, ich bin von der Polizei. Lassen Sie uns jetzt bitte zu ihm hoch?"

Die Frau antwortete und Karl nickte. „In Ordnung. Zimmer 207. Danke."

Zimmer 207 befand sich auf der Intensivpflegestation im zweiten Stockwerk. Mats folgte seinem Partner schweigend in den Fahrstuhl, durch einen langen Gang und eine automatische Glastür in einen weiteren Empfangsbereich. Dort saß ein junger Mann vor einer Wand aus Bildschirmen, über die er die Intensivpatienten überwachte. Nachdem Karl erklärt hatte für wen sie da waren, rief der Mann den Intensivpfleger, der für Harri zuständig war. Dieser führte sie in ein kleines Wartezimmer.

Der Pfleger, der sie freundlich anlächelte und sich als Daniel vorstellte, sagte, dass er nachsehen würde, ob sie Harri nun besuchen könnten. Er erklärte, dass der Patient nicht bei Bewusstsein sei und verschwand im Korridor.

Mats sah sich um. In dem schmalen Raum saßen ein Mann und eine junge Frau ihm gegenüber auf einem Sofa, wahrscheinlich ein Vater mit seiner Tochter. Die junge Frau hatte verweinte Augen, immer wieder entfuhr ihr ein leises Schluchzen. Auch der ältere Mann sah unglücklich aus und es war nicht schwer zu erahnen, dass die beiden auf Neuigkeiten zum Gesundheitszustand eines geliebten Familienmitglieds warteten. Die Prognose schien jedenfalls nicht sonderlich gut zu sein.

Die Frau begegnete seinem Blick und Mats realisierte, dass er die beiden angestarrt haben musste. Sofort sah er betroffen auf den Linoleumboden vor seinen Stiefeln.

Was für ein schrecklicher Raum.

Er wandte sich zu seinem Partner um, der ebenfalls mit leerem Blick auf den Boden starrte.

Endlich kam Daniel zurück. Er beugte sich zu Karl hinunter und sprach leise in sein Ohr. Mats hatte Schwierigkeiten, ihn zu verstehen. Daniel hatte einen komischen Dialekt, Südschweden, Skåne, vielleicht Malmö. Anscheinend war Harris Mutter – Flora – bei dem Patienten und sie mussten noch etwas warten. Dann zuckte der Pfleger entschuldigend mit den Schultern und blickte die Beamten mitfühlend an.

„Und wie geht es ihm?", fragte Mats leise auf Schwedisch. Der Pfleger erwiderte seinen Blick, sah zu der Tochter und dem Vater hinüber und bedeutete Karl und Mats dann, ihm auf den Gang zu folgen.

Mats stand erleichtert auf, folgte Daniel bis zu einem vollautomatischen Getränkeautomaten. Dort faltete der andere Schwede die Hände vor der Brust und nickte ihnen aufmunternd zu. „Es geht ihm den Umständen entsprechend." Er wurde ernst. „Aber das ist ein Teufelszeug, dieses Edelweiß. Ich hoffe, Sie finden die Hintermänner so schnell wie möglich, sonst haben wir hier in Zukunft viel zu tun." Daniel stellte einen

Pappbecher in den Automaten. „Wir hatten eigentlich gedacht, dass er bereits auf dem Weg der Besserung sei; doch dann ist sein Immunsystem zusammengebrochen. Wir wissen nicht genau warum, aber es kann wohl einen psychosomatischen Zusammenhang geben. Das Einzige was wir machen konnten war, ihn in ein künstliches Koma zu versetzten. So können wir dem Körper ein paar Funktionen abnehmen, ihn entlasten. Seine Mutter ist schon den ganzen Tag bei ihm und hält seine Hand. Er scheint das zu spüren, ist ganz ruhig."

Karl nickte langsam. „Kommt er durch?"

Daniel nahm den Kaffee, zögerte und sah kurz auf den Boden, bevor er Karl antwortete. „Wir tun unser Bestes."

Karl wollte unbedingt noch nach Flora sehen. Doch Daniel ließ nicht mehr als zwei Personen gleichzeitig bei dem Patienten zu. Mats war das ganz recht und er setzte sich wieder in den Warteraum, nickte dem älteren Mann zu, musterte dann erneut den Fußboden. Einen Augenblick später kam ein Arzt in den Raum, sprach in gedämpftem Tonfall mit den beiden Familienangehörigen ihm gegenüber. Schließlich verließ der Mediziner den Warteraum und die junge Frau fing neuerlich an verzweifelt zu weinen.

Mats massierte nervös seine Handflächen. Er hatte nicht lauschen wollen, es jedoch nicht vermeiden können. Die Mutter der jungen Frau schien an einem unheilbaren Krebsleiden zu sterben, ein Gehirntumor, Endstadium. Eine Operation war unmöglich, sie konnten nur noch palliative Maßnahmen vornehmen.

Wie hielt das Personal das bloß aus, dieses Leid jeden Tag?

Mats stand auf, musste weg, raus auf den Korridor. Vorsichtig schloss er die Tür hinter sich, lief auf dem Gang auf und ab, blickte immer wieder auf die Tür zu Zimmer 207 etwas weiter den Flur hinunter. Karl war nun schon fast eine Viertelstunde mit Flora und Harri allein. Mats holte sein Handy aus der Tasche, um Silja eine Nachricht zu senden, denn er war spät dran und sie würde sicher bald unruhig werden. Noch bevor er die SMS absenden konnte, bemerkte er aus dem Augenwinkel, dass die Tür aufging.

Karl trat auf den Gang, am Arm führte er eine ältere Dame. Es war natürlich Flora. Langsam ging er ein paar Schritte auf die beiden zu. Ihr Gesicht wirkte blutleer, die Haut kreidebleich. Als er sie das letzte Mal gesehen hatte, hatte sie gelacht, war sehr freundlich zu ihm gewesen, hatte ihn *Rotta* genannt, was auf Samisch *Schweden* bedeutete. Heute wirkte sie mindestens zwanzig Jahre älter.

Karl sprach sanft zu ihr, eine Hand hatte er auf ihre Schulter gelegt. Mats nahm ihren anderen Arm, stützte sie und gemeinsam brachten sie die Dame in den Warteraum, dessen Tristesse er eben erst entflohen war.

Anschließend traten die beiden Beamten auf den Korridor.

„Wie geht es ihm? Kann ich etwas tun?", fragte Mats.

„Nein, fahr ruhig nach Hause. Ich bleibe noch einen Moment hier."

Mats nickte. Doch dann fiel ihm ein, dass Karl gar kein Auto beim Krankenhaus hatte, sie mit dem Dienstwagen gekommen waren. „Soll ich dich später abholen? Ich könnte nach dem Mittagessen wiederkommen ..."

Sein Partner schüttelte den Kopf. „Nein, danke. Kein Problem, ich nehme mir ein Taxi. Ich will Flora nicht allein lassen." Er klopfte Mats sanft gegen die Schulter, lächelte. „Wir sehen uns morgen auf dem Präsidium." Dann drehte er sich um und steuerte auf den Warteraum zu.

Mats stand noch einen Augenblick schweigend auf dem leeren Korridor, bevor er schließlich leise seufzte und zu den Aufzügen ging.

KAPITEL 37

Daniel Killgren sah auf seine Armbanduhr. Er gähnte, noch fünf Minuten, dann würde er Pause machen. Dass er müde war, war keine Überraschung, hatte er doch an diesem Morgen seit 6.00 Uhr am Grenzübergang Storskog Dienst geschoben. Auch am Vorabend war er wegen Ivar Nielsen erst spät nach Hause gekommen. Daniel verstand ja, dass die Kollegen an der Grenzstation unterbesetzt waren, aber in seinem Alter – und um ehrlich mit sich selbst zu sein: in seiner körperlichen Verfassung – setzte einem dieser Dauerbetrieb arg zu. Vielleicht hatte Kuhmunen ja recht und er sollte wirklich das Rauchen aufgeben und wieder mit dem Fußballspielen anfangen. Nein, beides auf einmal war etwas happig. Er würde Sport machen, dazu konnte er sich einfacher durchringen.

Wie dem auch sei, er war kein junger Mann mehr und der kalte Ostwind drang in seine Knochen. Vom Stehen taten ihm zudem die Knie weh. Ein kleiner Imbiss im Magen würde ihm guttun, dann eine Camel und ein Kaffee und er wäre wieder auf der Höhe.

Daniel musterte die endlos lange Blechlawine, die sich langsam von der russischen Seite her auf die Grenzstation zubewegte, die einsam in dem gedrungenen Kiefern- und Birkenwald stand. Es waren einfach zu viele Fahrzeuge, Autos und LKW, und die Polizei hatte zu wenige Beamte, um mit dem Ansturm fertigzuwerden. Wenigstens hatte Oslo nun reagiert und sie hatten das Röntgengerät erhalten. Es war erst gestern installiert worden. Mit dem Riesen-Scanner konnten sie nun verdächtige LKW durchleuchten, das ging viel schneller, als die gesamte Last auszuladen, um sie dem Spürhund zugänglich zu machen.

Mit dem Handrücken einer Hand wischte Killgren sich über die Stirn und mit der anderen winkte er ein Fahrzeug durch. Eine junge Familie in einem Skoda Kombi. Das instinktive Warnlämpchen in seinem Kopf, das er sich in dreißig Jahren Polizeidienst angeeignet hatte, blieb dunkel. Sie konnten sowieso nicht jedes Auto durchsuchen, dann würde der Verkehr vollständig zum Stillstand kommen und das, das hatte der Fylkesmann, der oberste Regierungsvertreter der Finnmark, den Polizisten klargemacht, sollte auf keinen Fall passieren. Der Grenzhandel spülte einen Haufen Geld in die Staatskasse, da war es wohl egal, ob sie gerade gegen eine Drogen-Epidemie ankämpften. Also hielten sie nur die verdächtigen Wagen an.

Daniel verlagerte sein Gewicht vom einen auf das andere Bein, blickte erneut auf seine Uhr und lächelte, es war endlich Mittagszeit und er konnte sich im Pausenraum etwas aufwärmen und seine belegten Brote essen.

Er gab einem Kollegen ein Zeichen und verließ seinen Posten. Da fiel ihm ein Golf II mit russischem Kennzeichen auf, der langsam an ihm vorbeirollte. Der Wagen hatte einen Spoiler, das Fahrwerk war tiefergelegt und der Fahrer, ein junger Mann, sah stur auf die Fahrbahn vor ihm. Auch der Beifahrer, noch so ein halbwüchsiger Kerl, mied seinen Blick. Die beiden waren nach Daniels Geschmack etwas zu konzentriert bei der Sache. Der erfahrene Polizist seufzte, drehte sich zu den Kollegen um. Zu seiner Erleichterung hatte eine Kollegin dieselbe Ahnung gehabt, denn sie winkte den Wagen bereits zur Seite und trat an das Fenster, um mit dem Fahrer zu sprechen.

Daniel spazierte weiter auf den Pausenraum zu, der sich in einem flachen Anbau neben der Grenzstation befand. Als er die rechte Hand schon an die Tür gelegt hatte, fiel ihm erneut etwas auf. Die Warnlampe in seinem Kopf war angesprungen. Irgendetwas stimmte da nicht, polizeiliche Intuition vielleicht. Ruhig blieb er stehen und fixierte einen Kleinbus, der langsam an den Kollegen vorbeifuhr. Das Logo des Reiseveranstalters hatte er bereits mehrmals in den letzten Tagen gesehen. Es musste sich um so etwas wie eine Kaffeefahrt handeln, durch die Fenster konnte man Senioren sehen, die teilweise geistesabwesend, teilweise sehr interessiert aus dem Bus schauten. Das war an sich nichts Ungewöhnliches. Jedoch glaubte er, eine der Personen wiederzuerkennen. Hinter dem Fahrer, gleich in der ersten Reihe, saß ein Mann. Er trug ein auffallendes gelbes Hemd mit buntem Blumenmuster, während die Kleidung der anderen Rentner eher in klassischen Grautönen gehalten war. Eine Art Hawaiihemd, ziemlich exotisch für die Bewohner der kühlen Oblast Murmansk. Aber noch ungewöhnlicher war, dass der Mann innerhalb weniger Tage zwei Mal an der gleichen Kaffeefahrt teilnahm. Oder war es das dritte Mal, das ihm das Hawaiihemd aufgefallen war? Das war doch nicht normal, auch wenn das Leben im Altersheim langweilig sein mochte.

Daniel biss sich nachdenklich auf die Unterlippe. Er blickte in den Pausenraum, dann wieder auf den Bus, aus dem das grellgelbe Hemd ihn noch immer anleuchtete. Schließlich fluchte er leise und nahm das Funkgerät aus der Brusttasche.

„Jungs, Killgren hier. Haltet mal den Mercedes-Kleinbus mit dem Delfin im Logo an, der mit den Senioren an Bord."

Es rauschte aus dem Gerät, dann war Kuhmunens Stimme zu hören. „Das ist kein Delfin, das ist ein Stör."

Killgren grinste. *Kuhmunen, was für ein Klugscheißer.* Er drückte den Sprechknopf. „Ja, den mit dem blöden Fischkopf."

Ein kurzes Rauschen. „Bist du dir sicher? Für mich sieht das nach einer Kaffeefahrt aus."

„Ja, ich bin sicher, Grünschnabel. Jetzt mach schon, wink ihn raus. Ich komme gleich zu euch."

Daniel ließ das Funkgerät wieder in die Tasche gleiten. Er warf einen letzten Blick in den Pausenraum, ließ dann den Türgriff los. Die Müdigkeit war wie verflogen und er ging eilig auf die Kontrollstation zu, wo der Kleinbus gerade zum Stehen gekommen war. Daniel gab dem Hundeführer, der noch an dem Golf II stand, ein Zeichen. „Komm, wir brauchen den Hund gleich in dem Bus."

Dann war er neben dem Sprinter, musterte im Vorbeigehen das Logo auf der Seite. Verdammt, Kuhmunen hatte recht. Das war kein Delfin.

Er trat an die Tür, die mit einem Zischen aufging. „Do you speak English?", fragte er den Fahrer und stieg geschwind die zwei Treppenstufen nach oben. Die Schmerzen im Knie spürte er jetzt nicht mehr und auch seine Nikotinsucht hatte er in diesem Augenblick vergessen. Das alles war ausgeblendet, sein Jagdinstinkt hatte eingesetzt.

KAPITEL 38

Karl blickte in seine Karten, streichelte geistesabwesend den Kater Nossan, der sich unter dem Tisch an sein Bein geschmiegt hatte. Er starrte auf den Haufen Geld in der Mitte des Tischs; sicher dreihundert Kronen, wenn nicht mehr. Dann blickte er auf den kleinen Stapel Münzen vor sich, Scheine hatte er gar keine mehr. Er verzog den Mund.

Auch der Haufen, der vor Kuhmunen auf dem Tisch lag, war nicht mehr der Rede wert. Nur ein Kartenspieler hatte an diesem Abend Glück im Spiel gehabt. Mats, wie immer. Scheine und Münzen lagen ungeordnet zwischen seinen Armen. Sein Vermögen hatte proportional zu Karls Verlusten zugenommen und der blonde Kerl hatte sichtlich Schwierigkeiten, seine gute Laune zu verbergen. Warum hatte Karl sich nur schon wieder breitschlagen lassen, beim Kartenspiel miteinzusteigen?

Verächtlich schnaubte er und schmiss die Karten weg. „Ich bin raus." Mit der Hand rieb er sich über die geschlossenen Augen.

Auch Kuhmunen stöhnte zu seiner Linken, legte dann ebenfalls seine Karten auf den Tisch. „Du hast gewonnen, Mats. Ich habe für heute genug."

Der Schwede hatte ein verschmitztes Grinsen auf dem Gesicht. „Wirklich? Es ist doch noch früh." Als er keine Antwort bekam, zuckte er mit den Schultern und fing an den Gewinn zu kleinen Haufen zu ordnen.

Karl seufzte matt und stand auf. „Erzähl doch mal, Mikkel. Der Bus mit den Senioren, das war ganz sicher der Stoff, den wir suchen? Edelweiß?"

Kuhmunen nickte. „Jepp, wir sind uns sicher und die Kollegen im Labor haben es bestätigt. Der Reinheitsgrad, die Farbe."

„Das wars also, die Jagd ist vorbei?"

Der Mann aus Spitzbergen schüttelte den Kopf, während er ein paar kleinere Münzen in seinem Portemonnaie verstaute. „Nein, das wohl nicht. Aber wir haben den Nachschub entschieden behindert. Noch wichtiger: Wir wissen jetzt, wie der Stoff ins Land gekommen ist."

Mats steckte drei Fünfhundert-Kronen-Scheine in seine Geldbörse. „Die Rentner haben das Meth geschmuggelt?"

„Nein", antwortete Kuhmunen, „das glauben wir nicht. Zumindest nicht bewusst. Sie wurden ebenfalls reingelegt, die Hintermänner sind andere. Die Kaffeefahrten wurden den Altersheimen in der Region zu Spottpreisen angeboten. Sie haben die Sporttaschen vom Reiseveranstalter bekommen. Angeblich sollten sie Werbegeschenke beinhalten. In den Boden war das Methamphetamin eingenäht. So kam der Stoff nach Norwegen." Kuhmunen stand auf, öffnete den Kühlschrank und blickte Karl fragend an. „Noch ein Bier? Oder willst du lieber ins Bett gehen?"

Karl schüttelte müde den Kopf. „Wie wollten die Dealer den Stoff denn hier von den Pensionären wiederbekommen? Habt ihr da irgendeine Idee?"

Kuhmunen nahm die Snus-Dose, die vor Karl auf dem Tisch lag und hebelte damit den Kronkorken von der Flasche. Dabei brach etwas Plastik von der Dose ab. „Entschuldigung", sagte er mit einem verlegenen Grinsen. „Die Kaffeefahrten endeten bei einem russischen Restaurant in Alta, dem *Troika*. Dort wurden die Gäste mit Bingo und einem Mittagessen unterhalten. Wir gehen davon aus, dass die Betreiber des Ladens die Taschen der alten Herrschaften da dann ausgetauscht haben. Die Senioren sind mit den neuen Taschen wieder in den Bus gestiegen und nach Murmansk zurückkutschiert worden. Dem alten Herren, der Killgren aufgefallen ist, haben die Fahrten wohl besonders viel Spaß gemacht. Da hat er sich bei den niedrigen Preisen gleich mehrere davon gegönnt. Dass er dabei immer diese grellen Hemden anhatte, war unser Glück"

Mats stand auf und nahm sich ebenfalls ein Bier. „Wie lange es wohl dauert, bis sich ein neuer Schmuggelweg findet?"

Kuhmunen hob die Hände in einer unsicheren Geste. „Keine Ahnung, aber uns gibt das zumindest eine Verschnaufpause. Solange wir die Hintermänner nicht gefasst haben, ist die Gefahr aber noch nicht vorbei. Die gute Nachricht ist, dass wir endlich die Drohnen bekommen haben, damit können wir die grüne Grenze viel besser überwachen. Ich habe mir die Grenzlinie bei der Jakobselva mit Daniel zusammen angesehen – das ist wirklich ein offenes Scheunentor, viele hundert Kilometer breit. Da wird uns die Technik helfen. Ich bin deshalb optimistisch, dass ...“ Kuhmunen brach abrupt ab. Es hatte an der Tür geklingelt.

Karl blickte erstaunt auf die Uhr – es war Viertel nach elf abends – dann in den halbdunklen Flur, der zur Eingangstür führte.

„Erwartest du jemanden?“, fragte Mats.

„Nein, natürlich nicht.“ Karl trat in den Korridor und schaltete das Licht an. Sorge stieg in ihm auf. Konnte es Flora sein? Möglich, dass sie schlechte Nachrichten aus dem Krankenhaus bekommen hatte. Oder noch schlimmer: Waren das etwa die Rettungssanitäter, die die alte Dame mit einem Herzinfarkt auf der Straße liegend gefunden hatten? Karl schluckte und trat an die Eingangstür, warf einen Blick durch die milchige Glasscheibe auf die beleuchtete Veranda. Niemand zu sehen. Für einen Klingelstreich war es deutlich zu spät, die Jungs aus der Nachbarschaft lagen doch sicher längst in ihren Betten und schliefen. Vorsichtig trat Karl neben die Tür und zog den Vorhang zur Seite, der ein kreisrundes Fenster zum Vorbau hin abdeckte. Die alte Verandalampe tauchte die Fußmatte und die braunen Dielen vor seiner Eingangstür in warmes Licht. Der Lichtkegel der Lampe verlor sich jedoch schnell in der Dunkelheit des Gartens. Karl drehte sich um und durch den Flur sah er in die gespannt dreinblickenden Gesichter der Kollegen in der Küche.

Er schüttelte den Kopf, sah noch einmal durch das Fenster. Erinnerungen an den letzten Winter stiegen in ihm hoch, als Ivar Nielsen versucht hatte Nossan zu entführen. Der Mistkerl hatte die Katze nicht bekommen, dafür aber seinen Audi zerkratzt. Das Erbstück, die letzte Erinnerung an seinen Vater Olav.

Seine Nackenhaare stellten sich auf. War Nielsen wieder in seinem Garten, wollte er sich womöglich dafür rächen, dass sie sein Haus durchsucht hatten? Aber warum hatte der Idiot dann geklingelt?

Oder wollte er ihn aus dem Haus locken? Karl hatte nicht vor, sich erneut von dem Kriminellen überrumpeln zu lassen. Wut stieg in ihm auf.

Er fuhr herum, trat an die Kommode und nahm seine Pistole, steckte sie sich unter den Wollpullover und schloss die Tür auf. Er scannte den Garten hinter dem Haus, dann die Auffahrt hinunter zur Straße. Die Grünfläche lag still im Dunkeln, die Einfahrt war leer. Nur sein Audi 80 stand dort.

Karl hörte das Blut in seinen Ohren pochen. Er stieg von der Veranda und verzog den Mund, als der Kies laut unter seinen Hausschuhen knirschte. Auf dem Gras neben der Einfahrt ging er einige Meter auf die Straße zu, checkte hastig den Audi, der keinen offensichtlichen Schaden aufwies. Schließlich schweifte sein Blick die Straße hinab zu dem trüben Licht der Laterne. Es war auch dort nichts Ungewöhnliches auszumachen. Der Weg lag vollkommen ruhig und leer, bis auf einen Kleinwagen, der etwas außerhalb des Lichts der Straßenlaternen abgestellt war. Karl atmete langsam aus, wollte bereits den Rückweg ins Haus antreten. Doch aus dem Augenwinkel bemerkte er eine Bewegung an dem Auto.

Karl kniff die Augen zusammen, blieb wie angewurzelt stehen und seine rechte Hand wanderte langsam unter den Pullover zu der Dienstwaffe.

Jemand trat aus dem Dunkel hinter dem Wagen auf die Straße

Karl blieb vollkommen still, die Finger spürten den kalten Stahl. Dann trat die Person in den Lichtkegel der Straßenlaterne. Es war ein Mann. Langes lockiges Haar. Karls Hand schloss sich um die Waffe, er zog sie hervor und hielt sie hinter dem Rücken.

„Wer ist da?", fragte er mit lauter Stimme.

Der Kerl schien sich erschrocken zu haben, blieb stocksteif im Schein der Straßenlaterne stehen. Dann hob er langsam beide Hände. Er war unbewaffnet.

„Herr Sortland?", fragte er. „Sind Sie Kommissar Sortland?"

Karl ging zwei Schritte auf die Person zu. „Ja, bin ich. Und wer sind Sie?"

„Ich bin Jakob … Jakob Vesterbekkmo."

KAPITEL 39

Karl musterte den kleinen Bruder des Mordopfers, der an seinem Küchentisch Platz genommen hatte. „Wir duzen uns, in Ordnung?"

Jakob Vesterbekkmo nickte.

„Willst du einen Kaffee, ein Glas Wasser?"

„Oder ein Bier?", fragte Mats freundlich.

Vesterbekkmo schüttelte den gesenkten Kopf.

„In Ordnung. Du sagst, du willst dich stellen. Und dass du meine Hilfe brauchst. Du möchtest also einen Deal, unter Polizeischutz gestellt werden, oder?"

Erneut nickte der Mann.

Karl runzelte die Stirn und nahm sich ein Snus. „Das kann ich dir heute Abend aber leider nicht versprechen, das kann nur die Staatsanwältin entscheiden. Wenn du jedoch nützliche Informationen über den Mörder deines Bruders hast – und mal angenommen, dass du tatsächlich in Gefahr bist –, dann sollte das kein Problem sein."

Der jüngere Vesterbekkmo sah ihn das erste Mal direkt an. „Ich kann euch noch mehr geben als nur den Mörder meines Bruders." Sein Blick wurde eindringlich. „Ich kann der Polizei helfen, die ganze Drogenepidemie, das Edelweiß, das alles zu beenden."

Einen langen Augenblick musterte Karl ihn schweigend. „Ja, das wäre wirklich interessant. Aber wie willst du das anstellen?"

Der Mann atmete langsam aus. „Das kann ich erst sagen, wenn ich in Sicherheit bin, einen Deal in der Tasche habe. Ich habe mit dem Anwalt meiner Schwester gesprochen und er hat mir geraten, dass ich auf eine schriftliche Abmachung bestehen müsse. Und das werde ich tun, ich möchte nämlich nicht für meine Hilfe ins Gefängnis wandern."

Kuhmunen sah ihn grimmig an. „Wenn du deinen Bruder ermordet hast, kann dir auch kein Deal helfen. Dafür und für die Drogen, die du hergestellt hast, gehst du in den Knast."

Vesterbekkmo sah mit einem Mal überrascht, fast zornig aus. „Ich habe meinen Bruder nicht ermordet!" Dann wurden seine Gesichtszüge milder, er seufzte und ließ sich auf dem Stuhl zurücksinken. „Aber ich weiß, wer es war. Und die gleichen Leute sind jetzt hinter mir her. Sie haben mir aufgelauert. Ich konnte ihnen gerade noch entkommen. Und jetzt weiß ich nicht mehr, wo ich mich verstecken kann." Nervös kratzte er sich am Arm, blickte auf den Holztisch vor ihm. „Ich werde euch alles erklären, das kann ich der Staatsanwältin schriftlich geben, ich habe sogar Beweise. Wenn ihr mir helft, mich beschützt und die Person festnehmt ... Dann beendet ihr auch den Schmuggel mit dem Edelweiß."

„Vielleicht haben wir das ja bereits getan und brauchen deine Hilfe gar nicht mehr", warf Kuhmunen ein.

Doch Karl machte eine beruhigende Handbewegung, wandte sich wieder Vesterbekkmo zu. „Du meinst also, dass der Mörder deines Bruders auch hinter dem russischen Meth steckt?"

„Ich glaube es nicht nur, ich weiß es." Dann hob er die Hand, um weitere Fragen zu unterbinden. „Mehr werde ich jetzt nicht sagen. Zuerst brauche ich Schutz, den Deal mit der Staatsanwaltschaft. Sonst bin ich auch bald tot." Er lehnte sich über den Tisch ein Stück nach vorne. „Es ist eure einzige Chance, zwei Probleme gleichzeitig zu lösen."

Karl sah den Mann einen Augenblick schweigend an. „In Ordnung", sagte er dann. „Ich werde mit meiner Vorgesetzten sprechen, und wenn sie zustimmt, kontaktieren wir die Staatsanwältin."

Auf dem Gesicht des Mannes breitete sich Erleichterung aus. „Danke."

„Eine Frage hätte ich allerdings noch", sagte Karl. „Woher kanntest du meinen Namen?"

Vesterbekkmo lächelte matt. „Lene Karlssen, meine Mitbewohnerin, sie hat mir deine Karte gegeben. Sie sagte, dass du vertrauenswürdig bist. Du wolltest ihr helfen, sie zu ihrer Mutter nach Lakselv fahren, so was macht doch kein normaler Polizist."

Karl trat in die Küche und stellte sich neben Mats. Er musterte Vesterbekkmo nachdenklich, strich sich die Ärmel seines Wollpullovers bis zu den Ellbogen hoch. „Also, Jakob, ich habe mit meiner Chefin gesprochen. Ein Streifenwagen wird dich gleich abholen und auf das Präsidium bringen. Du wirst in der Arrestzelle schlafen, unter Polizeischutz, dort bist du vorläufig sicher. Morgen sprechen wir dann mit der Staatsanwältin in Alta. Sie wird mit dir einen Deal aushandeln."

KAPITEL 40

Karl ließ sich in den Stuhl vor Ainos Schreibtisch fallen, blickte sie aus müden Augen an. Er hatte in der letzten Nacht wegen des plötzlichen Auftauchens von Jakob Vesterbekkmo nicht sonderlich viel geschlafen. Die Abteilungsleiterin nahm den Bericht, den er ihr mitgebracht hatte, und begann ihn zu lesen, ihre Augen flogen über das Papier.

Karls Aufmerksamkeit wanderte indes neben ihren Tisch, auf einen kleinen Reisekoffer. „Willst du verreisen?"

Sie sah flüchtig von dem Papier auf. „Was? Ja, ich werde am Nachmittag nach Den Haag reisen, eine Weiterbildung bei Europol."

Karl nickte nachdenklich und sie las weiter. Er gähnte, stand auf und trat ans Fenster: Auf dem Fjord war es still an diesem Morgen und auch am Fähranleger herrschte gähnende Leere. Das Hurtigruten-Schiff hatte heute wohl Verspätung. Die Terminal-Mitarbeiter schienen sich jedoch bereitzumachen, um das Fährschiff zu empfangen, es musste also jeden Augenblick um die letzte Biegung des Fjords gekrochen kommen.

Karl pfiff leise vor sich hin, hörte aber sofort damit auf, als die Abteilungsleiterin ihn mit hochgezogener

Augenbraue über den Bericht hinweg anblickte. Er ließ sich wieder in den Stuhl sinken und wartete still.

Endlich hatte Aino die Zusammenfassung auf den ersten Seiten fertig gelesen, rückte ihre Brille zurecht und blickte ihn an. „Und dieser ... Russe, dieser Adrijan Stojanovic, den sollen wir festnehmen? Wer ist das denn?"

Karl lächelte. „Er ist kein Russe, sondern Serbe. Wir hatten nichts über ihn, ich habe dann aber mit Interpol gesprochen. Die hatten eine Akte über den Kerl, ein Kriegsveteran aus dem Kosovokrieg. Scharfschütze. Das steht auch in dem Bericht, weiter hinten im Anhang. Nach dem Krieg hat er sein Geld wohl als Auftragsmörder in ganz Europa verdient. Mal arbeitete er für die Mafia in Italien, neuerdings für die Russen. Er ist für das Edelweiß in Norwegen verantwortlich, überwacht die Distribution für die Mafia in Murmansk. Und ja, genau den Kerl sollen wir festnehmen."

Aino musterte ihn einen Augenblick. „Und dann erklärt uns Vesterbekkmo, wie das alles zusammenhängt? Wer seinen Bruder ermordet hat? Und wer die Hintermänner sind und wie wir das Edelweiß auf Dauer stoppen können?"

Karl nickte. „Genau, das hat er gesagt. Irgendwie soll das alles zusammenhängen. Die Staatsanwältin hat schon ihr Okay gegeben."

Aino setzte ihre Brille ab, rieb sich die Augen. „Und Jakob weiß, wo dieser Stankovitch ist?"

„Stojanovic heißt er. Nein, leider wusste er das nicht. Aber er hat sich bereit erklärt, sich als Köder benutzen zu lassen. Die Mafia ist hinter ihm her, er weiß zu viel.

Wir müssen ihnen also nur irgendwie mitteilen, wo Jakob sich versteckt, dann kommen sie dorthin, um ihn umzubringen, und wir können sie festnehmen."

Aino stand auf und stellte sich ans Fenster, verschränkte ihre kurzen Arme hinter dem Rücken. Aus der Ferne war das Schiffshorn des Hurtigruten-Schiffes zu hören. Schließlich drehte sie sich wieder um. „Gut gemacht, Karl. Aber wir werden Jakob nicht als Köder benutzen. Stell dir vor, was der Polizeipräsident sagen würde, wenn ihm etwas passiert. Er bleibt schön in der Zelle."

Karl sah sie entgeistert an. „Und wie sollen wir dann den Serben finden?"

„Polizeiarbeit. Gute alte Polizeiarbeit, so finden wir diesen Stojanovic."

Karl schüttelte den Kopf. „Aino, über Jakob an den Serben heranzukommen ist unsere einzige Möglichkeit. Können wir es riskieren, die ungenutzt zu lassen?"

Sie musterte ihn einen Augenblick schweigend. „Du und Mats, ihr findet schon einen Weg. Und wenn es sein muss, dann könnt ihr Mikkel mit einspannen. Haltet mich auf dem Laufenden, ich muss jetzt zum Flughafen." Sie nahm ihre Handtasche auf und stutzte. Dann lächelte sie wissend. „Noch etwas, das hatte ich ganz vergessen. Bis ich wieder hier bin, möchte ich, dass du mich vertrittst."

Karl sah sie überrascht an. „Ich dich *vertreten*? Wie meinst du das?"

„Ich vertraue deinem Urteil, du hast dich im letzten Jahr sehr gut entwickelt. Und diesen Eindruck hast du heute bestätigt. Dass ihr dem Serben auf der Spur seid, ist das Ergebnis guter Arbeit." Sie legte ihren Kopf schief und lächelte. „Ich wollte es dir erst später erzählen, wenn ich wieder hier bin. Aber warum warten, wenn du Erfolge ablieferst. Ich habe dich dem Polizeipräsidenten als stellvertretenden Abteilungsleiter vorgeschlagen und er hat es am Telefon bereits abgesegnet."

Sie streckte ihm die Hand entgegen. „Du bist ein hervorragender Polizist. Wenn du dich selbst unter Kontrolle hast, dann denke ich, dass du mich eines Tages hier beerben könntest." Sie sah auf ihre Uhr und streifte ihre Jacke über. „Aber jetzt muss ich wirklich los."

„Dich beerben? Du bist doch nur ein paar Jahre älter als ich."

„Ja, aber man weiß nie. Vielleicht mache ich noch einmal etwas anderes." Sie lachte und schob ihn aus ihrem Büro. „Wie dem auch sei, du hast es verdient. Bis ich wieder hier bin, übermorgen denke ich, hast du das Kommando. Danach machen wir es offiziell." Aino schloss ihr Büro ab, dreht sich zu Karl. „Eine Sache verstehe ich aber nicht. Wir haben doch Jakobs Alibi gecheckt. War er denn nun zum Tatzeitpunkt nicht bei seiner Schwester in Bodø."

„Doch. Er hat die Wahrheit gesagt, er war in Bodø."

„Aber ihr hattet doch die Flüge, die Busse und die Mautstationen überprüft."

„Ja, das stimmt. Aber er war dort. Er hatte Angst, dass die Russen den Flughafen beobachten, deshalb ist er mit dem Auto gefahren. Nicht mit seinem eigenen, sondern mit dem Wagen seiner Freundin, dieser Lene Karlssen. Er hatte wohl Sorge, dass man sein Auto beschatten könnte. Karlssens Wagen haben wir in der Datenbank der Mautgesellschaft gefunden und auf dem Foto ist eindeutig Jakob zu sehen."

Nachdem Aino verschwunden war, ging Karl langsam in seinem Büro auf und ab. Er fühlte sich befremdlich leicht im Kopf. Stellvertretender Abteilungsleiter. Er hatte natürlich schon häufig über seine Karriere nachgedacht und darüber, was seine Ziele waren, wer tat das nicht. Er hatte an Kripos gedacht, die Spezialeinheit der Polizei in Oslo, die für besonders schwere Fälle und organisierte Kriminalität zuständig war. Besonders nach der Scheidung von Kari war ihm das logisch erschienen, denn auch sie war nach Oslo gezogen. Aber die Leitung der Ermittlungseinheit für Kapitalverbrechen? Ainos Stelle? Er war sich sicher, dass sein Vater sehr stolz gewesen wäre, wenn er das noch mitbekommen hätte.

In dem Augenblick öffnete sich die Tür und Mats trat ein. Karl berichtete seinem Partner von dem Gespräch mit der Chefin und der neuen Stelle, die er möglicherweise in der Abteilung bekleiden würde.

„Das ist doch großartig", sagte Mats mit einem ehrlichen Lächeln, das nur er so glaubwürdig hinbekam.

„Danke, es ist aber ja noch nicht offiziell. Erst einmal müssen wir den Serben in die Finger kriegen, das wird nicht einfach. Aber dann wären zwei Probleme gelöst, es ist also ein gewisses Risiko wert."

Mats sah ihn erwartungsvoll an und Karl hob beschwichtigend die Hände. „Ich glaube, dass ich einen Plan habe. Allerdings könnte mich das meinen neuen Titel gleich wieder kosten."

Sein Partner wirkte verwirrt. „Wieso das denn?"

Karl fuhr sich durch das lockige Haar. „Wir kommen an Stojanovic nicht heran. Außer wir benutzen Jakob als Köder, das hat er selbst vorgeschlagen. Wir locken die Russen zu uns, zu Jakobs Berghütte, nehmen diesen Serben dann fest. Ich glaube, das ist unsere einzige Chance." Er seufzte. „Aber die Idee fand Aino nicht gut. Sie will ihn nicht aus der Arrestzelle lassen."

Der Schwede fuhr seinen Bürostuhl näher an ihn heran. „Und du willst dich ihren Anweisungen widersetzten?", fragte Mats und seine Stimme klang fast traurig. „Das halte ich für keine gute Idee, Karl. Das Risiko ist einfach zu hoch. Um ehrlich zu sein, bin ich mit Aino einer Meinung, wir müssen einen anderen Weg finden."

Karl atmete langsam aus, zuckte dann mit den Schultern. „Wir könnten die Drogenepidemie stoppen und dazu noch unseren Mörder fassen." Er sah Mats mit einem schiefen Lächeln an.

Doch der schüttelte energisch den Kopf. „Es geht um Jakobs Sicherheit. Wenn ihm etwas zustößt, während er unter Polizeischutz steht — stell dir mal vor, was das für einen Skandal gäbe. Außerdem hat Aino nein gesagt."

„Siehst du Aino irgendwo?", fragte Karl bissig.

„Nein, natürlich nicht, sie ist auf dem Weg zum Flughafen."

„Und wer hat dann das Kommando?"

„Lass mich raten", sagte Mats matt. „Der stellvertretende Abteilungsleiter?"

Karl nickte. „Genau, und der segnet es ab."

Mats' Lippen wurden schmal. „Nein, Karl. Dieses Mal nicht, dieses Mal mache ich nicht mit. Lass dir etwas anderes einfallen, Aino hat nein gesagt. Ich brauche diesen Job, Silja und ich wollen ein Haus kaufen."

Karl schwieg einen Augenblick, blickte schließlich auf den Boden und nickte dann langsam. „In Ordnung, ich verstehe dich ja. Das Letzte, das ich will, ist, dich in Schwierigkeiten zu bringen." Er sah wieder auf und lächelte. „Danke aber für deinen Rat. Ich werde es noch einmal überdenken."

KAPITEL 41

Karl legte eine Hand auf den Türgriff, atmete langsam aus, öffnete die Fahrertür des roten Opel Corsa. Der Wagen, der auf Lene Karlssen zugelassen war und den Jakob Vesterbekkmo in der letzten Zeit gefahren hatte. Hoffentlich hatten die Russen das auch langsam verstanden und würden dementsprechend Ausschau nach dem Fahrzeug halten, denn er würde den Wagen an der Hütte parken.

Zum wiederholten Male kontrollierte Karl seine Waffe, ließ sie in das Holster unter seiner Jacke gleiten. Schließlich setzte er sich in das Fahrzeug und fluchte laut – er hatte sich am Lenkrad das Knie gestoßen. Nachdem er das Fenster heruntergekurbelt hatte, wandte er sich an Morten Nesby von der kriminaltechnischen Abteilung, der ihn in die Tiefgarage begleitet hatte: „Und du schickst dann in zehn Minuten die Nachricht von Jakobs Nummer an Ivar Nielsen?"

Das war nämlich ihr Plan A.

„Ja, das mache ich. In zehn Minuten schreibe ich, dass du, also Jakob, auf dem Weg zu der Hütte bist. Dass du Angst hast und dich dort verstecken willst. Wir sind das doch schon tausend Mal durchgegangen."

Karl nickte zufrieden. „Ich wäre dann so weit. Wünsch uns Glück." Er ließ den Motor an. Das leise

Hämmern hallte von den Wänden der Garage zu ihm zurück und erinnerte mehr an einen Rasenmäher als an einen Personenwagen. Er kurbelte das Fenster hoch und zeigte Morten einen nach oben gereckten Daumen. Dann fuhr er langsam los, bog vor dem Präsidium auf die E6 Richtung Süden, warf einen prüfenden Blick in den bedeckten Himmel. Nur vereinzelt kam dunkelrotes Sonnenlicht durch die Wolkendecke, scharlachfarben wie geronnenes Blut.

Karl seufzte und konzentrierte sich auf den Verkehr. Es sollte am Abend Regen geben, sogar von einem Gewitter hatte NRK berichtet, das konnte aber genauso gut auch an Kirkenes vorbeiziehen. Das Wetter war zu dieser Jahreszeit unberechenbar und oftmals bereits im Nachbartal ganz anders.

Wieder scannten seine Augen den Rückspiegel, dann die Seitenspiegel.

Der Kleinwagen rauschte über den Fylkevei 885, der entlang dem Langfjorden gen Süden führte. Das Gewässer lag dunkel zur Rechten und gelegentliche Windstöße kräuselten seine Oberfläche.

Allem Anschein nach war niemand Karl gefolgt. Er hatte es auch nicht wirklich erwartet, dass die Russen so schnell auf die Nachricht reagieren würden, oder dass ihn jemand im Ort gesehen hatte. Er musste darauf vertrauen, dass Ivar Nielsen die Nachricht an die Russen weitergeben würde. Ganz sicher würde der Mistkerl das tun, um seine eigene Haut zu retten.

Karl betrachtete gedankenverloren das Wasser, das bei Kirkenes mit dem kalten Fjord und dem Brackwasser der Barentssee zusammenfließen würde. Auf der anderen Uferseite, inmitten der in dunkle Herbstfarben getauchten Vegetation, stieg eine dünne Rauchsäule in den Himmel. Vielleicht ein Bauer, der Plastik verbrannte. Natürlich verboten, doch melden oder besser noch kontrollieren würde das in diesem abgeschiedenen Tal niemand. Er steuerte durch eine langgezogene Kurve, vorbei an einem verlassenen Bauernhof, der vor langer Zeit aufgegeben worden war, verlangsamte seine Fahrt, denn dort lag das kleine Birkenwäldchen oberhalb eines Sees, das Jakob Vesterbekkmo ihm beschrieben hatte. Hier musste es also sein, die nächste Abfahrt, der unscheinbare Kiesweg.

Karl fuhr den Wagen an den Seitenstreifen, wollte einen Moment warten, sehen, ob ihm wirklich niemand gefolgt war. Doch da war nichts, kein Auto auf der einsamen Landstraße, die sich am Ufer des Sees entlangschlängelte.

Er atmete tief ein, blickte auf die Hügel hinter dem See. Nicht weit entfernt hinter ihnen lag Russland. Darüber, scheinbar aus dem Nachbarland kommend, thronte ein noch düstererer Himmel. Von der blutroten Sonne war gar nichts mehr zu erkennen, nur dunkelgraue Gewitterwolken mit einem Hauch von Lila, die sich immer höher auftürmten. Plötzlich wehten einige gelbe Blätter von einer Birke am Wegesrand durch die Luft. Ein auffrischender Wind, der typischerweise kurz vor einem Gewitter auftrat.

Karl fuhr bis an das Ende der Kurve, von wo aus er bereits den nächsten großen See, den Bjørnvatten sehen konnte und wo der asphaltierte Fylkevei weiterhin dem Ufer des Sees gen Süden folgte. Doch auf der rechten Seite lag tatsächlich der unscheinbare Kiesweg, der in die bewaldeten Hügel hinaufführte.

Karl bog langsam ab und sofort hörte er das typische Knirschen des gemahlenen Granits unter den Reifen. Er steuerte den Wagen durch einen lichten Kiefernwald, vorbei an einer Vielzahl kleinerer sumpfiger Gewässer. Andere Menschen, geschweige denn entgegenkommenden Verkehr hatte er sowieso seit mehreren Kilometern nicht mehr gesehen. Soweit er wusste, gab es in der Gegend, wo sich die Hütte befand, keinerlei Gehöfte oder andere Hütten. Das Gebiet war selbst für die Finnmark abgelegen und die Vesterbekkmos schienen Wert auf ihre Privatsphäre gelegt zu haben.

Nach einer ganzen Weile auf dem Kiesweg beschrieb die Fahrbahn eine scharfe Linkskurve und stieg im selben Moment steil an. Die Reifen des Corsa hatten Schwierigkeiten, auf dem feuchten Fahrbahnuntergrund zu greifen, und immer wieder polterten die Kieselsteine in den Radkasten. Karl bremste, schaltete in den ersten Gang und ließ die Kupplung langsam kommen, woraufhin der Motor stotterte, aufheulte und sich behäbig in Bewegung setzte. Hier wäre ein Vierradantrieb von Vorteil gewesen, im Winter oder bei starkem Regen ginge es sicher gar nicht ohne.

Nach dieser letzten Steigung hatte Karl eine Anhöhe erreicht und der Weg endete an einem kleinen Wendeplatz. Er parkte den Wagen an dessen Scheitelpunkt und stellte den Motor ab. Sobald er die Tür schloss, umhüllte ihn sofort eine undurchdringliche Stille, die Stille vor einem Gewittersturm.

Karl folgte einem aufsteigenden Trampelpfad in den gedrungenen Kiefernwald, der auf die Hügelkuppe zuführte. Die Bäume waren alt, überall hingen Flechten, sogenannter Trollbart, in den Ästen. In der Ferne, unter den dunklen Wolken, erkannte er die felsigen Gipfel eines flachen Gebirgszuges, der auf der russischen Seite liegen musste. Den Namen kannte er nicht.

Er folgte dem Trampelpfad; um die Kuppe standen die Bäume noch lichter, und als er den höchsten Punkt erreicht hatte, konnte er darunter in einer Senke eine Einzäunung erkennen. Dahinter war die Hütte der Vesterbekkmos auszumachen. Besser gesagt das grasbewachsene Dach. Vor dem Zaun lagen eiszeitliche, moosbewachsene Granitfelsen und der Zaun selbst war eine traditionelle Absperrung aus schräggeschichteten, dünnen Kieferstämmen.

Unter dem Grundstück lag das weitläufige Tal mit dem See. Das Ferienhaus hatte einen atemberaubenden Ausblick und wurde nur von einer zweiten, geröllbedeckten Hügelkuppe auf der anderen Seite des Kiesweges überragt. Karl atmete die kühle Bergluft ein und sah sich einen Augenblick schweigend um. Wo waren die Kollegen? Er konnte keinerlei Anzeichen erkennen, dass sich irgendwer hier aufhielt, das ganze Anwesen wirkte verlassen.

Plötzlich hörte er ein Rascheln im Gebüsch zu seiner Rechten. Er fuhr herum, seine Hand glitt instinktiv unter seine Jacke an den Griff seiner Pistole. Dann entspannte er sich augenblicklich, erkannte den schlaksigen Mann, der hinter einem Felsen hervortrat.

„Mikkel."

„Karlemann. Du auch endlich hier?"

Kuhmunen trug eine Tarnjacke, hatte sich ein groß-
kalibriges Gewehr um die Schulter geschlungen.

„Wo ist Daniel?", fragte Karl.

Der Kollege deutete den Abhang hinunter. „Der sitzt
etwas weiter unten am Hang, hat von dort den Weg im
Blick. Er hat dich seit einiger Zeit beobachtet. Ist dir jemand gefolgt?"

„Ich glaube nicht, habe eine ganze Weile unten im Tal
gewartet. Und wo sind die Jungs der Einsatztruppe?" Eigentlich hatte die Spezialeinheit der Polizei ihnen sechs
Männer zur Unterstützung zugesagt.

„Keine Ahnung, sie sollten vor einer Stunde hier sein.
Aber wir haben keinen Empfang, sonst hätte ich schon
angerufen. Vielleicht hatten sie einen dringenderen
Einsatz."

Das heißt, wir sind allein? Nur du, ich und Daniel?"

Kuhmunen schüttelte den Kopf, deutete zur Hütte.
„Elisabeth vom Drogendezernat ist noch im Geräteschuppen. Lass uns dort erst einmal vorbeischauen,
dann überlegen wir, wo wir uns platzieren." Der Polizist aus Spitzbergen tippte auf ein Funkgerät, das er in
die Brusttasche gesteckt hatte. „Stell dein Gerät auf Ka-
nal sieben."

Kuhmunen führte Karl zu der Hütte. Der Himmel
hatte sich nun komplett zugezogen und immer wieder
war entferntes Donnergrollen zu hören. Karl betrat die
Terrasse, die um das gesamte Haus herum zum Tal hin
gebaut worden war. Im Wohnzimmer brannte Licht. Er
trat an das Gitter, das die Terrasse zum Abhang hin
umgab, und blickte hinab. Die Äste einer Kiefer, deren
Wurzeln sich zwischen dem Gestein und dem Moos
eingegraben hatten, tanzten in dem Luftstrom, der vom

Tal zu ihnen aufstieg. Kuhmunen stellte sich neben ihn und deutete auf einen breiten Felsen etwas weiter unten am Hang. „Da unten ist Daniel. Er wird uns warnen, falls ein Auto den Weg raufkommt. Könnte jederzeit passieren oder Morgen erst, wenn die Russen überhaupt kommen. Wer weiß."

Karl nickte. „Und wenn sie mit dem Auto kommen."

Kuhmunen bewegte seinen schmalen Kopf abwägend hin und her. „Wie denn sonst? Es ist sehr sumpfig hier oben, habe mich vorhin etwas umgesehen und ich glaube nicht, dass sie versuchen würden, durch den Wald und den Sumpf hier hochzukommen. Die kommen bestimmt mit dem Auto, die rechnen doch nicht mit Gegenwehr. Wenn dein Plan funktioniert hat, dann gehen die Kerle davon aus, dass Jakob allein ist."

Karl nickte, drehte sich um und blickte durch das Fenster in die Hütte; der Fernseher war angeschaltet und davor hatten die Kollegen einen Sessel aufgestellt. In den Stuhl hatten sie ein breites Kissen gelegt, dieses mit einer Wolldecke überdeckt und schließlich eine lockige Perücke darüber gehängt. Sogar ein Glas Wein hatten sie auf den Wohnzimmertisch gestellt. Mit etwas Abstand musste es tatsächlich so aussehen, als ob Jakob Vesterbekkmo dort in seinem Ferienhaus Unterschlupf gesucht hatte.

„Meine Idee. Gut, oder?", sagte Kuhmunen. Schließlich führte der Kollege ihn um das Haus herum zu einem Geräteschuppen, der leicht versetzt zwischen der Hütte und einem Felsvorsprung lag. Kuhmunen klopfte dreimal leise an die Tür. Im selben Augenblick klatschte ein erster kalter, dicker Regentropfen gegen Karls Stirn. Er blickte auf und erneut platschte es, als

276

ihn ein zweiter Tropfen traf. Er seufzte und trat hinter Kuhmunen in den Schuppen. Nachdem sie die Tür gerade geschlossen hatten, öffnete sich der Himmel vollends und ein heftiger Regen trommelte auf das flache Aluminiumdach des Gebäudes.

Karl begrüßte Elisabeth Malvik, die junge Kollegin aus dem Drogendezernat. Sie trug eine schusssichere Weste und überwachte mit einem Gewehr im Anschlag die Hütte durch das schmale Fenster des Schuppens. Man hatte von dort nicht nur den Eingang, sondern auch eine Seite der Terrasse im Blick.

Karl setze sich neben sie an das Fenster und starrte in den Regen hinaus, der nun in Schleiern über den Baumwipfeln niederprasselte. Bei diesem Wetter würden die Russen doch wohl nicht angreifen?

Karl steckte sich ein Snus in den Mund, bot Malvik und Kuhmunen ebenfalls einen Tabakbeutel an.

Kuhmunen lehnte ab und drückte Karl ein Gewehr in die Hand. „Hier, das haben wir dir vom Präsidium mitgebracht."

Karl nahm auch die Munition entgegen, packte sie in seine Jackentaschen. Dann warteten sie.

Das Trommeln des Regens auf dem Metalldach wurde immer lauter. Sie hatten die kleine Lampe gelöscht und warteten schweigend darauf, dass etwas passierte. Karl hatte mit Killgren gesprochen, der trotzt eines Regenponchos vollkommen durchnässt war. Er hatte nicht sonderlich glücklich geklungen, auch seine Zigaretten waren durchweicht. Ansonsten hatte er nichts zu berichten gehabt.

So war fast eine ganze Stunde vergangen und das Unwetter machte keine Anstalten, auch nur ein wenig nachzulassen. Erst wenn das geschah, wollten Kuhmunen und Karl ebenfalls draußen Stellung beziehen.

Plötzlich war über den Lärm ein Krachen, ein lauter Knall zu hören.

Karls Augen weiteten sich. Donner? Er starrte aus dem Fenster, blickte zuerst Malvik, danach Kuhmunen an.

„War das das Gewitter?", fragte er leise. Der Kollege schüttelte langsam den Kopf, entsicherte sein Gewehr. „Ich glaube, das war ein Schuss."

Karl blickte erneut vorsichtig durch das Fenster, doch es war so dunkel geworden und außer dem Regen und der sich beugenden Äste konnte er keine Bewegung erkennen. „Bist du sicher? Hörte sich nach Donner an."

Kuhmunen sah ihn unsicher an, zuckte mit den Schultern.

Karl nahm sein Funkgerät aus der Tasche. „Daniel, hier Karl. Hast du das gehört? War das ein Schuss oder Gewitterdonner? Haben wir möglicherweise Gesellschaft?"

Es knackte und raschelte. Dann hörte er Killgrens gedämpfte Stimme über das Prasseln des Regens auf seiner Kapuze. „Ich habe kein Auto gesehen. Der Weg ist ein Sturzbach, weiß nicht, ob sie da heute überhaupt noch hochkommen würden. Ich dachte, das wäre ein Donnergrollen gewesen. Aber ich schaue mal, ob ich etwas sehe." Dann wurde es kurz still, bevor Killgrens Stimme erneut zu hören war: „Wenn jemand geschossen hat, dann vielleicht vom Nachbarhügel aus. Aber ... ich kann ..."

Rauschen. Karl konnte Killgren nun über den Regen kaum noch verstehen. „Daniel, bitte kommen."

„... Also von der Kuppe, bei dem Geröllhaufen." Wieder wurde die Verbindung kurzzeitig abgebrochen. „... Ich habe gesagt, dass sie von dort eine gute Sicht hätten und freie Schussbahn auf die Hütte. Ich bleibe hier in Stellung, melde mich wieder. Daniel Over."

Erneut krachte es. Dieses Mal war Karl sich sicher, dass es ein Donnerschlag gewesen sein musste. Doch ein Blick in Malviks fahles Gesicht ließ ihn auch daran zweifeln.

Die Kollegin schüttelte langsam den Kopf. „Das war jetzt ganz sicher ein Gewehrschuss", sagte sie leise. „Ein großes Kaliber."

Dann krachte es erneut. Karl zuckte zusammen, glaubte das Splittern und Scheppern von Glas über das Prasseln des Regens gehört zu haben. Vielleicht hatten die Russen in das Wohnzimmer, auf ihre Puppe geschossen?

Er trat an das Fenster, reckte den Hals, konnte das Zimmer von dort jedoch nicht einsehen. Karl biss sich auf die Lippe und überlegte. Hier in dem Schuppen waren sie vorläufig sicher. Von der Hügelkuppe, von der aus möglicherweise geschossen wurde, konnte man den Schuppen nicht sehen. Aber was war mit Killgren? Karl atmete langsam einen Schwall Luft aus, der an der Scheibe kondensierte. Dann blickte er Kuhmunen fragend an. „Wenn das der Scharfschütze ist, ist Daniel dort unten sicher?"

Noch bevor der Kollege antworten konnte, nahm Karl erneut das Funkgerät aus seiner Jackentasche. „Daniel", sagte er leise. „Hier Karl. Kannst du dich zurückziehen? Da ist möglicherweise ein Sniper."

279

Es rauschte nur einen kurzen Augenblick, bevor Killgren antwortete, seine Stimme erregt: „Habe ich bemerkt, Karl", sagte er. „Ich habe mich hinter den Felsen verzogen, etwas hangabwärts. Ich bin mir sicher, der zweite Schuss kam von der Kuppe auf der anderen Seite des Weges." Es knackte im Funkgerät. „Warte mal, Karl. Ich sehe da was."

Karls Herz machte einen Satz. „Was denn?"

„Da ist ein Scheinwerfer auf dem Weg. Ein Auto."

„Die Russen?" Sein Herz hämmerte nun. Er wartete gespannt auf Killgrens Antwort.

„Da kommt wirklich ein Auto auf den Hang zu", sagte Killgren.

Der Regen donnerte auf das Dach, übertönte das Rauschen aus dem Funkgerät. Dann wieder die hektische Stimme des Kollegen: „Scheiße, Karl. Das Auto ... Es ist euer Dienstwagen. Es ist Mats! Er fährt auf den aufgeweichten Hang zu, direkt in der Schussbahn des Scharfschützen!"

„Verdammt!", keuchte Karl.

Was wollte Mats denn hier? Sein Partner würde am Hang stecken bleiben, wäre dann leichte Beute für den Sniper.

Urplötzlich erhellte ein Blitz die Umgebung vor dem Fenster und für den Bruchteil einer Sekunde war der gesamte Hang in grelles Licht getaucht. Nur einen kurzen Augenblick später rollte der dazugehörige Donnerschlag durch das Tal. Das Gewitter war nun direkt über ihnen. Karl sah sich fieberhaft um, zupfte Kuhmunen dann an der Regenjacke. „Komm, Mikkel, wir müssen da raus. Mats braucht Hilfe, du musst mir Deckung geben."

Kuhmunen sah ihn wie erstarrt an, drehte den Kopf und blickte durch das Fenster hinaus in das Unwetter. Der schlanke Polizist atmete tief ein, nickte schließlich. „Ja, natürlich", sagte er und seine Gesichtszüge strahlten nun kalte Entschlossenheit aus. Auch Malvik war aufgestanden, zog ihre Jacke zu. Die junge Polizistin nahm ihr Gewehr und entsicherte es mit einer gekonnten Bewegung. Dann grinste sie. „Kann losgehen!"

KAPITEL 42

Mats bremste, beschleunigte, verlangsamte erneut, nur um dann wieder Gas zu geben. Warum musste es gerade heute wie aus Eimern gießen, gerade jetzt, wo er es eilig hatte? Der Kiesweg war bereits völlig durchnässt, überall bildeten sich tiefe Wasserlöcher. Mats wischte sich den Schweiß von der Stirn.

Die verdammte Hütte muss doch hier irgendwo sein!

Er hatte sich bereits einmal verfahren, unten im Tal und noch bevor der Himmel seine Schleusen geöffnet hatte und dieser sintflutartige Regen losgegangen war. Handyempfang hatte er schon seit einer ganzen Weile keinen mehr, eigentlich nicht mehr, seit er die Landstraße verlassen hatte. Dadurch war auch das Internet verschwunden, die Kartenfunktion auf seinem Mobiltelefon unbrauchbar.

Er riss am Lenkrad, wich einem dicken Ast aus, der auf den Weg gefallen war. Eine grimmige Entschlossenheit lag auf seinem Gesicht. Er musste seinem Partner zu Hilfe kommen. Nachdem er bemerkt hatte, dass Jakob Vesterbekkmo ganz ordnungsgemäß in seiner Zelle saß, also nicht von Karl als Köder benutzt wurde, hatte er Gewissensbisse bekommen. Er hatte die Kollegen, insbesondere Karl, im Stich gelassen. Zu allem Überfluss hatte er mitbekommen, dass die geforderte

Spezialeinheit nicht ausrücken würde, um Karl und seine Leute zu unterstützen. Sie war spontan zu einem Notfall nach Hammerfest geschickt worden, ein Mann hatte dort auf dem Arbeitsamt einen Angestellten mit einem Messer angegriffen. Man hatte wohl versucht, Karl dies mitzuteilen, hatte ihn aber – vermutlich aufgrund fehlenden Empfangs – nicht erreichen können. Nachdem Mats sich empört gezeigt hatte, dass man die Kollegen doch nicht einfach so im Stich lassen konnte, hatten man ihm zugesichert, eine Einheit aus einer benachbarten Gemeinde zu schicken. Die würde sich aber etwas verspäten. Daraufhin war er alleine aufgebrochen.

Mats bremste und fluchte. Der Wagen war ein Stück gerutscht, kam dann zum Stehen. Mats hatte gerade so die Kontrolle behalten. Er atmete hektisch ein und aus, blickte durch die sich hastig bewegenden Scheibenwischer. Im Lichtkegel der Scheinwerfer war der Kiesweg nur schemenhaft hinter der grauen Wand aus Wasser zu erkennen.

Was für ein Sturzregen!

Erneut fuhr er vorsichtig an. Er hatte keine Alternative, musste weiter, die Kollegen brauchten ihn.

„Satans Wetter", schrie er laut und schlug mit dem Handballen auf das Lenkrad. Auf der Fahrbahn vor ihm hatte sich ein Sturzbach gebildet, der immer mehr Kies abtrug und tiefe Löcher zurückließ. Die Dunkelheit, das Wasser und die gelegentlichen Blitze – es war nahezu apokalyptisch.

Mats schaltete den Scheibenwischer auf die höchste Frequenz und fuhr so schnell sein Mut es zuließ durch die tiefen Schlaglöcher voll braunem Wasser. Dann erreichte er eine langgezogene Kurve, dahinter stieg der Weg steil an.

In seinem Kopf rasten die Gedanken: Der Wagen hatte keinen Vierradantrieb, die Fahrbahn war glitschig wie Seifenwasser, er würde abrutschen. Was würde er tun, wenn er stecken bliebe? Er konnte niemanden anrufen und um Hilfe bitten, hier gab es keinen Bauer mit einem Traktor, der ihn aus dem Gebüsch ziehen würde.

Karl braucht meine Hilfe!

Er schloss einen kurzen Moment die Augen, trat dann auf das Gaspedal. Der Motor heulte auf, die Reifen drehten durch und es polterte in den Radkästen.

Doch langsam nahm er Fahrt auf. Der Motor machte gab ein unnatürliches Brummen von sich und langsam humpelte der Wagen den Hang hinauf. Mats lachte triumphierend auf, hielt sich verbissen am Lenkrad fest.

Dann änderte sich das Geräusch, das von den Reifen zu kommen schien, wurde zu einem Heulen. Mats blickte aus dem Seitenfenster auf eine dunkle Kiefer und es fühlte sich an, als ob der Wagen stillstehen würde, obwohl er noch immer das Gaspedal nach unten drückte. Sofort nahm er den Fuß zurück und riss die Handbremse hoch, versuchte durch die Heckscheibe zu sehen. Doch es war so dunkel, das Unwetter schien alles Licht aus dem Tal gesaugt zu haben. Er fuhr sich über die Stirn, wischte feuchte Haarsträhnen zur Seite. Er war schweißgebadet.

Konzentrier dich, Mats!

Vorsichtig ließ er die Kupplung kommen, gab Gas und löste die Bremse, so wie man auf Schnee anfahren würde. Doch es ging nicht weiter aufwärts. Die Reifen drehten wieder durch, er rutsche eher hinab, als dass er hinauffuhr.

Wieder riss er die Handbremse fest und schnaubte vor Erregung, das Adrenalin schoss durch seinen Körper. Doch es half nichts. Die Maschine war nicht für solche Extremsituationen gebaut.

Wie würde seine Schwester Elin, die Rallyefahrerin, dieses Problem angehen? Er könnte zurücksetzen, den Hang noch einmal mit etwas höherer Geschwindigkeit hinaufzufahren versuchen.

Mats drehte sich um und musterte das Remington-Gewehr auf der Rückbank. Er könnte es auch zu Fuß versuchen.

Unvermittelt ertönte ein lauter Knall und Mats fuhr zusammen. Ein Donnerschlag? Ein Schuss? Irgendetwas hatte das Dach des Autos getroffen. Konnte auch ein Ast oder Stein gewesen sein. Oder eine Kugel. Er atmete hektisch aus. Es war ganz sicher eine Kugel gewesen.

Sein Kiefer arbeitete, Zähne rieben aufeinander; er musste handeln, musste etwas tun und zwar schnell. Vor ihm der unüberwindbare Hang. Hinter dem Wagen dunkler Wald. Wenn es ein Schuss gewesen war, die Russen auf ihn geschossen hatten, dann war er in einer denkbar ungünstigen Situation.

Mats riss an der Gangschaltung, versuchte den Rückwärtsgang einzulegen, doch der klemmte. Er rüttelte, drückte, schob und versagte erneut.

Scheißauto!

Mit zittriger Hand legte er den Knüppel in den Leerlauf und löste die Bremse. Sofort bewegte sich der Wagen, rollte den Hang hinab. Erst langsam, dann immer schneller.

Mats drehte sich um, sah durch die Heckscheibe. Bremste, ließ sie wieder locker, konnte die groben Konturen des Weges erkennen. Immer wieder korrigierte er seine Abfahrt mit dem Lenkrad.

Es sah gut aus!

Urplötzlich ein weiter Knall, dann ein Scheppern und schließlich ein Pfeifen. Das Projektil musste den Wagen getroffen haben, irgendwo in den Motorblock eingeschlagen sein. Doch der Motor lief noch! Nicht, dass es eine Rolle spielte, solange er den Hang hinunterrollte. Er konzentrierte sich, pustete angestrengt Luft aus und rutschte langsam weiter. Bald musste er die Kurve erreicht haben.

Dann spürte er plötzlich einen Widerstand im Bremspedal. Der Motor war abgesoffen, der Bremskraftverstärker somit wohl ausgefallen.

Ein verzweigter Blitz erhellte den Himmel in diesem Moment. Mats konnte vor sich deutlich den Weg, den Hang und darüber eine Hügelkuppe erkennen. Dort ein Geröllhaufen. Er glaubte die Konturen eines Menschen neben einem der Steine auszumachen, keine hundert Meter über ihm. Das musste der Schütze sein. Dann wurde es wieder stockfinster und der Donnerschlag rollte über ihn hinweg.

Erneut ertönte ein Knall, das Glas der Windschutzscheibe schepperte und er spürte kaltes Wasser auf seinem Gesicht.

Nach einem kurzen Schockmoment fing er sich schnell wieder. Dass er das Wasser fühlen konnte, bedeutete, dass die Kugel ihn verfehlt haben musste. Er betastete seinen Kopf, während er nach Luft japste. Es war nur Regenwasser, kein Blut. Er drehte sich um, ließ sein verkrampftes Bein nun vollends von der Bremse gleiten. Er musste weg, aus der Schussbahn, koste es, was es wolle.

Der Wagen rollte auf die Kurve zu. Mats riss das Lenkrad herum, doch er wusste bereits, dass die Biegung zu eng, seine Anstrengungen sinnlos waren. Er würde in den Wald rutschen. Mats schloss die Augen und kauerte sich zusammen, bereitete sich auf den Aufprall vor.

Der Wagen kam mit dem Hinterteil zuerst vom Weg ab, wurde in die Luft geschleudert und krachte schließlich rückwärts gegen eine dünne Kiefer. Die Airbags lösten mit einem Knall aus und der Baum brach zur Seite. Das Auto rutschte weiter, prallte von einem Felsen ab und kam dann in einer Senke halb auf der Seite liegend neben dem Kiesweg zum Stillstand.

Dampf stieg von der Motorhaube auf, das hinabstürzende Regenwasser lief in den Innenraum und der Gewitterregen trommelte auf das Blechdach.

Dann ein noch lauterer Knall, lauter als der Donner. Eine weitere Gewehrkugel war in die Windschutzscheibe eingeschlagen. Es musste sich um ein größeres Kaliber handeln, denn das Projektil riss ein noch breiteres Loch in das verklebte Glas knapp über dem Lenkrad. Genau dort, wo sich gewöhnlich der Kopf des Fahrers befinden sollte.

KAPITEL 43

Der Regen nahm Karl die Sicht. Hinter sich hörte er Kuhmunens Aufschrei, der wohl in einen Ast gelaufen war. Karl rieb sich mit der Hand über das Gesicht und lief voller Sorge weiter.

Mats braucht mich.

Geduckt hastete er durch den lichten Kiefernwald, durch das aufgeweichte, glitschige Moos auf den Hang zu, unterhalb dessen der Kiesweg lag. Dort hatte Mats sich festgefahren und schwebte nun in Lebensgefahr. Die letzten Schüsse mussten seinem Partner gegolten haben, so hatte Killgren es zumindest eingeschätzt. Ein Kiefernast schrammte nun auch durch sein Gesicht und ihm entfuhr ein lauter Fluch.

Warum hat Mats nicht vorher angerufen?

Schließlich hatte er den oberen Teil des Hangs erreicht und konnte unter ihnen durch die Regenschwaden den Kiesweg ausmachen. Ein schneller Blick nach oben zur Spitze des Geröllhaufens auf dem Nachbarhügel, wo sie die Angreifer vermuteten. Sie befanden sich nun im Sichtfeld und damit in der Schussbahn der Russen. Karl ging in die Hocke, bedeutete Kuhmunen und Malvik, dasselbe zu tun. Dann krabbelte er hinter einen umgefallenen Baumstumpf und drehte sich zu Kuhmunen, gab ihm ein Zeichen. Der hagere Kollege verließ die Deckung und lief auf ihn zu. Doch er knickte um, war anscheinend mit dem linken Fuß im Morast stecken geblieben.

Karl fluchte erneut, warf einen schnellen Blick zum Nachbarhügel. Er konnte durch den Regen keinerlei Bewegungen ausmachen und die Angreifer hatten seit ein paar Minuten nicht mehr geschossen. Waren sie getürmt? Vielleicht dachten sie, dass Vesterbekkmo tot sei, sie ihn in seinem Wohnzimmer erschossen hätten. Eigentlich hatten sie nur drei oder vier Schüsse auf die Hütte abgegeben und dann ebenso viele auf seinen Partner. Killgren hatte dessen Wagen beobachtet, er war den steilen Kiesweg hinabgerutscht und letztlich war Mats aus seinem Sichtfeld verschwunden. Wahrscheinlich war er in den Wald gekracht, möglicherweise verletzt. Oder noch Schlimmeres war passiert. Karl mochte gar nicht darüber nachdenken.

Er blickte erneut zu Kuhmunen, der noch immer mit dem Matsch kämpfte. Er schüttelte frustriert den Kopf, schulterte seine Waffe und eilte zurück, um dem Kollegen zu helfen. Das linke Bein war bis zum Knie im Morast eingesunken und jede Bewegung hatte ihn nur tiefer hinabgleiten lassen.

„Der Schuh steckt fest", schrie Kuhmunen.

„Kannst du den Fuß nicht rausziehen?"

Der Kollege schüttelte den Kopf und Karl begann an dem dünnen Oberschenkel zu ziehen, während Malvik an Kuhmunens Arm zerrte. Langsam bewegte sich das Bein aus dem Schlamm, seine matschige Wade kam zum Vorschein. Dann eine nasse Wollsocke, der Stiefel war allerdings im Morast verloren.

Unvermittelt fuhr ein Blitz hernieder und traf einen Baum etwas höher am Hügel, tauchte die Umgebung für einen Augenblick in gleißende Helligkeit. Es gab einen lauten Knall, Rinde wurde abgesprengt und sofort danach rollte ein krachender Donner über sie hinweg. Dann noch ein Blitz, dieses Mal etwas weiter entfernt.

Karl blickte sich hastig um, sah zu der Erhöhung auf der anderen Seite der Schlucht hinüber. Da waren deutlich die Konturen eines Menschen zu erkennen. Und dann ein Aufblitzen.

Mündungsfeuer!

Karl warf sich auf Kuhmunen und riss ihn zu Boden. Nur einen Wimpernschlag später schlug das Geschoss in eine morsche Kiefer hinter ihnen ein. Wie in Zeitlupe nahm er die Druckwelle, den Knall, dann das zerberstende Holz wahr. Die Angreifer hatten sie nun eindeutig ins Visier genommen und beinahe hätten sie Kuhmunen erwischt.

Er rollte sich von dem Kollegen ab, zog ihn mit sich hinter den Felsen, wo Malvik bereits Schutz gesucht hatte. Kuhmunens geweitete Augen starrten ihn von unter der Kapuze an, sein feines Haar fiel ihm in nassen Strähnen in die Stirn.

„Was machen wir jetzt?", schrie Malvik.

Karl kniff die Augen zusammen. „Wir müssen zu Mats."

Dann war ein erneuter Schuss zu hören. Dieses Mal wirkte es jedoch, als ob der Laut von weiter unten am Hang käme. Das musste Killgren sein! Karl holte das Funkgerät aus seiner Jackentasche. „Daniel, alles in Ordnung bei dir? Hast du geschossen?"

Der Kollege meldete sich umgehend. „Ja, ich habe die Schützen am Hang gesehen, als sie auf euch gefeuert haben."

„Und Mats?"

„Nichts Neues", antworte Killgren. Er schien sich umzusehen, denn es dauerte einen Augenblick, bis er weitersprach. „Da sind Spuren, er ist in den Wald gekracht, ich weiß ungefähr wo. Kann ihn von hier nicht erreichen, ist direkt in der Schusslinie." Atmosphärisches Rauschen. „Und da war ein Mann, der von dem Geröllhaufen aus nach unten in den Wald verschwunden ist, in Mats' Richtung. Um den Kerl müsst ihr euch kümmern."

Karl atmete langsam aus. „Kannst du mir Deckung geben? Ich werde versuchen zu Mats zu gelangen."

„Roger", antwortete Killgren sofort. „Verlass dich auf mich. Over."

Sofort war ein Gewehrschuss zu hören, der aus der Stellung des Kollegen zu kommen schien. Karl drehte sich zu Kuhmunen und Malvik. „Könnt ihr mir etwas Zeit verschaffen? Ich will runter zu Mats, ich muss es versuchen."

Die beiden nickten und Malvik fuhr herum und kniete sich hinter den Felsen. Sie zielte und drückte ab. Auch Kuhmunen richtete sich auf, legte seine Waffe an den Stein und schoss. Wäre die Situation nicht so ernst gewesen, hätte Karl lachen müssen; wie der hagere Polizist da kniete, mit der nassen Wollsocke. Er schien noch einen Moment unter Schock zu stehen. Doch dann begann auch Kuhmunen auf die Hügelkuppe auf der anderen Seite der Schlucht zu feuern.

Karl versuchte die Situation einzuschätzen; die drei Kollegen würden das Feuer der Russen auf ihn unterdrücken können, zumindest eine Weile. Er blickte ein letztes Mal zur Stellung der Angreifer hinauf, dann hinunter zum Weg, wo Mats in den Wald geschlittert war.

Ich kann es schaffen.

Er klopfte Kuhmunen sanft auf die Schulter, nahm seine Waffe bewegte sich auf den Hang zu.

In regelmäßigen Abständen hörte Karl hinter sich nun das Gewehrfeuer der Kollegen. Nachdem er die ersten Meter gekrochen, dann in geduckter Haltung gegangen war, lief er nun in Schlangenlinien den Hang hinab. Er fürchtete jetzt weniger die Angreifer auf dem Hügel als den Kerl, der sich auf Mats' Position zubewegte. Karl durchquerte eine Senke und hatte schließlich den steilen, moosbewachsenen Abhang erreicht, unter dem sich der Weg befand. Mit zusammengekniffenen Augen folgte sein Blick dem Kiesweg, der nun eher einem Sturzbach als einer Straße glich. Ein weiterer Blitz ließ etwas Silbernes im Graben vor dem Wald aufblitzen.

Da ist der Wagen!

Das Abblendlicht war erloschen, die Windschutzscheibe war zu großen Teilen zerbrochen, soweit er das beurteilen konnte.

Karl sah abschätzend den Hang hinunter. Bis zum Weg waren es vielleicht zehn Meter fast senkrecht nach unten, von dort noch einmal knapp zwanzig hinab zum Auto und er würde sich damit in die Schussbahn der Angreifer begeben. Tot würde er seinem Partner auch nicht helfen können.

Auf halber Höhe des Abhangs, direkt unter ihm, konnte er ein schmales Plateau ausmachen, auf dem zwei schiefe Bäume und ein Felsklotz der Schwerkraft trotzten.

Plötzlich hörte er das charakteristische Zischen eines Projektils, dann erst den Knall. Die Kugel war dicht an ihm vorbeigesaust und gegen einen Felsen geschlagen.

Karl ließ sich hinter eine knorrige Kiefer fallen und wagte einen Blick hinüber zur Anhöhe. Trotz des Regens war nun immer wieder Mündungsfeuer zu sehen, besonders in den Pausen zwischen den Schüssen seiner Kollegen. Er zählte mindestens zwei Schützen; einer hatte auf der linken Seite eines großen Felsens Position bezogen, der andere auf der rechten. Sie hatten die eindeutig bessere Belagerungsposition, da sie von oben auf sie schießen konnten.

Dann fokussierte er seine Augen wieder auf das Autowrack. Hinter dem Wagen im Wald, da war eine Bewegung, das musste der dritte Angreifer sein. Der Kerl hatte das Auto fast erreicht und Karl zweifelte nicht daran, dass auch er bewaffnet war und Mats den Garaus machen wollte. Er überlegte, ob er auf ihn schießen sollte. Jedoch war die Person immer wieder von Geröll und Baumstämmen verdeckt und es war einfach zu dunkel.

Es half nichts, er musste hinunter zum Weg, wenn er Mats retten wollte. Erregt biss er sich auf die Unterlippe, musterte abschätzend den Hang, der zwischen ihm und dem Weg lag. Für einen Sprung war es zu hoch. Vielleicht konnte er hinunterrutschen?

Er ergriff sein Gewehr und kroch an die Böschung, hielt sich an einem Ast fest und tastete mit dem Stiefel.

Doch das Moos war völlig durchnässt und gab sofort nach. Mit einem leisen Aufschrei glitt er den Abhang hinunter. Er versuchte mit den Hacken zu bremsen, aber der glitschige Bewuchs unter seinen Füßen pellte wie Kartoffelschale von dem Felsen ab. Schließlich landete er mit einem dumpfen Schlag und einem stechenden Schmerz im Rücken auf dem Plateau auf halber Höhe des Hangs. Karl stöhnte laut auf, er war auf seinem Steißbein gelandet. Er betastete seinen Rücken. Es tat höllisch weh, verletzt schien er aber nicht zu sein. Dann blickte er die knapp fünf Meter nach oben: Der nasse Fels lag blank in einer Schneise, dort, wo er hinabgerauscht war. Es grenzte an ein Wunder, dass er sich nicht das Bein oder die Hüfte gebrochen hatte oder Schlimmeres passiert war.

Erneut versuchte er die Lage zu überblicken: Auf dem Plateau war er durch die zwei Bäume und den Stein gut gedeckt. Doch er musste weiter, zu Mats. Er konnte es noch einmal versuchen und den Hang auf dem Hintern hinunterrutschen, auf sein Glück vertrauen und darauf, unten im Kiesbett neben dem Weg zu landen. Das schien seine einzige Chance zu sein.

Erneut zückte er das Funkgerät. Es hatte einen Schlag abbekommen, die Antenne war verbogen und das Display ausgefallen.

„Daniel, Mikkel. Könnt ihr mich hören?"

Doch noch bevor er eine Antwort erhielt, hörte er ein mechanisches Quietschen, das von weiter unten am Hang kam. Von dem Wrack, in dem Mats lag. Karls Augen weiteten sich, der Angreifer war am Wagen angelangt und versuchte die verzogene Fahrertür aufzubekommen.

Sofort riss Karl das Gewehr an die Schulter, legte an, atmete langsam ein und zielte auf den Kerl vor dem Auto. Er zog der Abzug bis zum Druckpunkt zurück, ließ etwas Luft aus seiner Lunge entweichen und dann drückte er ab.

Es tat sich nichts. Das Gewehr hatte Ladehemmung!

Karl riss den Bolzen zurück, schob ihn wieder nach vorn, doch er blockierte, die Kugel schien in der Kammer verkeilt zu sein.

Er fluchte, lehnte die Waffe an den Stein und kroch an den Rand des Plateaus. Ohne einen weiteren Gedanken an seine Gesundheit zu verschwenden, ließ er sich fallen. Die Hacken auf dem Moos bremsten auch dieses Mal seinen Fall, zudem waren immer wieder kleine Äste im Weg, die von den Bäumen weiter oben abgefallen waren.

Karl raste den Hang hinab, unterdrückte einen Schrei, um den Mann vor dem Auto nicht zu alarmieren. Dann landete er in einer matschigen Senke, die zwischen dem Abhang und dem Kiesweg verlief.

Sofort war er auf den Beinen und eilte in der Vertiefung nach unten, in Richtung des Wagens, der auf der anderen Seite des Weges nur noch wenige Meter entfernt lag. Immer wieder hob er den Kopf, um seine Position zu bestimmen, rückte weiter vor. Dann konnte er das Heck des Fahrzeugs erkennen. Er erhob sich, kroch aus der Deckung und stürmte mit seiner Pistole im Anschlag auf den Wagen zu.

Da war der Kerl! Er hatte ihm den Rücken zugewandt, hatte von der Fahrertür abgelassen und ging nun auf das Heck des Wagens zu. Der Mann war bewaffnet, hatte ein Gewehr über die Schulter geschlungen und in der Hand hielt er eine Handfeuerwaffe.

Gedanken schossen durch Karls Kopf: Wenn der Typ nach hinten ging, bedeutete das, dass er Mats noch nicht gefunden hatte. Mats war am Leben, hatte sich aus dem Wrack gerettet. Aber wo war er und würde er sich zur Wehr setzen können?

Karl hob die Pistole, zielte auf die rechte Schulter des Mannes.

„Polizei! Schmeiß die Waffe weg!", schrie er.

Der Kerl erstarrte einen Augenblick, doch statt seine Hände zu heben oder seine Waffe wegzuwerfen, drehte er sich langsam um. Seine Augen waren zusammenge-kniffen und er hatte einen grimmigen Ausdruck auf dem Gesicht.

Der Regen prasselte auf Karls Kopf, das Wasser lief in kalten Bächen über seine Wangen. Die Zeit schien still-zustehen und Karl umklammerte den Griff der P30, fragte sich, warum der Kauz grinste, nicht einfach auf-gab und die Waffe wegwarf.

Dann riss der Angreifer seine Waffe hoch, der Lauf bewegte sich zeitlupenartig auf Karl zu.

Nun ging alles sehr schnell; Karl drückte zweimal hintereinander ab und wenigstens eins der Projektile hatte den Mann in die Brust getroffen. Er fiel rücklings zu Boden, verschwand in der Senke. Dann war wieder nur der Regen zu hören, der auf das Blechdach trom-melte. Karl bewegte sich mit erhobener Waffe vorsich-tig auf das Autowrack zu.

Da lag der Typ, in einer unnatürlichen Haltung zwi-schen dem Auto und dem Kiesweg, das herabstürzende Regenwasser wusch über ihn weg. In der Hand hielt er noch immer die Pistole, ein russisches Model, wahrscheinliche eine Makarov.

Karl trat sie mit dem Stiefel weg, kniete sich neben den Mann. Da waren tatsächlich zwei rote Flecken, zwei Einschusslöcher, auf dem Pullover. Mit dem Zeige- und Ringfinger prüfte er den Puls. Er war tot.

Karl schluckte einmal, atmete angestrengt aus, sah zum Hang hinauf. Dort oben war es trügerisch still. Hatten sie die Schüsse nicht gehört?

Einen kurzen Augenblick starrte er fassungslos in das leere Gesicht des Mannes.

Er hatte ihn erschossen.

Dann biss er die Zähne zusammen und ging geduckt um das Heck des Wagens herum. Die Beifahrertür stand offen. Konnte es sein, dass Mats dort hinausgekrochen war?

„Karl!", sagte ein verhaltene Stimme über den Regen.

Karl fuhr herum und blickte in das Gesicht seines Partners, der sich hinter dem kantigen Felsen versteckt hatte, an dem der Wagen zum Stehen gekommen war. Die blonden Haare hingen ihm in nassen Strähnen in die Stirn.

Karl pustete Luft aus, ihm war gerade ein Stein in der Größe eben dieses Felsens vom Herzen gefallen. Schnell war er bei Mats, legte seine Hand auf den Arm des Kollegen. „Bist du verletzt?"

Mats schüttelte den Kopf. „Nein, es geht mir gut. Nur etwas wackelig auf den Beinen. Der Typ am Auto, ist er ... tot?"

Karl nickte grimmig. „Ja, er wollte sich nicht ergeben, wollte auf mich schießen."

Sie schwiegen einen Augenblick.

„Danke", sagte Mats und lächelte matt.

Unvermittelt waren wieder Gewehrschüsse zu hören. Karl musterte das Gesicht seines Kollegen einen Augenblick. „Hast du eine Waffe dabei?"

Mats nickte. „Ja, die Remington. Sie liegt im Auto auf der Rückbank, ich wollte sie holen, aber dann kam mir der Kerl in die Quere."

Karl warf einen Blick den Hang hinauf zu dem Geröllhaufen. Das Feuer der Angreifer war seit einiger Zeit nur noch auf die Kollegen an der Hütte gerichtet gewesen. „In Ordnung", sagte er langsam. „Lass uns deine Waffe holen. Wir klettern da jetzt hoch."

KAPITEL 44

Der Regen hatte genauso abrupt nachgelassen, wie er angefangen hatte. Nur ein feiner Nieselregen lag noch in der Luft, als Karl und Mats den Hügel hinaufeilten, sich dabei im Schutz der Bäume neben dem aufgeweichten Kiesweg hielten.

Es waren nur noch vereinzelt Schüsse zu hören, die meist von ihrer Seite der Schlucht zu kommen schienen, also von Daniel Killgren, denn Kuhmunen und Malvik sollten von der anderen Flanke bis zur Position der Angreifer vorrücken, das hatten sie über Funk so abgesprochen.

Der Waldboden dampfte und es roch nach feuchten Kiefernadeln. Karl folgte Mats, der mit erhobener Waffe den Hügel hinaufstapfte. Der blonde Schwede setzte bedachte, sichere Schritte, als ob er auf Elchjagd wäre, und Karl hatte Schwierigkeiten ihm zu folgen. Ihm tat seit seinem Sturz das Steißbein weh und seine völlig durchnässte Kleidung unter der Regenjacke klebte ihm unangenehm auf der Haut.

Nach wenigen Minuten konnte er die Felsen auf der Hügelkuppe gleich über ihnen erkennen. Es war nun vollkommen still geworden.

Karl kniete sich neben seinem Partner zwischen zwei Bäume, nahm das Funkgerät und setzte eine Warnung an Killgren ab, dass sie sich nun in seine Schussbahn bewegen würden. Der Kollege auf der anderen Seite der Schlucht bestätigte, dass er sie im Blickfeld habe, nicht auf sie schießen würde.

„Und die Russen?", fragte Karl. „Siehst du sie, irgendwelche Veränderungen?"

„Nein", antwortete Killgren. „Nichts. Sie schießen nicht mehr, habt ihr ja selbst gemerkt. Ich schätze, ihnen ist die Munition ausgegangen oder sie sind verschwunden. Seid trotzdem vorsichtig."

Er hatte recht, sie mussten aufmerksam bleiben.

„Verstanden. Wir rücken jetzt vor. Over."

Karl lief geduckt über eine schmale Grasfläche, ließ sich hinter einem Felsen auf den Boden fallen. Mats war sofort neben ihm, scannte durch das Zielfernrohr seiner Remington die Umgebung. Einer der Schützen hatte auf dieser Seite des Geröllhaufens in Deckung gelegen. Über dem Hügelkamm lag nun vollkommene Stille, sie wirkte beinahe betäubend und Karl beobachtete einige weiße Wolkenfetzen, die dicht über den Baumkronen vorbeizogen. Ein Vogel zwitscherte unten im Wald ein Lied. Mats gab ein Zeichen und sie rückten vor.

Karl stützte sich auf einen Granitfelsen. Seine Augen wanderten langsam über die Felsblöcke, die hier durch die letzte Eiszeit aufgestapelt worden waren. Es war keinerlei Regung zu erkennen, nichts, das auf die Angreifer hindeutete. Er nickte Mats zu, der daraufhin um den nächsten Felsen herum schritt.

Der Gesichtsausdruck seines Partners veränderte sich schlagartig; Konzentration wich Überraschung. Der Schwede schreckte zurück, riss seine Waffe hoch, nur um sie sofort wieder sinken zu lassen. Dann drehte Mats sich zu ihm um. Er wirkte ernst, deutete auf den Boden hinter dem Granitfelsen. Karl trat neben Mats. Hinter einem brusthohen Stein lag ein lebloser Körper. Karl verzog den Mund, der zweite Tote innerhalb kurzer Zeit. Der Kerl lag auf dem Rücken, die ausdruckslosen Augen blickten in den sich lichtenden Abendhimmel. Eine grüne Schirmmütze, an der eine weißlichrote Masse klebte, lag ein Stück hinter dem Kopf auf dem Boden und an der rechten Stirn klaffte eine Wunde. Ein Kopfschuss. Eine Waffe lag halb unter ihm begraben, daneben eine Munitionstasche. Sie war fast leer.

Karl blickte zu der Hügelkuppe auf der anderen Seite der Schlucht. Killgren musste ihn erschossen haben, denn seine Position war dieser am nächsten. Von dieser Stellung hatte der Schütze tatsächlich eine ideale Schussbahn auf die Hütte gehabt, und unten am Kiesweg war sogar die Schnauze ihres Dienstwagens zu sehen.

Karl hob langsam das Funkgerät an den Mund. „Daniel, Mikkel, hier Karl. Wir haben den anderen Russen gefunden. Er ist tot. Vom dritten Angreifer bisher keine Spur, seid also weiterhin vorsichtig. Wir bewegen uns nun auf seine Position zu, sollten euch bald sehen können, Mikkel. Over."

Kuhmunen antwortete sofort: „Mikkel hier, alles klar. Wir sind gleich bei dem anderen Schützen. Over."

Es knackte, dann hörte er Killgrens raue Stimme: „Verstanden. Gebe weiterhin Deckung, habe euch alle in Sicht. Over."

Die beiden Polizisten umrundeten vorsichtig den großen Steinhaufen, der auf der Kuppe des Hügels thronte. Karl ging nun voraus, stets darum bemüht konzentriert zu bleiben, beobachtete das Gelände in alle Richtungen.

Urplötzlich ertönte ein Scheppern. Karl ging augenblicklich hinter einem Granitblock in Deckung. Er lauschte einen Augenblick, nahm dann das Funkgerät hervor. „Hier Karl. Wer hat geschossen? Over."

„Negativ, das kam von eurer Seite", antwortete Killgren.

Kuhmunen antwortete wenig später: „Wir waren das auch nicht, das war ein Pistolenschuss. Kein Gewehr."

Karl sah Mats an. Sein Partner nickte, sprang auf und war sofort am Felsen, legte seine Waffe an. Karl trat an die andere Seite des Felsen, konnte jedoch keinerlei Anhaltspunkte für den Ursprung des Schusses erkennen. Er fluchte leise, spuckte sein Snus in einen vergilbten Strauch zwischen seinen Stiefeln.

Dann rauschte es wieder in dem Funkgerät. „Mikkel hier. Ich glaube, da liegt eine Person zwischen den Steinen. Der andere Schütze, völlig regungslos. Ich denke, er ist tot. Over."

Karl und Mats waren aus ihrer Deckung getreten und hatten zu Kuhmunen und Malvik aufgeschlossen. Nun starrte Karl auf den dritten leblosen Körper an diesem Tag. Auch dieser Mann war eindeutig tot, für diese Feststellung brauchte es keinen Mediziner. Der Kerl lag auf der Seite, sein ausdrucksloser Blick war gen Osten, nach Russland gerichtet. Um den Mund, der von einem grauen Schnurrbart bedeckt war, deutete sich ein sanftes Lächeln an. Karl steckte seine Dienstwaffe ins Holster und kniete sich neben den Toten. Er trug eine grüne Tarnjacke, ein rot-weißes Halstuch und hielt noch eine Pistole in seiner rechten Hand umklammert, eine Beretta. Mit der Waffe schien er sich selbst in den Kopf geschossen zu haben, die grauen Haare waren an der Schläfe blutverschmiert.

Karl beugte sich zu dem Körper: Da war noch eine Wunde, am Hals, auf den ersten Blick wirkte es nur wie ein Streifschuss. Er schob das Halstuch zur Seite und bemerkte einen dickflüssigen, dunkelroten Blutfleck im Gras und an dem Stein, an dem der Schütze gestanden hatte. Die Kugel hatte möglicherweise die Halsschlagader gestreift. Ein Wunder, dass der Typ nicht früher ohnmächtig geworden war.

Mats trat neben ihn und nahm vorsichtig das Gewehr auf, das noch immer am Felsen lehnte, überprüfte die Kammer und das Magazin, öffnete schließlich die Munitionstasche, die am Gürtel des Toten befestigt war. „Er hatte keine Munition mehr, die haben wohl nicht mit einem so langen Schusswechsel gerechnet."

„Meinst du, der Streifschuss war tödlich?", fragte Kuhmunen.

Mats bewegte abwägend den Kopf, sah sich die Wunde am Hals noch einmal an. „Er hat viel Blut verloren. Ich denke, er wäre bald gestorben, wenn er keine Hilfe bekommen hätte. Vielleicht hat er eingesehen, dass er mit dieser Verletzung und ohne Munition nicht weit gekommen wäre." Mats stand auf und sah gen Osten, in die Richtung, die der Tote im letzten Augenblick seines Lebens gesehen hatte. „Das sind doch sicherlich zehn Kilometer bis zur Grenze, oder?"

Karl nickte, deutete auf das Halstuch. „Das Halstuch, das hatte Jakob erwähnt, das ist der Kerl, der Serbe."

Einen Augenblick standen die vier Polizisten stumm über der Leiche.

„Er wollte selbst bestimmen, wann er stirbt, und vor allem wollte er sich nicht ergeben. Irgendein blöder Ehrenkodex."

Karl blickte hinüber zu der etwas tiefer gelegenen Anhöhe, zu der Hütte der Vesterbekkmos, konnte sogar das Flimmern des Fernsehers erkennen. Er atmete tief ein, stieß dann einen Schwall Luft aus, der in der kühlen Abendluft kondensierte. „Ich schlage vor, dass einer von uns ins Tal fährt und das Präsidium anruft." Er lachte. „Und Mats, die Ersatz-Einsatztruppe, von der du erzählt hast. Der sollten wir Bescheid geben, dass wir sie jetzt auch nicht mehr brauchen. Sie können umdrehen." Karl wurde wieder ernst. „Sie werden sicher die ganze kriminaltechnische Abteilung schicken wollen. Aber sie sollen auch Jakob mitbringen, er kann die Toten identifizieren."

KAPITEL 45

Jakob Vesterbekkmo rutschte auf dem unbequemen Stuhl im Verhörraum hin und her, sah die Beamten einen Augenblick unbehaglich an.

Karl nickte ihm aufmunternd zu, betätigte schließlich den Knopf des Aufnahmegerätes, das zwischen ihnen auf dem Tisch stand. „Erste Anhörung, Zeuge Jakob Vesterbekkmo. Anwesend sind die Abteilungsleiterin der Ermittlungsabteilung für Kapitalverbrechen, Oberkommissarin Aino Petersen und ...“ Er sah die Chefin für den Bruchteil einer Sekunde an, räusperte sich, fuhr dann fort:„... und der stellvertretende Abteilungsleiter, Kommissar Karl Sortland.“ Ein feines Lächeln umspielte seine Mundwinkel. Schließlich faltete er seine Hände auf dem Tisch vor sich und sah den Zeugen ernst an; die Aussage würde direkt an die Staatsanwaltschaft gesendet, sie würden ihn daher siezen.

„Jakob, Sie möchten heute Angaben machen bezüglich des Mordes an Ihrem Bruder Kristian Vesterbekkmo. Zudem wollen Sie Stellung beziehen zu dem Methamphetamin, das sogenannte Edelweiß, das aus Russland nach Norwegen eingeführt wurde. Sie haben Informationen über die Hintermänner, die russische Mafia, ihren lokalen Anführer und Mörder Ihres Bruders, den verstorbenen Adrian Stojanovic. Und Sie wollen sich auch zu Ihren eigenen Taten äußern, zu der Herstellung des Crystal Meths in dem Labor auf der Insel." Karl sah auf den kleinen Notizblock, kratzte sich am Kinn. „Und, zu guter Letzt: Sie wollen Angaben zu der Art Ihrer Beziehung zu Ivar Nielsen machen. Sie sind sich darüber im Klaren, dass alles was Sie sagen gegen Sie verwendet werden kann. Wenn Sie uns allerdings helfen, kann sich dies strafmildernd auf Ihre eigenen Taten auswirken. Sie haben selbst entschieden zu dieser Anhörung keinen Anwalt hinzuzuziehen. Wir werden Ihre Aussage an die Staatsanwaltschaft weiterleiten, die werden dann eine Entscheidung treffen, ob Anklage gegen Sie erhoben wird oder nicht. Ist das alles so korrekt, haben Sie das verstanden?"

Vesterbekkmo nickte sanft. „Ja, ich werde Ihnen alles erzählen. Wo soll ich anfangen?"

Karl schmunzelte. „Am Anfang. Erzählen Sie uns, wie Sie in die Szene reingerutscht sind."

Jakob erzählte im Folgenden, dass er schon seit seiner Jugend bei Ivar Nielsen eingekauft hatte. Zuerst Marihuana, dann später auch stärkere Drogen, Kokain, Speed. Schließlich hatte er seine Anstellung bei dem Chemieunternehmen verloren und infolgedessen eine größere Menge Drogenschulden bei Nielsen angesammelt.

Damals war die Nachfrage für Methamphetamin gewachsen, das Angebot war jedoch gering. Ivar Nielsen hatte deshalb vorgeschlagen, dass sie versuchen könnten selbst Crystal Meth herzustellen, denn Jakob hatte durch seine Ausbildung das nötige Fachwissen und die Ausrüstung war günstig zu besorgen. Zudem hatte er

Zugriff auf den Erdkeller auf der abgelegenen Insel, ein perfekter Ort, um ungestört zu produzieren.

Vesterbekkmo erklärte den Beamten, dass die Insel im Fjord zu der Zeit kaum benutzt worden sei, da die Familie nach dem Tod ihres Vaters zerstritten war. Bei der Mutter, Astrid, war damals die Krankheit diagnostiziert worden, die Schwester wohnte in Bodø. Und mit seinem Bruder hatte er auch schon kaum Kontakt gehabt. „Außer wenn Kristian mal wieder versuchte das Erbe zu Bargeld zu machen, um seine Spielsucht zu finanzieren", fügte er mit finsterer Miene hinzu.

Der Zeuge berichtete weiter, dass er sich von Nielsen hatte breitschlagen lassen und dass sie am Anfang hohe Gewinnspannen erzielt hatten. Es hatte keine ausländische Konkurrenz im Norden gegeben, die Qualität, also der Reinheitsgrad, war in Ordnung gewesen. Mehr nicht.

Doch dann war im Sommer das Abkommen mit dem großen Nachbarn Russland in Kraft getreten und plötzlich dieser neue Stoff über die Grenze gekommen, der nicht nur potenter, sondern auch billiger war. Sie hatten nicht mehr mithalten können. Doch das sei nicht das Schlimmste gewesen, erklärte er.

„Die Russen fingen an, uns zu schikanieren. Sie haben mehrmals mit Nielsen gesprochen, ihm nahegelegt das Geschäft aufzugeben. Anfänglich hat er sich dagegen gewehrt, doch dann haben die diesen Stojanovic geschickt, um die Sache zu erledigen." Vesterbekkmo zuckte mit den Schultern. „Von mir wussten die Russen da noch gar nichts, also, dass ich das Zeug für Ivar hergestellt habe. Doch irgendwann, wohl um seine eigene

Haut zu retten, hat Nielsen mich an Stojanovic verraten. Die Kerle haben mich verfolgt, mich beschattet. Es wurde mir zu viel, also bin ich bei meiner Schwester in Bodø untergetaucht."

Karl nickte. „Und wer genau war hinter Ihnen her?"

„Na ja. Erst nur zwei Schläger. Dann irgendwann der Kerl, den Sie erschossen haben. Adrijan Stojanovic. Ich bin ihm zweimal gerade so entkommen."

Aino schaltete sich ein: „Wir haben ihn nicht getötet, er hat sich selbst gerichtet. Aber fahren Sie fort. Woher wissen Sie, dass Stojanovic ihren Bruder ermordet hat? Kristian hatte doch mit den Drogen nichts zu tun, oder?"

Vesterbekkmo sah einen Moment betrübt auf den Tisch, fuhr leise fort. „Stojanovic war am 4. September auf der Insel. Am Tag davor hat Kristian mir geschrieben, dass er mich eben dort treffen wolle. Er wusste, dass ich da manchmal wohne, von den Drogen hatte er aber keine Ahnung. Ich habe seine SMS allerdings erst später gelesen, weil ich mein Handy ausgeschaltet hatte. Ich hatte Angst, dass die Russen mich orten könnten. Stojanovic muss ihn dort erwischt haben und hat uns verwechselt, anders kann ich mir das nicht erklären. Sie sehen ja, dass wir uns ähneln."

„Sie sagten, dass Sie Beweise haben, die das belegen können?", fragte Karl.

Der Zeuge nickte. „Ja. Ich habe eine versteckte Webkamera auf der Insel angebracht, um das Labor zu bewachen, ich werde Ihnen die Aufnahmen zeigen. Stojanovic hat meinen Bruder in den Keller gesperrt. Da war Kristian bewusstlos. Er hatte wohl vor ihn zu foltern, was weiß ich. Dann sieht man wie Kristian aufwacht und entkommen kann. Die Übertragung endet damit, dass Stojanovic ein Feuer legt, um das Labor zu vernichten. Er wusste aber nicht, dass ich eine Sprenkel-Anlage installiert hatte, um mich vor einem Brand zu schützen. Ich weiß ja, wie gefährlich das Zeug ist." Wieder blickte er kurz schweigend auf den Tisch. „Es war schrecklich, meinen Bruder so zu sehen."

„Sie und ihr Bruder, Sie standen sich aber nicht besonders nahe, oder?", fragte Aino.

Jakob schniefte, wischte sich mit der Hand übers Gesicht und seine Stimme wurde zittrig. „Nein, nicht seit dem Tod unseres Vaters. Ich habe mich schon immer besser mit meiner Schwester verstanden. Emilie hat Kristian gehasst, ihm die Schuld am Erbstreit gegeben. Aber dass er so sterben musste, das hatte er nicht verdient und es war meine Schuld, ich hätte dort auf der Insel sein sollen, nicht er."

Aino holte tief Luft. „Gut, Jakob, wir werden das alles überprüfen. Aber wenn Ihre Aussage stimmt, dann hätten Sie uns tatsächlich geholfen, den Mord an Ihrem Bruder aufzuklären. Oder besser gesagt, ihn zu erklären. Denn wir haben von Europol Stojanovics Fingerabdrücke bekommen und die stimmen mit denen auf der Axt, der Tatwaffe, überein. Da waren auch Ihre Spuren, Sie haben dort Holz gehackt, nicht wahr?"

Vesterbekkmo nickte wieder.

„Also, kommen wir zu dem russischen Methamphetamin", sagte Aino. „Das Edelweiß. Ist damit jetzt Schluss, da der Serbe tot ist? Was wissen Sie über die Mafia in Russland, schicken die nicht einfach einen neuen Mann?"

Jakob bewegte den Kopf abschätzend hin und her. „Soweit ich weiß, arbeitete er für die Mafia in Murmansk. Der Chef da heißt Wanja, sie nennen ihn den Starken Wanja. Er hat wohl Verbindungen zum FSB, dem russischen Geheimdienst, kann daher tun und lassen was er will."

„Ja, aber ist es vorbei? Nun, da Stojanovic tot ist?", bohrte Aino nach.

„Vorläufig zumindest. Er hatte den Handel hier organisiert, die Verteilung gesichert. Jetzt, wo er weg ist, sollte dieses Netz vorübergehend zusammengebrochen sein. Außerdem hat die Polizei die Kaffeefahrten auffliegen lassen, stand doch heute in der Zeitung."

Karl nickte. „Daniel Killgren hat das bestätigt. Sie haben keine neuen Sendungen an der Grenze sichergestellt. Entweder kommt nichts mehr oder man hat bereits andere Schmuggelwege gefunden. Aber alles, was schon im Land ist, das könnte noch verkauft ...."

Vesterbekkmo unterbrach ihn.

„Ich kann Ihnen sagen, wo das Lager der Russen ist."

Aino sah ihn überrascht an. „Das wissen Sie?"

Der Zeuge lächelte. „Ja. Ivar Nielsen ist einmal dort gewesen. Stojanovic wollte ihn überreden für sie zu verkaufen. Und Nielsen ist ein Angeber, er hat mir davon berichtet, hatte sogar ein Bild auf dem Handy. Dieses Lager, es ist in einer alten Lagerhalle in Tano untergebracht."

Aino nickte vergnügt. „Schön, geben Sie uns die Adresse. Das wird der Staatsanwältin gefallen."

Karl lehnte sich über den Tisch nach vorn, sah den Zeugen mit zusammengekniffenen Augen an. „Apropos Ivar Nielsen. Wissen Sie, wo der Kerl sich versteckt?"

Vesterbekkmo schien nachzudenken. „Nein, aber ich kann es mir denken. Er hat eine Freundin in Kirkenes, da haben Sie sicher schon nachgesehen. Angeblich hat er aber noch eine Geliebte in Vadsø. Sie heißt Maja, glaube ich. Wie gesagt, Nielsen ist ein Aufschneider, hat immer mit seinen Frauengeschichten geprahlt. Wenn ich Sie wäre, würde ich es mal bei Maja versuchen."

KAPITEL 46

„Es geht jetzt los", sagte der Leiter der Einsatztruppe zu Karl. Daraufhin sprach er in sein Funkgerät und gab den Befehl, mit der Aktion zu beginnen. Die Tür des Mannschaftswagens ging auf und zehn Beamte in Spezialausrüstung bewegten sich zügig auf das Reihenhaus im Jankilaveien am nordöstlichen Ortsrand von Vadsø zu.

Eine Zivilstreife hatte Ivar Nielsen am Vortag bei der Wohnung von Maja Seljord, der Geliebten, beobachtet. Nielsen war wohl davon ausgegangen, dass Jakob Vesterbekkmo tot sei und der Polizei keine weitere Hilfestellung geben konnte, um ihn zu finden. Er musste gehofft haben, dass er nicht nur seine eigene Haut retten, sondern vielleicht sogar die Seiten wechseln und von nun an für die russische Mafia arbeiten könnte.

Karl hatte am Morgen die Fähre von Kirkenes genommen, obwohl es für ihn keinen Grund gab, dabei zu sein. Außer dem Gefühl von Genugtuung. Diese Festnahme wollte er sich nicht entgehen lassen. Die Überfahrt an den kleinen Ort an der nördlichen Seite des Varangerfjorden hatte nur etwas über eine Stunde gedauert.

Aus dem Funkgerät des Einsatzleiters rauschte es, ein Beamter meldete, dass Nielsen festgenommen sei. Die

Aktion hatte nur vier Minuten und siebenundzwanzig Sekunden gedauert und sie hatten den flüchtigen Mann schlafend im Bett angetroffen. Er hatte nach Alkohol gerochen.

Karl grinste den Einsatzkoordinator an. „Na sieh an! Wenn ihr nicht gerade eure Kollegen im Stich lasst, dann seid ihr doch ziemlich gute Polizisten."

Der andere erwiderte seinen Blick. Er hatte sich an diesem Morgen schon etliche Male bei Karl dafür entschuldigt, dass sie nicht auf der Hütte erschienen waren. „Karl, du weißt doch, wir mussten zu der Geiselnahme nach Alta."

Karl lächelte nur und stieg aus. Er wollte Nielsen in die Augen sehen, trabte die schmale Asphaltstraße zum Haus hoch und hörte bereits das Fluchen.

Karl trat in die Einfahrt. Unter einem Carport stand Nielsens Mercedes E-Klasse, die Nummernschilder hatte er abgeschraubt. Vor der Haustür saß Nielsen auf einer Bank, nur in eine Unterhose und ein Unterhemd gekleidet.

Als er den Kommissar bemerkte, verhärtete sich sein Gesichtsausdruck. „Was machst du denn hier, Sortland?"

Karl trat näher, lächelte ihn an. „Hi, Ivar. Ich wollte mal sehen, wie es meinem alten Schulkameraden geht. Ich habe gehört, du bist in Schwierigkeiten." Er tätschelte dem Mann die Schulter.

Nielsen sah ihn erbost an, rüttelte an den Handschellen hinter seinem Rücken. „Fass mich nicht an, Scheißkerl!"

Karl nahm auf der Bank neben ihm Platz. „Ich soll dich von Jakob grüßen. Er hat uns gesagt wo du bist, sonst hätten wir dich bestimmt nie gefunden."

Nielsens Augen weiteten sich, er wirkte aufrichtig überrascht.

„Ja, es stimmt", fuhr Karl fort. „Er lebt. Damit hast du nicht gerechnet, oder?" Er stand auf. „Wie dem auch sei, es war schön, dich mal wieder zu sehen, Ivar. Wir müssen ein anderes Mal weiter schwätzen, du hast nämlich einen Termin mit dem Haftrichter." Er wandte sich an die beiden Kollegen in Spezialausrüstung. „Abführen, bitte."

Nielsen fluchte erneut, während er zu einem Streifenwagen geführt wurde, und drehte sich ein letztes Mal um.

„Mein Auto", schrie er. „Was passiert mit meinem Auto?"

Karl wandte sich an den Einsatzleiter. „Was machen Sie mit seiner Karre?"

„Keine Ahnung."

Er sah einen Kollegen an. „Ich denke, wir nehmen sie mit aufs Präsidium nach Kirkenes. Nielsen selbst geht wohl erst mal in U-Haft", sagte er so laut, dass der Verhaftete es hören konnte, bevor sich die Tür des Streifenwagens hinter ihm schloss.

***

Am Nachmittag hatte Karl noch zwei wichtige Termine. Der eine war dienstlicher, der andere privater Natur.

Aino hatte ihn zum Essen eingeladen, um seine Beförderung nun auch offiziell zu feiern. Und um den Ausgang der beiden Fälle, die, wie sich herausgestellt hatte, miteinander verflochten waren, zu besprechen. Sie waren – wie immer, wenn Aino entscheiden durfte – zu ihrem asiatischen Lieblingsrestaurant gegangen, dem *Bangkok*. Sie hatten sich das große Menü zum Teilen bestellt.

Nach dem Essen schlenderten sie gemeinsam durch die Innenstadt zurück zum Präsidium, wo Karl sein Fahrrad abgestellt hatte. Aino blieb vor dem Fahrradständer stehen und musterte ihn einen Augenblick schweigend.

„Ich möchte dir noch etwas sagen, Karl. Vielleicht ist dir aufgefallen, dass ich in letzter Zeit etwas abwesend war."

Er sah sie überrascht an, während er das Schloss öffnete.

„In Den Haag, das war kein Lehrgang", fuhr sie fort. „Es war ein Jobinterview, bei Europol."

Er ließ den Fahrradschlüssel sinken.

„Sie haben mir einen Job angeboten. Ich habe abgelehnt."

Karl nickte schmallippig. „Ich verstehe. Und warum hast du nein gesagt?"

Aino lachte. „Ja, warum eigentlich? Es wäre ein Neuanfang gewesen, hat sich dann aber doch nicht richtig angefühlt. Ich kann noch nicht weg von hier, bin noch nicht fertig mit Kirkenes. Vielleicht irgendwann einmal, wenn ich weiß, dass du bereit bist zu übernehmen. Dann kann ich in den Süden."

Karl setzte ein schiefes Lächeln auf, dachte an sein eigenes Verlangen, das ihn aus dem Norden wegtrieb. Doch das hatte nachgelassen in der letzten Zeit. Bei ihm war es vielleicht die Freundschaft zu Mats gewesen, die ihn verändert hatte. Was mochten ihre Gründe sein?

Sie fuhr fort: „Ich fühle, dass wir beide ein gutes Team sind und noch einiges zusammen erreichen können. Wenn wir gut zusammenarbeiten, uns den Rücken freihalten."

Karl setzte sich auf seinen Sattel. „Ja, das würde mir gefallen."

Ainos Miene wurde ernst. „Sag mal, was ist eigentlich aus dem Sohn deiner Nachbarin geworden? Ich hörte, er liegt im Krankenhaus."

Karl seufzte. „Harri heißt er. Ja, er liegt noch immer im Koma. Ich werde später bei seiner Mutter vorbeischauen, sie hat die Situation hart getroffen."

Aino legte ihm die Hand auf den Arm. „Das ist nett von dir, Karl. Gutes Karma." Sie strich sich eine Locke aus dem Gesicht, holte ihren Autoschlüssel aus der Jackentasche. „Wir sehen uns am Montag." Dann ging sie hinunter zur Garageneinfahrt des Präsidiums, winkte noch einmal und war verschwunden.

***

Karl stieg von seinem Fahrrad und schob es die Einfahrt hinauf. Auf seiner Veranda saß Sofia, der zweite, noch viel wichtigere Termin an diesem Abend. Sie winkte ihm zu, ein zaghaftes Lächeln auf dem Gesicht. Sie sah umwerfend aus.

Er atmete tief ein und ging auf die junge Frau zu.

KAPITEL 47

„Mach die Musik leiser!"

Kuhmunen drehte sich nach hinten und beobachtete den Kommissar auf der Rückbank. Karl blickte scheinbar gelangweilt aus dem Fenster von Mats' Toyota Corolla.

Ein feines Grinsen umspielte Mikkels Mundwinkel, als er nickte und dann am Lautstärkeregler drehte. „In Ordnung, Karl", sagte er über die Schulter gewandt. „Aber jetzt komm mal in Stimmung. Wir werden heute deine Beförderung feiern, ob du willst oder nicht. Ich dachte dazu würde diese Country-Musik passen."

Mikkel wusste, dass Karl gut darin war auszuteilen. Aber wenn er es war, der veräppelt wurde, dann zeigte sich eine gewisse Dünnhäutigkeit.

„Wann fahren wir eigentlich mit deinem neuen Boot?", fragte Mats unvermittelt.

Mikkel schmunzelte, wie immer versuchte der Schwede die Wogen zu glätten und Karl aufzumuntern. Die beiden waren ein putziges Team. Und wie erwartet konnte er im Rückspiegel sehen, dass Karls Stimmung sich sofort aufhellte.

„Ich habe das Boot gestern erst bestellt", sagte er. „Wir können es nächste Woche in Vardø abholen. Wollt ihr mitkommen?"

Die drei Polizisten waren auf dem Weg zu Mats' Haus in Hesseng. Silja und Sofia und einige weitere Kollegen, unter anderem Killgren und Thorstensen, würden dort bereits auf sie warten. Angeblich hatten Karl und Sofia sich ausgesprochen, waren nun offiziell ein Paar. Das hatte Mats Mikkel am Morgen erklärt.

Mikkel blickte aus dem Fenster, sie fuhren soeben am Präsidium vorbei.

Plötzlich schien Karl auf der Rückbank eine Idee gekommen zu sein, er beugte sich nach vorn und deutete auf die Einfahrt zur Tiefgarage unter dem Gebäude. „Mats", sagte er von hinten. In seiner Stimme lag keine Irritation mehr. „Fahr bitte da rein, in die Tiefgarage. Ich habe etwas zu erledigen."

Mats blickte den Kollegen verwirrt an. „Hast du dein Auto da stehen?" Dann zuckte der blonde Mann mit den Schultern und bog ab, drückte auf den Knopf in der Mittelkonsole, der das Tor hochfahren ließ.

Karl löste den Sicherheitsgurt schon bevor der Wagen zum Stehen gekommen war. „Ich bin gleich wieder da." Er öffnete die Tür und stieg aus.

Mikkel blickte Mats fragend an. „Was hat er denn vor?"

Der Schwede zuckte mit den Schultern. „Keine Ahnung, woher soll ich das wissen?"

Die beiden Polizisten stiegen ebenfalls aus und lehnten sich an die Motorhaube.

Karl verschwand im hinteren Teil der Garage, wo die konfiszierten Fahrzeuge geparkt standen. Mikkel konnte nicht sehen was der Kommissar dort trieb, er hatte sich neben einem Mercedes gebückt.

„Ist das nicht Nielsens Karre?", fragte Mikkel.

„Glaub schon", antwortete Mats.

Unvermittelt hörte Mikkel ein gedämpftes metallisches Kratzen.

Dann kam der lockige Kopf des Kommissars wieder neben dem Wagen zum Vorschein, in der Hand hielt er seinen Autoschlüssel. Er lächelte.

„So. Jetzt lasst uns feiern", sagte Karl zufrieden.